Scrittori italiani e stranieri

Jeanette Winterson

La riva notturna del fiume

Traduzione di Chiara Spallino Rocca

MONDADORI

Della stessa autrice in edizione Mondadori
Il sesso delle ciliegie
Scritto sul corpo
Non ci sono solo le arance
Arte e menzogne
Simmetrie amorose
Il mondo e altri luoghi
PowerBook
Il custode del faro
Gli dei di pietra
Perché essere felice quando puoi essere normale?
Il Cancello del Crepuscolo
Dodici racconti di Natale
Frankissstein
12 Bytes

mondadori.it

ISBN 978-88-04-78335-0

Titolo dell'opera originale
Night Side of the River
I edizione settembre 2025

La riva notturna del fiume

Alla mia cara amica A.M. Homes, a lei che sa che la vita non è solo quello che vediamo

Introduzione

Onora i fantasmi e gli dèi ma stanne lontano.
CONFUCIO

Voi ci credete ai fantasmi?

Lo scricchiolio sulle scale, l'alito freddo nella stanza, l'odore strano, la luce baluginante alla finestra. La casa avita, l'ala murata, la nebbia intermittente, le mura diroccate, l'oscurità fitta, la desolazione silenziosa, la tomba vuota e il sudario imputridito, il letto umido e cedevole al tatto. L'improvvisa presenza di chi si fa presente.

Gli umani sono affascinati dai loro doppi spettrali.

E questa fascinazione prescinde dalla credenza nella divinità. Nella storia dei fantasmi, l'imprevedibile sviluppo è che molte persone che non credono nella divinità continuano a credere ai fantasmi.

Nel mondo premoderno, quando erano in tanti a credere nella divinità, le entità soprannaturali rientravano ragionevolmente nello scenario, uno scenario in cui visibile e invisibile coesistevano.

Con la progressiva secolarizzazione del mondo, la credenza nel soprannaturale avrebbe dovuto tramontare, come l'usanza di lasciare doni alle fate e agli elfi.

Siamo stati sulla luna. Viviamo fianco a fianco ai sistemi operativi dell'intelligenza artificiale e sempre più immersi nelle realtà virtuali, con le nostre case smart e l'assistente personale di Google costantemente a disposizione.

Eppure, le feste in cui si celebrano i fantasmi sono popolari in tutto il mondo.

Negli Stati Uniti, il rituale del "dolcetto o scherzetto" impazza per strade e quartieri, mentre le famiglie decorano le case con zucche ghignanti e scheletri luminosi, funerei drappi neri appesi alle porte e ragnatele bianche e sinuose tese sulle ringhiere. I bambini vanno alle feste nei loro costumi fatti in casa – lenzuola bianche con i buchi per gli occhi – oppure elaborati travestimenti comprati online, formando piccole schiere di demoni e diavoli, di scheletri e di spiriti ancestrali.

Per i britannici, la tradizione di Halloween ha radici antiche. Era una festività precristiana, celtica, un tempo nota come *Samhain*, che si celebrava attorno ai falò al principio di novembre, prima dell'inizio del vero inverno.

La Chiesa cristiana se n'è appropriata trasformandola nel giorno di Ognissanti e nell'*All Hallow's Eve* (la Vigilia di Ognissanti, che ricorre il 31 ottobre). I fantasmi hanno sempre suscitato più interesse dei santi.

L'antico elemento del fuoco rivive nelle nostre *Jack o'Lanterns*, le zucche intagliate dal ghigno inquietante. Può capitare, in quella notte, che i Morti ritornino.

In Messico, e nell'America Centrale e del Sud, il Giorno dei Morti è una celebrazione sontuosa che ha luogo l'1 e il 2 di novembre. Gli spiriti dei morti vengono ricordati e onorati.

Le famiglie aggiungono un posto a tavola per i congiunti da poco scomparsi. Le variopinte sfilate attraversano le strade di città e di campagna, combinando il rituale della processione funeraria all'atmosfera festosa del Carnevale.

I travestimenti elaborati, i costumi da scheletro, le maschere da teschio, le vesti mortuarie e le divise da becchino, i cibi neri e i portatori di bare hanno la duplice funzione di dare il benvenuto ai morti e di tenerli alla larga: il breve tempo in cui è concesso loro di tornare si compie sotto la protezione delle cerimonie che lo scandiscono. Se una porta si apre, deve richiudersi di nuovo.

In Cina, le feste per onorare i morti sono più di una: c'è il *Qingming* – il giorno della pulizia delle tombe –, che ricorre in aprile, e in cui le famiglie, secondo la tradizione, scrivono lettere ai loro antenati per raccontare quel che è accaduto negli ultimi dodici mesi. Successivamente, nella quindicesima notte del settimo mese del calendario lunare, si celebra la Festa degli spiriti, una commemorazione più lunga e sfarzosa, tanto che quel mese viene ora chiamato "il mese degli spiriti".

Queste tradizioni sono molto antiche: un pellegrino giapponese arrivato in Cina ha raccontato di avere assistito alla Festa degli spiriti già nel 1840.

I *guǐ* cinesi, gli spiriti inquieti, si dividono e suddividono in categorie pittoresche come gli Spiriti imbroglioni e gli Spiriti spaventosi. Gli Spiriti affamati sono piccole creature mostruose che si palesano insieme a nove altre sottocategorie, tra cui gli Spiriti sputafuoco e gli Spiriti dai capelli puzzolenti, capaci di esibirsi in un vasto repertorio di comportamenti antisociali degni del loro nome.

In Cina non si trovano molti spiriti amichevoli, eppure quel che accomuna gli spiriti cinesi a quelli di tutto il mondo, dall'antichità ai giorni nostri, non è l'orrore che suscitano, ma il bisogno di un intervento umano. Se ritornano è per un motivo preciso.

Magari per chiedere una degna sepoltura del cadavere, affinché il defunto possa riposare in pace, oppure per trasmettere un messaggio urgente. O ancora per vendicarsi, come il fantasma del padre di Amleto che vaga tra i merli del castello battuto dal vento, nell'attesa di incontrare il figlio.

Gli spiriti tedeschi, al pari di quelli islandesi e scandinavi, vengono rappresentati nel folklore come Spiriti guerrieri che combattono al fianco dei mortali o contro di essi, per difendere un tesoro o rivendicare una terra che reputano propria. Nelle più antiche religioni teutoniche e panteistiche, gli spiriti possono "vivere" in ogni luogo, anche nei tumuli in cui sono sepolti.

Questi spiriti hanno un debole per i luoghi del loro passato, e perciò riappaiono nelle grandi tenute e nei palazzi, e a volte vengono avvistati mentre vanno a caccia nei boschi. Odino, la più importante divinità della mitologia norrena, era detto Drauga Drott, Signore degli spiriti, perché poteva chiamare a raccolta l'Esercito dei morti. Un'abilità che si rivela utile anche ad Aragorn, re di Gondor, nel *Signore degli Anelli*. È un classico dei film sugli zombi e dei videogame.

Il passato non muore mai.

Gli uomini muoiono. E poi, cosa accade?

La religione può essere considerata la prima startup rivoluzionaria; ciò che ha rivoluzionato è il concetto stesso di morte.

La promessa della religione è che la morte *non è* la fine della vita: per alcuni ci sarà la beatitudine eterna, per altri la giustizia divina. E ci rincontreremo.

Però, a volte, la ricongiunzione avverrà prima del previsto, non perché quelli che restano si affrettano a morire, ma perché quelli che se ne sono andati ritornano a farci visita. Ma da dove vengono questi spiriti? Dalla dimora dei giusti o dall'Inferno destinato ai malvagi? La dicotomia tra bianco/nero e Paradiso/Inferno non lasciava spazio a ciò che più tormenta l'animo umano: il Dubbio.

Sei davvero la mia defunta moglie o sei un demone sotto mentite spoglie?

La Chiesa cattolica non è mai stata a corto di buone idee. Certo, c'è l'Inferno, c'è il Paradiso e chi li occupa, ma se estendessimo un po' il territorio?

Questa geniale espansione prende forma con l'ideazione del Purgatorio e del Limbo, due concetti simili ma non identici.

Dante, nella *Divina Commedia* (1321), situa il limbo nel primo cerchio dell'Inferno (*limbus*, in latino, vuol dire "bordo", il che significa che il Limbo si trova appena al di fuori dei confini dell'Inferno, come le case signorili che sorgono un po' troppo vicino alle *no go zones* delle città, quelle con le carcasse di auto bruciate e gli abitanti che si scannano a vicenda).

Spazioso, austero e clemente, il Limbo ospitava tutti coloro che non sarebbero mai andati in Paradiso, ma non avrebbero nemmeno sofferto le pene dell'Inferno.

Nel Limbo abitavano i pagani virtuosi, insieme ad alcuni studiosi islamici. I loro vicini erano i non-battezzati, soprattutto i neonati e i bambini, i quali, presumibilmente, avrebbero goduto di un perpetuo sistema di assistenza all'infanzia.

Gli ebrei virtuosi occupavano una loro ala della proprietà, anche se, quando Dante si accinse a scrivere il suo poema, alcuni di questi erano già ascesi al Cielo. Per cominciare il trasloco ci era voluta la Discesa agli Inferi, ovvero la visita di Cristo nell'Oltretomba, avvenuta dopo la Crocefissione e prima della Resurrezione, una missione volta a salvare alcuni dei suoi.

Dopotutto, se Cristo può scendere agli Inferi, è lecito immaginare che gli altri ne possano uscire...

Nella Bibbia non c'è alcun riferimento al Limbo, ma negli anni è tornato così utile che non si è voluto farne a meno fino al 2007, quando ne viene ufficialmente decretata la chiusura. I bambini che vi abitano vengono trasferiti in Paradiso per decreto papale, ma vai a sapere cos'è successo agli altri residenti sgombrati. La Chiesa cattolica possiede da sempre molte proprietà, e, da quel che ne so, il tuo padrone di casa ha tutto il diritto di buttarti fuori.

Il Purgatorio, invece, resta una meta molto ambita, che offre ai Morti tutto lo spazio necessario, anche se, tecnicamente, il Purgatorio è un processo, non un luogo. È un processo di purificazione che implica la sofferenza dell'anima, ma un tipo di sofferenza che può essere alleviata, sempre che quaggiù, sulla Terra, ci sia un buon numero di parenti e amici volonterosi, provvisti di denaro da spendere.

Le anime che finiscono nel Purgatorio dopo una serie di

eventi sfortunati (ovvero di peccati) possono abbreviare la loro permanenza in quel luogo grazie a certe messe (a pagamento) o a donazioni (cospicue) versate alla Chiesa. Nel frattempo, tali anime – immaginatevele come oggetti smarriti che attendono di essere una volta per tutte reclamati – potrebbero venire a fare visita ai loro amici o ai loro nemici, oppure aggirarsi nei pressi delle loro case disturbando il cane, con quell'aria miserevole che hanno sempre i fantasmi. Però non sono demoni sotto mentite spoglie. Sono i vostri parenti morti. Menomale!

Ma dopo la Riforma (fischio d'inizio nel 1517, si veda Martin Lutero per ulteriori dettagli sulla partita), la narrazione su questi fantasmi prende una svolta improvvisa, andando a ingarbugliarsi con una deprimente dichiarazione: per quei guastafeste dei protestanti, dopo la morte ci sono solo beatitudine o dannazione, e i Salvati non potranno mai lasciare il Paradiso e i Dannati l'Inferno. Quindi sì, avete capito bene, chiunque si presenti come la vostra defunta moglie altri non è che un demone sotto mentite spoglie.

I fantasmi normali che appaiono alla gente normale subiscono un altro duro colpo a partire dalla fine del diciassettesimo secolo, perlomeno in Occidente, quando il pensiero scientifico (l'Illuminismo) comincia a dare priorità alla ragione e allo scetticismo e a mettere in secondo piano fede e tradizione, prediligendo esperimenti che danno risultati replicabili. Così, la visita notturna della vostra defunta moglie, non rientrando fra gli esperimenti replicabili, non dimostra nulla riguardo ai fantasmi. Quell'apparizione non è mica un demone, ma solo un'allucinazione provocata dalla febbre, dal vaiolo, dall'avvelenamento da piombo, dal pane ammuffito, da un bicchiere di troppo o da una cena indigesta.

In *Canto di Natale* (1843) di Charles Dickens, Scrooge cerca di sminuire l'apparizione di Jacob Marley, il suo defunto socio in affari, con la frase: "Chiunque voi siate, siete più la causa di un'indigestione che non di uno spettro l'apparizione".

Eppure, nonostante la teologia protestante, il materialismo scientifico, o il semplice fatto che non c'è alcuna prova empirica che qualcuno sia mai ritornato dal regno dei morti, i fantasmi non sono mai stati sgombrati da quella che è la loro residenza permanente e avita: la nostra immaginazione.

Ed è una dimora avita che evoca terrore e maestosità quella immaginata da Horace Walpole quando, nel diciottesimo secolo, scatena con l'aiuto del suo pubblico una nuova ondata di *ghostmania*.

Il castello di Otranto, il suo romanzo del 1764, diventa subito un bestseller. Tutti gli orpelli delle apparizioni spettrali, che a questo giro indossano pesanti armature, ricompaiono sferragliando sul mercato.

Case infestate, castelli medievali, monasteri in rovina, selve oscure, tetri conventi, macchie di sangue, amanti senza speranza, crocevia bui, patiboli, tombe, spade ed elmi, reliquie inquietanti (si veda il Cattolicesimo), ritratti con un Passato, i cui soggetti dipinti a olio e a lacca spariscono misteriosamente dalla loro cornice per aggirarsi furtivamente nel castello: tutto questo, e molto altro, attende l'eccitato pubblico di lettori.

Il trionfante ritorno del Fantasma medievale – il nuovo Gotico – porta con sé il suo Clima: tempeste, nebbia, pioggia. E un'atmosfera snervante: un'umidità palpabile, una corrente di emozioni incontrollate, un'aria satura di paura.

Si moltiplicano i fenomeni strani: porte che sbattono, piatti che si rompono, armature che cozzano. I segreti, quelli di famiglia, e gli orrori sepolti nelle prigioni e nei sotterranei riaffiorano alla luce del sole. I fantasmi riprendono il loro cammino.

Il termine "gotico" si riferisce all' architettura medioevale europea, ai monasteri, ai castelli, alle guglie, alle merlature, ingredienti che non mancano mai in queste storie, sempre ambientate nel passato. I fantasmi prediligono il passato. È nel passato che erano vivi.

La mania dei racconti del soprannaturale è nata in Gran Bretagna per poi diffondersi rapidamente altrove. In Germania queste storie vengono chiamate *Schauerroman*, letteralmente "storie che mettono i brividi", ed è lì che il genere comincia a incorporare elementi della prima era industriale. Lo scrittore tedesco E.T. Hoffmann è affascinato dall'automazione e, inevitabilmente, dagli automi che sembrano vivi, quelli che rendono indistinti i confini tra la biologia e la meccanica. *L'uomo della sabbia*, il suo raccapricciante racconto del 1817, prende spunto dal malvagio personaggio eponimo del folklore, noto per gettare la sabbia negli occhi dei bambini che non vogliono dormire. In un altro racconto, con il personaggio di Olympia, una bambola automa con parti del corpo vere (gli occhi), Hoffmann ci pone un inquietante interrogativo: che cosa è reale e cosa non lo è? Possibile che una creatura sia viva e anche artificiale? È Mary Shelley in *Frankenstein*, il suo romanzo del 1818, a sviluppare in modo geniale quest'agghiacciante fantasia.

Il pubblico non ne ha mai abbastanza e le storie gotiche di fantasmi diventano ben presto letture imperdibili su entrambe le sponde dell'Atlantico.

Nel 1829, Washington Irving pubblica *La leggenda di Sleepy Hollow*, ambientato nel 1790 a Sleepy Hollow, una colonia olandese nota per le visitazioni soprannaturali. In questo racconto si profilano i temi propri del gotico americano e, in particolare, il motivo ricorrente della terra e della sua sanguinosa colonizzazione, che ritorna sottoforma di infestanti apparizioni.

Ambientare una storia inquietante in un'epoca passata o in un luogo del passato è uno dei congegni narrativi prediletti dal genere gotico. Nathaniel Hawthorne è ossessionato dai primi coloni puritani. Per tentare di sfuggire al proprio passato, ha cambiato nome: John Hawthorne, il suo trisnonno, era stato uno dei magistrati durante i famigerati processi alle streghe che hanno visto condannare più di duecento donne, di cui venti a morte.

Nathaniel Hawthorne intesse nelle proprie storie i traumi psichici e i sensi di colpa che affliggevano lo spirito dei primi pionieri, perseguitati da spiriti di tutt'altro genere. La domanda che sorge spontanea è: i fantasmi che li perseguitavano venivano da dentro o da fuori?

La malvagità dentro di noi *e* al di fuori di noi è la chiave per comprendere il soprannaturale così come l'aveva immaginato Edgar Allan Poe. Gli uomini non sono esseri innocenti assaliti da forze malvagie che non possono controllare: è la psiche umana la porta che è stata lasciata aperta.

Tali inquietanti interrogativi e le terribili conclusioni che ne scaturiscono sarebbero nuovamente riaffiorati, molto più tardi, nelle opere di Shirley Jackson e Stephen King.

Nell'introduzione del 2001 a *Shining*, il suo capolavoro del 1977, King cita una conversazione avuta con Stanley Kubrick prima che girasse l'omonimo film: che cosa fa precipitare Jack Torrance nella spirale dell'orrore? I suoi demoni? O gli abitanti spettrali dell'Overlook Hotel? "Ho sempre pensato che nell'hotel ci fossero dei fantasmi malvagi che hanno condotto Jack sul precipizio" dice King.

Questa complicità tra persecutori e perseguitati è la premessa del romanzo breve di Henry James *Il giro di vite*. James lo pubblica nel 1898, ma gli eventi raccontati si svolgono nel 1840.

Lo scrittore segue il filo che collega la tormentata immaginazione umana a ciò che potrebbe scatenare. I fantasmi di Peter Quint e di Miss Jessel ci terrorizzano perché non sappiamo se siano veri o frutto della fantasia della nuova istitutrice, che viene fatalmente attratta – o meglio, sedotta – dal suo pupillo Miles.

Bly Manor è in Essex, non in America, ma il racconto di James sfrutta l'impatto di un luogo che agisce come un personaggio, ammantando di sgradevolezza la casa e i suoi dintorni. Il maniero, con le sue grandi finestre vuote simili a occhi che ti fissano, l'intonaco scrostato dall'umidità, le stanze abbandonate che sembrano un biasimo alla vita. Il lago freddo, immobile, nebbioso anche in estate. La casa è un'intrusione nella pace mentale di chi la abita.

James scrive *Il giro di vite* sessant'anni dopo *La caduta della casa degli Usher* di Edgar Allan Poe, dove la casa, appunto, crolla in un lago altrettanto stagnante e cupo, e la sua Bly, fatiscente e non amata, agisce da forza manipolatrice. Ma è una forma di persecuzione diretta, questa manipolazione? O forse Bly si alimenta dei luoghi infestati nelle menti dei suoi abitanti?

L'incubo di Hill House di Shirley Jackson, romanzo uscito nel 1959, declina in chiave horror il topos del luogo che diventa agente. Gli spin off di Netflix fanno leva sull'orrore di una casa maledetta, che continuerà a esercitare la sua influenza sui personaggi via via introdotti e sulle vicende future.

Già sapevo, mentre riflettevo sulle storie di fantasmi che avrei voluto scrivere, che in alcune sarebbe stato il luogo stesso a favorire le apparizioni. Ma mi interessava anche l'idea di un individuo capace di liberare l'empietà di un luogo, come fa Jack Torrance in *Shining*.

All'inizio avevo scelto di raggruppare i racconti in due categorie, LUOGHI e PERSONE, scrivendone tre per ciascuna. Desiderosa di sperimentare un po' con la forma, ho poi deciso di scriverne altri due collegati: *La pelliccia* e *Gli stivali*, da leggersi in sequenza per coglierne appieno l'effetto.

Sì, mi pongo molte domande sui Morti – forse è un effetto collaterale della mia educazione religiosa – e così ho pensato a un'altra categoria, VISITAZIONI, in cui do loro l'opportunità di parlare. In altri due racconti, anch'essi collegati, narro prima l'esperienza di un partner in lutto, per poi passare al punto di vista del fantasma del suo amato.

Con l'intelligenza artificiale che incide in maniera esponenziale sul nostro modo di sperimentare la vita, mi affascinano sempre più le dinamiche che stanno portando la tecnologia informatica a cambiare il nostro rapporto con la morte. Ho voluto quindi esplorare il tema nei racconti della categoria DISPOSITIVI.

Tra una sezione e l'altra troverete le mie riflessioni personali, ovvero le mie esperienze con il soprannaturale. No, non posso spiegarle, ma nemmeno dimenticarle.

Amo leggere le storie di fantasmi; i racconti di M.R. James, per esempio, che riesce a trasformare l'ovvio e il banale del quotidiano in un abisso di terrore; oppure rileggere *La donna in nero*, il grandioso romanzo di Susan Hill, un capolavoro del genere gotico.

Uno dei miei racconti dell'orrore preferiti è *L'apparizione di Mrs Veal*, uscito nel 1706 dalla penna di Daniel Defoe (quello di *Robinson Crusoe*), senza dubbio la prima storia di fantasmi moderna, ambientata in un interno domestico e senza alcun climax ad anticipare il soprannaturale. Niente a che vedere con gli eccessi del fantasma gotico che sarebbe arrivato a perseguitarci cinquant'anni dopo. Mrs Veal non arriva dal Passato (scritto sempre con la P maiuscola), e nemmeno è avvolta nel suo sudario. Ha l'aria di una signora del suo tempo, che sfoggia un bell'abito di seta.

L'abito gioca un ruolo importante in questa storia. Solleva anche l'annosa questione del perché i fantasmi appaiono vestiti.

Solo un corpo umano ha bisogno dei vestiti. Ma se un fantasma non si fa riconoscere da coloro che visita, allora a cosa serve? Le apparizioni devono essere viste, e vederle significa collocarle nel tempo, nel loro tempo. In quest'ottica, i vestiti hanno una loro utilità. I vestiti che vediamo non sono materiali, e può essere che quel che "vediamo" non sia altro che un pacchetto di energia, comprensivo dei vestiti. Un tempo i fantasmi erano esseri umani, e quando riappaiono manifestano un certo stadio di quella loro perduta umanità.

È ciò che Charles Dickens fa succedere in *Canto di Natale*, forse la più famosa storia di fantasmi di tutti i tempi.

Dickens rispetta la tradizione gotica ambientando la storia nel passato, nel suo caso gli anni Venti del 1800. Tutto ha inizio durante la Vigilia di Natale, un momento propizio per raccontare storie di fantasmi. Il primo fantasma che appare a Scrooge è Jacob Marley, il suo socio in affari, morto quella stessa notte di sette anni prima. Marley indossa gli abiti di sempre, solo che l'abbottonatura sul retro del suo cappotto si vede anche davanti, perché lui è trasparente.

Se il mondo ama la storia di fantasmi di Dickens in tutte le sue forme, compresa, forse più di altre, la versione dei Muppet, è perché appaga il piacere che proviamo nel sentirci un po' spaventati, facendo leva, al contempo, sul nostro desiderio di credere che le persone da noi amate ci siano venute a cercare.

Il grande cuore e la magnanimità di Dickens hanno cambiato radicalmente il genere: da contenitore di paure e tremori, la storia di fantasmi diventa lo spunto per un intervento del Bene. Lo scopo che il fantasma di Marley si prefigge è salvare Scrooge dal suo destino, e qui Dickens gioca con l'idea del Purgatorio, inteso come processo di purificazione, senza importunarci con la teologia cattolica. Nell'immaginario protestante, i Morti non hanno margine di miglioramento: Salvezza o Dannazione, signora mia, a lei la scelta. Un po' troppo deprimente. Ed ecco che Dickens ci fornisce la sua versione: Marley è davvero cambiato in meglio, e ora vuole aiutare il suo amico.

Questa generosità di spirito è più affine al sistema di credenze precedente alla Riforma, secondo cui i Defunti possono e vogliono intervenire a favore dei viventi, un'idea certamente preferibile ai minacciosi sferragliamenti di catene, agli appostamenti raggelanti e agli sguardi malevoli del repertorio orrorifico che abbiamo imparato ad associare ai Morti, non vi pare?

La riabilitazione dei Morti ingrati è un processo già avviato quando Dickens scrive *Canto di Natale*.

Nella seconda metà del diciannovesimo secolo e nelle prime decadi del ventesimo si assiste a un'enorme ondata di interesse per i fantasmi, dovuta forse a un meccanismo psicologico che cerca compensazione per la grettezza del materialismo industriale.

Lo Spiritismo, inteso come una sorta di religione, si diffonde sulla scia del pensiero di Emanuel Swedenborg, il quale era convinto che gli spiriti vogliano davvero parlarci e che noi faremmo meglio ad ascoltarli.

In America, nel 1848, le prima famose e poi tristemente famose sorelle Fox sostengono che la loro casa tra le campagne dell'Upstate New York sia infestata. Ben presto cominciano a proporsi come vere medium, tenendo sedute spiritiche in tutto il paese. Alla fine, la truffa viene smascherata, ma questo non basta a frenare l'entusiasmo americano per le sedute spiritiche. Verso la fine degli anni Settanta del diciannovesimo secolo, il paranormale è diventato una nuova forma di normalità.

Thomas Edison, l'inventore della lampadina, cerca perfino di costruire una macchina per misurare l'attività dei fantasmi, ma senza successo.

Nel 1882, il fisico inglese William Barrett, uno dei fondatori della *Society for Psychical Research* (SPR), spera, al pari di Edison, di riuscire a dimostrare, o, più probabilmente, di confutare, il fenomeno dell'intervento degli spiriti. Le aree di interesse della Società sono le seguenti: la Medianicità, il Mesmerismo, la Trasmissione del pensiero, le Apparizioni e le Case infestate. William James, filosofo e psicologo americano, ricopre per un breve periodo la carica di presidente. La SPR esiste ancora ai giorni nostri.

Dopo la Prima guerra mondiale, le moltitudini di dolenti hanno bisogno di credere che i loro cari non siano perduti per sempre e, di conseguenza, il boom delle sedute spiritiche non si arresta. Sir Arthur Conan Doyle, il creatore di Sherlock Holmes, è un convinto spiritista, nonché un membro della SPR, e tiene conferenze in tutto il paese sul tema dei morti sussurranti.

È piuttosto strano se si considera che Conan Doyle è amico di Harry Houdini, mago ed escapologo, il cui secondo lavoro consiste nello smascherare i finti medium. Ciò nonostante, Conan Doyle rimane convinto che la verità sulla comunicazione con gli spiriti risieda molto più in profondità di un imbroglio superficiale.

La più antica opera letteraria al mondo è *L'Epopea di Gilgamesh*, scritta in Mesopotamia nel secondo millennio a.C.

Tratta della vita oltre la morte.

Gilgamesh è il re di Uruk, mentre Enkidu è un guerriero selvaggio che diventa il suo migliore amico.

Dopo una serie di avventure, Enkidu va incontro al suo destino di morte, ma, quando muore, Gilgamesh si dispera, restando a lungo seduto a vegliare il cadavere dell'amico fin quando un verme non gli esce dalla narice.

Poi Gilgamesh lo va a cercare per gli Aldilà e attraverso gli Inferi, dove affronta un viaggio di ventiquattr'ore nel buio di un sotterraneo senza mai smettere di correre, per poter arrivare a casa prima del sorgere del sole.

E penso a quei versi della poesia *Alla sua amante ritrosa*, di Andrew Marvell, un tentativo di seduzione che flirta con la morte: "Non potremmo obbligare il nostro sole a fermarsi, potremmo tuttavia obbligarlo a correre". Ma Marvell non poteva conoscere Gilgamesh, poiché le tavole vengono scoperte a Ninive negli anni Cinquanta dell'Ottocento e Marvell scrive la sua poesia prima del 1681. E tuttavia, quando il sole tramonta sulle nostre vite, che altra possibilità abbiamo per sconfiggere la morte se non correre più forte?

Ora c'è una nuova startup che si propone di vincere la morte, e non è la religione. Oggigiorno, noi umani potremmo sconfiggere la morte per sempre con la potenza di calcolo.

Questo fantasma nella macchina di ultima generazione promette l'avvento di un dispositivo in grado di rendere invulnerabile/eterno il nostro fantasma. Gli esseri umani potranno uploadare la propria mente e poi scaricarla, a piacimento, su un corpo fatto su misura, umano o animale (come in quei miti sulla metamorfosi in aquila o volpe), oppure semplicemente esistere senza un corpo. Massima libertà.

Per la prima volta nella storia dell'umanità, la scienza e la religione, nemiche da sempre, si pongono la stessa domanda: la coscienza è vincolata alla materialità?

La religione ha sempre risposto: "No!".

La scienza ha sempre ribadito: "Sì!".

Prima di partire per il viaggio che l'avrebbe condotta al lago di Ginevra, dove avrebbe concepito il suo *Frankenstein*, Mary Shelley era andata a sentire una conferenza del dottor William Lawrence, il medico di Percy Shelley, suo marito. Lawrence aveva dichiarato che l'anima non esiste, che non c'è alcun "valore aggiunto" nell'essere umani.

E questa non è che la versione abbreviata del conflitto tra scienza e spiritualità.

Cosa accadrà ora?

E se ci stessimo raccontando la storia al contrario?

E se avessimo sempre saputo di non essere solo fatti di ossa e sangue, e di poter sconfiggere un giorno la morte senza andare in Cielo o reincarnarci, ma semplicemente uploadando noi stessi su un supporto non fatto di carne?

L'essere "vivi" prescinderà dalla nostra entità corporea. L'essere "morti" diventerà una condizione temporanea.

E chi sarà a quel punto il "fantasma"?

Forse chi sceglierà di non scaricarsi mai più in un "io" corporeo. Comunicheremo con queste entità tramite un'interfaccia neuronale impiantata nel cervello. È la versione moderna della telepatia. Un'apparizione postumana.

E se l'intelligenza artificiale acquisisse una consapevolezza? Se si trasformasse in intelligenza alternativa? Allora saranno nuove apparizioni a farci visita. Ma davvero saranno nuove? Non avranno bisogno di un corpo. Ci si presenteranno alla stregua di dei in visita agli umani, come sempre è avvenuto. Sono propensa a credere che le entità disincarnate vivranno e opereranno accanto a quelle biologiche. Alcune di loro non avranno mai conosciuto l'umana condizione. Altre saranno postumane. La morte, così come l'abbiamo conosciuta, sarà un lontano ricordo.

Ma, per il momento, la morte è un'esperienza vissuta da tutti.

Il fascino esercitato dai fantasmi sull'immaginazione collettiva resta immutato: una risposta parziale al mistero della morte.

Come disse Samuel Johnson nel diciottesimo secolo: "Ogni argomentazione è a sfavore, ma ogni fede è a favore".

DISPOSITIVI

App-arizioni

Una storia di fantasmi (per ora), per ora

Cappotto nero. Vestito nero. Cappello nero. Macchina nera.

Ti immagino con me. Cosa mi diresti?

Sei pronta?

Sì.

Strano.

Lo so...

Mrs Always Late. La signora Tiratardi. Come se potessi estorcere qualche goccia di tempo in più correndo senza fiato per salire sul treno all'ultimo momento.

Come se l'orologio avesse dei minuti furfanti nascosti dietro le sue inesorabili lancette. Minuti disponibili solo per me.

Come se, precipitandomi in classe mentre la campana suona le nove, potessi risparmiarmi trecento secondi di... di cosa?

Non mandare mai a chiedere per chi suona la campana.

La campana sta suonando. Ecco la chiesa. Ecco il cimitero.

Oggi devo viaggiare alla velocità della macchina nera che mi sta davanti. Il carro funebre. Per l'occupante della bara non ci saranno altri viaggi nel tempo.

In chiesa fa freddo. Io non provo nulla. L'elogio funebre è pronunciato da un uomo di Dio che non ti ha mai conosciuto. È stata mia sorella a dargli gli appunti.

Il telefono vibra. Do uno sguardo furtivo al cellulare lasciato sopra la borsa: c'è un messaggio.

Non piangere.

Sei tu che mi hai inviato il messaggio. Mio caro defunto John. È stata mia sorella a impostarlo sul tuo telefono. È una terapeuta. Dice che parlare con i Morti è d'aiuto per i primi sei mesi di lutto.

Io non ho versato una lacrima.

Dopo la funzione ci dirigiamo verso il luogo della sepoltura. In lotta contro la gravità del corpo che ti tira giù, i necrofori cercano di abbassare lentamente la bara nella terra scura e umida. E se la bara si rompesse? Le tue spoglie mortali nel tuo vestito migliore, incapaci di sorreggerti. La testa ciondolante, gli occhi chiusi, i capelli lucidi di brillantina. Il tuo peso morto.

La tua ultima dimora. Dopo che gli uomini hanno tolto le cinghie, getto dentro la manciata di terra asciutta e pulita che mi è stata consegnata in un sacchetto di plastica. Poi getto il mazzetto di nontiscordardimé.

Dovrei rientrare in macchina. Le macchine sono rispettosamente allineate sul viale di ghiaia. Invece mi allontano e nessuno mi ferma. Sono una vedova. Forse ho bisogno di stare sola. C'è una parte più vecchia del cimitero: edera, inferriate, lapidi muschiose, angeli piangenti, urne rotte. I mausolei di famiglia. Gli alberi di tasso le cui radici profonde sollevano le pietre.

Toccherà a tutti noi. È quel che ci aspetta. Ma a lui è toccato prima.

Grazie a Dio.

Svolto un angolo immersa in questo pensiero quando un'improvvisa folata di vento m'investe e mi scuote fino a farmi perdere l'equilibrio. Colpa dei miei tacchi a spillo: a lui piaceva quando portavo i tacchi. Cado con le mani avanti, ma il muschio è spugnoso e non mi faccio male.

Mentre mi appresto a rialzarmi, sfregando via la macchia verde e umida dall'orlo del cappotto, mi sembra di sentire la sua mano sotto il braccio. Mi sembra di sentire la sua voce che mi dice: "Alzati, Bella".

«Sì, John.»

Ritornando lentamente verso la parte nuova del cimitero vedo che i becchini stanno già riempiendo la tomba. Uno di loro fa una battuta, appoggiandosi alla vanga. Sarà il loro modo di reagire. Ora livellano la terra ammucchiata e la parte che rimane di lato è della stessa dimensione del corpo di John. Di John e della sua bara. Ma poi la terra cederà e loro torneranno a ricoprirla. I batteri sono già al lavoro per rimpicciolire John. Lui era grande e grosso. Ora lo è un po' di meno.

C'è il pastore. Vuole confortarmi, ma io non voglio essere confortata. Voglio andare a casa.

Via le scarpe. Il bollitore sul fuoco, il tè nella teiera. E dico, a voce alta: «È finita». Senza un mio comando, dall'altoparlante Sonos parte una canzone che a John piaceva ascoltare:

Dream a little dream of me...

«Alexa! Interrompi la canzone!»

Dov'è il mio telefono? Dov'è la mia borsa? Dov'è l'app?

«Interrompila! Subito!»

Il sistema tace. Tremo, il telefono in mano, come una granata pronta a saltare in aria. Devo buttarlo via subito. Ma esplode la suoneria dei *Pirati dei Caraibi*. Non ho bisogno di vedere chi sta chiamando. È la suoneria di John.

Rispondi, Bella! Non voglio... *Ti ho detto di rispondere.*

«Pronto?»

"Bella! Sei triste, lo capisco. Dev'essere strano stare senza di me. Ma io sono ancora qui. Al tuo fianco."

«Chi parla?»

"Non riconosci la mia voce?"

«Sì...»

"Sono la tua JohnApp. Controlla lo schermo. È appena terminata l'installazione. Ora ti posso telefonare e messaggiare, come facevo prima. Considerami la tua AlwaysApp."

Chiamo mia sorella. Le chiedo che cosa ne ha fatto del telefono di John. L'ha portato via subito dopo la sua morte, per dare una mano al pastore a preparare la cerimonia, dice.

«Mi ha appena chiamato qualcuno che usava la voce di John.»

Gala sembra sorpresa.

«Di già?»

«In che senso "di già"?»

Gala mi parla con la sua voce da terapeuta: bassa, lenta, controllata. «Mi dispiace se la cosa ti ha turbata. Avrei dovuto accennartelo. (*Pausa.*) Ma c'erano talmente tante cose da organizzare. Non volevo caricarti di un ulteriore peso. (*Non sei in grado di reggere.*) Pensavo che saresti stata contenta. (*Ingrata.*) Ho comprato quest'app per farti piacere. (*Ho speso dei soldi.*) In pratica ha passato al setaccio il telefono di John e le sue e-mail, i suoi account Facebook e Instagram, tutti i suoi social, gli scambi tra voi due, la sua musica e i suoi film, le sue preferenze. E poi io ho programmato la frequenza delle chiamate e dei messaggi (*Mi è costato uno sforzo*) e ci sono anche delle foto. (*Dlin!*) Devi solo cliccare il tasto "rispondi" e sentirai subito un po' di conforto. Fin quando lo vorrai, potrai avere John.»

«Gala, mi stai dicendo che quest'app mi invierà messaggi e mi chiamerà quando le pare?»

«Sì, come nella vita reale.»

«John è morto, questa è la vita reale.»

«Stavi parlando con lui questa mattina prima che ce ne andassimo... Ti ho sentita...»

Pronta?

Sì...

Usa quel tono sommesso e preoccupato che tira sempre fuori quando vuole dirmi cosa devo fare.

«Bella, lascia che ti dia un suggerimento, prenditi un paio di settimane... datti una possibilità. Sei sconvolta. Vedrai, l'app ti sarà di aiuto. Fidati. È il mio lavoro. E sono tua sorella. Bella? Bella?»

Chiudo la comunicazione. Gala vuole aiutarmi. È la mia sorella maggiore. È dispotica, ma vuole aiutarmi. Si è occupata del funerale. Ha perfino pensato ai fiori in vece mia. Io avevo scelto rami di rosmarino, di salvia e di alloro perché John amava cucinare. Ma Gala pensava che John avrebbe preferito i nontiscordardimé.

"Come posso aiutarti?"

È Alexa, non andare nel panico.

«Dov'è John?»

"Sto cercando John nelle app."

Eccola. La JohnApp. Senza pensarci, clicco sulla foto. "*Qui eravamo in Tailandia*" dice John.

E io mi dico: «Ho bisogno di bere».

"*C'è del Pinot nero nella dispensa*" dice John.

«Sai che non mi piace il Pinot nero.»

Nella mano che regge il telefono sento una spiacevole scarica elettrica. "*È bello essere a casa*" dice la JohnApp. "*A casa con te.*"

Sto per spegnerlo. Devo mangiare qualcosa.

Ma ecco che emette un suono.

C'è del risotto nel freezer.

Apro il grande cassetto nero, largo quanto una cella mortuaria. I contenitori di John. La grafia di John. Una quantità di vaschette di risotto. *Riz-oh-to,* è così che lo pronunciava, come non farebbe mai un italiano.

Io sono italiana. La mia famiglia è originaria di Roma. Ho conosciuto John quando usciva con mia sorella. Quando lei lo ha mollato, ha cominciato a uscire con me. Gala è un tipo focoso, io sono più dolce. "Peperoncino e zucchero", aveva detto John. "Adesso siamo tutti una famiglia", aveva poi aggiunto.

Per un periodo ho sofferto di un disturbo alimentare, e John ha pensato che mi avrebbe fatto bene mangiare del cibo italiano fatto in casa. "È così premuroso", diceva mia sorella.

Ogni giorno mi serviva lo stesso piatto: del riso Arborio bianco e lucido. Era come mangiare un piatto di vermetti.

Mi sono versata un bicchiere di whisky, ho buttato giù un sonnifero e sono andata a letto. È bello scivolare nell'oblio. Ho infilato il telefono sotto l'altro cuscino, assicurandomi di spegnerlo.

Ben presto l'effetto del narcotico è diventato più forte del peso di quella giornata. Dormire. Sognare.

Bella nelle Alpi italiane, che raccoglie erbe e fiori, funghi e frutti di bosco. Bella che prepara la cena per la famiglia nella casa vacanze che affittavamo ogni anno. Mia sorella, la sorella maggiore, una ragazza sofisticata con il rossetto rosso e i capelli neri. Il turista la cui moto andò in panne mentre attraversava il passo. Il turista che ospitammo per la notte. Il turista che sorrideva a mia sorella e lei che scavalcava la finestra per incontrarlo.

Ben presto, lei si stufò. Ben presto, aveva altro da fare. Poi John cominciò a sussurrarmi certe parole attraverso il vetro della finestra. Zuccherino, mi chiamava.

C'è una foto di John al nostro matrimonio. Un uomo grande e grosso, che cinge con un braccio mia sorella. È una foto di loro due. Io sono la sposa che sta in disparte. Ho l'aria impacciata. John ride. "Adesso siamo tutti una famiglia" dice.

A strapparmi dal sonno è il suono smorzato del mio telefono. Cerco a tentoni, premo il tasto "Rispondi", sento una voce familiare.

"Non riesco a dormire."

John appende. Ha sempre avuto problemi di sonno. Lavorava fino a tarda notte. Si concedeva dei drink. Piano piano, la mia mente confusa riordina i fatti. John è morto. John dorme un sonno da cui non c'è risveglio. Non è John che mi chiama, è l'app. Domani la cancellerò. La pillola ha fatto il suo effetto. Lui non riesce a dormire, io invece sì.

Mentre la notte si consolida e il mio corpo si rilassa, apro gli occhi. Che cos'è? Cosa sento? Perché apriamo gli occhi quando sentiamo qualcosa nell'oscurità? Qualunque cosa sia, non possiamo vederla.

Rimango perfettamente immobile, in ascolto. Trattengo il respiro per sentire meglio. Quel che sento viene dal piano di sotto. Una specie di mormorio.

Se mi metto in ginocchio sul letto e alzo un po' la tapparella riesco a vedere l'interno della cucina. La cucina è in un'appendice della casa aggiunta in un secondo momento, dalle finestre della camera da letto si vedono i lucernari da cui filtra una luce, bassa e soffusa. Sono io che ho dimenticato di spegnerla?

È la radio? Mi sforzo di ricordare, ma i ricordi della giornata sono confusi.

Devo alzarmi e scendere al piano di sotto. Mi devo riprendere. Ho appena seppellito mio marito. Gli errori sono concessi.

Una rampa di scale, poi l'altra. Gradino dopo gradino. Devo reggermi al corrimano. Stare attenta. Sono sedata e semiaddormentata, con il cuore che mi batte forte in petto. Sono frastornata, come avvolta in una fitta nebbia, ma l'animale che è in me avverte il pericolo. C'è qualcuno al piano di sotto. In casa mia. Guardo la me stessa che, arrivata ai piedi delle scale, svolta nel corridoio e poi entra in cucina, e vedo una donna stanca in una camicia da notte lisa.

In cucina sono accese le luci sopra il bancone. Il frigorifero ronza. La radio è accesa. Rimango in ascolto. Sta parlando un conduttore radiofonico, uno dei tanti opinionisti provocatori. Farnetica di cospirazioni, alieni, vaccini. Il genere di programma che John ascoltava la sera tardi. Sul tavolo c'è una bottiglia di Pinot nero e un bicchiere mezzo vuoto. La sua giacca è appesa alla sedia.

Questa mattina mi sono svegliata più tardi del solito. I sonniferi ti anestetizzano più che farti dormire. E il mio corpo è al tempo stesso vigile e prosciugato. Mentre sono sotto la doccia mi ripeto che niente di quanto è accaduto ieri può essere considerato un dato di fatto. È quel che direbbe qualsiasi medico. La mente gioca brutti scherzi. Sono in molti a credere che i Morti parlino con loro. Io sono in stato di choc. Ho bisogno di tornare a una vita normale. A una vita mia. Andrò al *community college* dove insegno per ritirare la posta. Poi cancellerò la JohnApp. La Vita e la Morte non sono interscambiabili.

Sto per infilare il telefono in borsa, ma poi cambio idea. Lo lascio a casa. Non voglio parlare con mia sorella e non voglio parlare con John.

Il *community college* è piccolo e accogliente. C'è una grande macchina da caffè che fa un buon espresso. Schiaccio il tasto, prendo la mia tazza e mi siedo a un tavolo per passare in rassegna la posta. Noel mi raggiunge. È il direttore del mio dipartimento. Mi porge le sue condoglianze. Sto bene? Non si aspettava di vedermi, dice, soprattutto dopo aver ricevuto la mia e-mail.

«Quale e-mail?»

«Quella in cui mi comunichi le tue dimissioni. L'hai mandata stamattina.»

Non so cosa dirgli. Sento solo un brivido di terrore. «Posso vederla?»

Noel mi lancia un'occhiata strana. Camminiamo in silenzio, diretti al suo ufficio. Apre la casella della posta in arrivo: eccola. Inviata alle sei e quarantacinque di mattina.

«A quell'ora dormivo» gli dico. «E non ho nessuna intenzione di dimettermi.»

«Ma sei stata tu a mandarmi questa e-mail...»

«No, non sono stata io.»

Noel fa la faccia che fanno gli uomini quando sospettano che la donna che gli sta di fronte sia pazza. Gli uomini hanno paura delle pazze. Non biasimo Noel. Ha ricevuto un'e-mail inviata dal mio indirizzo e gli sto dicendo che non sono stata io a scriverla.

«Sei in lutto...» dice. «Forse non ti ricordi di averla scritta. Devi assolutamente prenderti un periodo di riposo.»

«Voglio tornare al lavoro il prima possibile. Devo tornare... La settimana prossima...»

Noel fa un cenno con il capo. Non è un cenno di assenso.

«Ne parliamo la settimana prossima?»

Gli chiedo di stamparmi l'e-mail. Dopo essere uscita dal suo ufficio vado a sedermi in mensa e la leggo come se fosse un messaggio in codice. Potrei averla scritta io, ma alla fine c'è questa frase: *Voglio essere sempre e solo a disposizione di John*.

È stato quando mi ha picchiata per la prima volta.

Ero arrivata tardi dal college, troppo tardi per preparare la cena. E, caso eccezionale, lui era in anticipo. Affamato, arrabbiato, si era già scolato metà della seconda bottiglia di Pinot nero. Mi ero scusata dicendo che erano i miei primi giorni di lavoro e che volevo mostrarmi disponibile nei confronti degli studenti. Si era alzato a fatica dalla sedia e, inciampando, l'aveva fatta cadere a terra. Mi aveva afferrata, chinandosi su di me, premendo il mio corpo contro il suo. «Tu devi essere sempre e solo a mia disposizione, chiaro? È questo il tuo lavoro. Essere a disposizione di John.»

Poi mi aveva dato un pugno in faccia.

Mentre ero distesa a terra sul pavimento della cucina, si era chinato lentamente su di me e mi aveva accarezzato i capelli. Con delicatezza, mi aveva presa per un braccio. «Sei scivolata. Povera Bella! Ora alzati, Bella.»

Tornando a casa in macchina dal college, scopro che la tangenziale è chiusa. C'è stato un incidente. Accendo il GPS, comunicando al sistema il mio indirizzo, in cerca di una strada alternativa per attraversare la città.

"Al prossimo incrocio gira a sinistra."

Non sono concentrata sulla strada. Guido in modalità automatica, assorta nel pensiero di ciò che è successo al college. Quell'e-mail non l'ho scritta io. Sono sicura di non averla scritta.

"Bella, tu non sai niente. Che cosa credi di sapere?"

È la voce di John che esce dall'altoparlante.

«Lasciami in pace!»

Una pausa, come se avessi mandato in confusione il solerte bot che cerca di indicarmi la strada. Poi...

"RICALCOLO. Al semaforo gira a destra."

Ok. Ok. Calmati. È stata un'allucinazione uditiva. Ho letto qualcosa al riguardo. Con la mente sgombra mi concentro sulle indicazioni stradali.

"HAI RAGGIUNTO LA TUA DESTINAZIONE."

La macchina si ferma. A quanto sembra, la mia destinazione è il cimitero.

Che cos'è un'apparizione? Scaturisce da dentro o da fuori? Il cervello può ricevere informazioni solo dai sensi. Sono i neuroni sensoriali a trasportare le informazioni al cervello e i motoneuroni a trasportarle dal cervello al corpo. Il canale di collegamento è il midollo spinale, la via che connette il cervello al corpo e il corpo al cervello. Questione di fisiologia, altro che fantasmi. Mi convinco di aver avuto un'apparizione, e per questo motivo il mio corpo, attanagliato dalla paura, restituisce questa stessa paura al cervello.

Ma in realtà non mi è apparso nessuno. John è un'app. E la

JohnApp non mancherà di essere crudele e spregevole come la JohnNonApp, ovvero il John in carne e ossa. Non c'è altro da dire. Mi sono fatta un'idea della situazione, perché, diversamente da John, sono viva e gli umani possono farsi delle idee.

John invece è in modalità "repeat". Per sempre.

Sento picchiettare al finestrino. Sobbalzo, guardo attraverso il vetro. Faccia pallida, abito nero. Capelli lucidi di brillantina. John? Cosa vuoi?

Non è John. È un NonJohn, un umano come tanti.

Il becchino. Devo spostare la macchina. Un corteo funebre sta aspettando pazientemente di entrare dai cancelli di metallo. La morte segue il proprio iter. Consueto, prevedibile, inevitabile. E definitivo.

Stai calma, Bella. Questa volta non è lui a perseguitarti. Sei tu che perseguiti te stessa.

Quando arrivo a casa mi sento meglio. Cerco di pensare razionalmente. Mi siedo alla scrivania. Trovo l'e-mail spedita alle sei e quarantacinque. La guardo attentamente in cerca di indizi. Quale sarà la vera spiegazione? Non può trattarsi di un fantasma. Devo pensare come penserebbe Sherlock Holmes. Prima regola, escludere l'impossibile... e cioè che è stato il fantasma di John a mandare l'e-mail. Se questo è da escludere, cos'altro resta?

Ricordo che l'anno scorso John mi aveva fatto scrivere una lettera di dimissioni. Lui stava per andare in pensione. Era più vecchio di me. Diceva che voleva smettere di lavorare e che mi voleva sempre con sé. Ma non era vero. Non aveva mai voluto stare con me. Lui viveva la sua vita. E non voleva che io vivessi la mia. Voleva accanto a sé una morta vivente.

La leggenda che io sono sempre in ritardo? Era la battuta ricorrente nella mia famiglia, al lavoro, ogni volta che avevo il biglietto per uno spettacolo o quando dovevo andare a bere un drink con gli amici. Ecco quello che in verità succedeva: John mi rubava le chiavi della macchina, mi nascondeva la borsa, mi sfilava le tessere dal portafoglio. A volte mi nascondeva una scarpa del paio che avevo abbinato a un certo vestito, e allora mi toccava cambiarmi. Mettevo sempre in conto un'ora in più per andare da qualsiasi parte, e comunque arrivavo sempre tardi.

Bella è così sbadata. Bella non ha il senso del tempo. Bella non si ricorda di quel che ha fatto. Bella non sa cucinare. È John che si occupa di Bella.

Ne ho abbastanza. Mentre sto per fare il logout, mi accorgo che il mio salvaschermo è stato cambiato. Avevo scelto come immagine dello sfondo una mia foto con i laureandi dell'ultimo anno. E adesso mi ritrovo a fissare una foto di John. Una foto che non ho mai visto. Dev'essere recente, dal momento che indossa un vestito nuovo. Quello con cui l'ho seppellito. La foto è stata scattata di sera.

Palloncini. Stelle filanti. È in un bar e cinge con un braccio mia sorella.

DISINSTALLA.

Il sistema mi chiede se voglio eliminare definitivamente questa app.

ELIMINA.

Per sicurezza, la elimino definitivamente dal cestino.

Dov'è il mio telefono? L'avrò eliminata anche dal telefono? Non sono così esperta di tecnologia da conoscere la risposta. Era John l'esperto: lavorava nel settore informatico.

Avevo lasciato a casa il telefono, proprio lì, sul bancone, vicino alla porta. Avevo deciso di non portarlo al college. Sicura di non averlo portato? Forse mi sbaglio. Frugo da tutte le parti come uno scoiattolo affetto da un disturbo ossessivo compulsivo. Prima nella borsa, poi in macchina, poi di nuovo nella borsa. Poi mando un'e-mail a Noel. Lui mi risponde subito, inviandomi un link su Zoom.

Ha l'aria tesa, come chi si sforza di sorridere e al tempo stesso di rimanere serio. Non ce l'ha lui il mio telefono.

«Bella, tu non stai bene. Prenditi del tempo. Hai bisogno di rilassarti.»

Ok. Farò delle cose normali in modo normale per rilassarmi. Farò di tutto per dimostrare agli altri che sto tornando alla normalità. Cosa c'è di più normale che fare una torta? Farò il pan di Spagna. È un'attività rilassante. Sono una brava cuoca. Cucinavo sempre io. Anche se poi era John ad accogliere i nostri ospiti con il grembiule macchiato di farina e di vino rosso. Pensavano tutti che avrebbe dovuto partecipare a Masterchef.

«Mi diverto a cucinare per gli amici» diceva sempre. «E per la mia Bella.» (Con il braccio mi cingeva la vita.)

Come se non fossi stata io a tritare le erbe aromatiche, a pelare i pomodori, a farcire i ravioli, a frullare il pesto, a bollire la zucca, a preparare le scaloppine di pollo. E per concludere, il tiramisù.

Quei giorni sono lontani, Bella. Ora puoi cucinare per te stessa.

È un bel pomeriggio: ascolto la radio, sento il calore del sole autunnale che penetra dai lucernari della cucina. Questa vita è ora o mai più. E io sono viva. Comincio a fantasticare sui progetti futuri. Potrei andare a Roma, a trovare la mia famiglia.

Le due metà del pan di Spagna si stanno raffreddando sui vassoi di metallo quando suona il campanello della porta d'ingresso. Smetto di montare la crema al burro, immaginando sia un vicino venuto a informarsi su come sto. Ho dei vicini premurosi.

Alla porta ci sono due poliziotti. Vogliono entrare. Vogliono parlarmi, se non ho nulla in contrario. E perché?

Sono in lutto. Certo. Dev'essere difficile. Lo comprendono. Certo. Ma non devo fare chiamate moleste.

Come?

Sembra che io abbia telefonato ai miei vicini all'alba. Trasmettendo musica a tutto volume. Ecco, questo è il registro delle chiamate partite dal mio numero: alle quattro e trenta, alle quattro e quarantacinque, alle cinque e quindici.

La polizia vuole vedere il mio telefono. Ma io non ce l'ho. E perché non ce l'ho? Non lo so... Non riesco a trovarlo. Mi chiamano per farlo suonare. Ma non suona da nessuna parte. Né di sopra, né di sotto. I poliziotti girano per casa chiamando il mio numero. Niente, non si trova. L'ho per caso distrutto? Per eliminare le prove? Ho chiesto aiuto a qualcuno? Mi sono fatta vedere da un dottore? Chi è il mio parente più prossimo?

Mia sorella.

Cerco di spiegargli la questione della JohnApp. È stata la JohnApp a fare quelle telefonate. Non le ho fatte io. Capite? Mia sorella mi ha comprato quell'App, e sicuro ha scaricato una versione pirata. Sapete, mia sorella è così tirchia! Mi ha comprato un'app tarocca. Ma voi non mi state ascoltando... Non mi sto inventando delle scuse. Può mandare anche delle e-mail. La JohnApp può fare tutte queste cose, è questo il punto, capite? Per farti sentire e credere che quella persona è ancora viva. Dovrebbe aiutarti a stare meglio. Ma non è così. E, comunque, si è mai sentito che dei vicini chiamino la polizia? Non possono semplicemente bussare alla porta?

Per favore, porgete le mie scuse alla famiglia che vive nel Buddha Bungalow. Gli regalerei volentieri la mia torta, ma hanno azzerato le immissioni di carboidrati.

I poliziotti se ne sono andati.

Farcisci il pan di Spagna con la marmellata e la crema. Mangiane una grossa fetta. Respira. Rilassati. Sdraiati sul divano. Riposa. Cerca di dormire.

Devo attenermi al fatto che niente di tutto ciò sta davvero accadendo. Una catena di errori, forse. O pura cattiveria... magari. Nient'altro.

Ben presto scivolo nel sonno.

C'è un telefono che suona. In casa, tra le ombre, con la luce spenta, c'è un telefono che suona.

Corro di sopra nella nostra camera da letto, no, nella mia, faccio cadere il bicchiere d'acqua della notte scorsa, mi giro su me stessa come fanno i gatti, gli occhi spalancati. Dov'è? Ha smesso di suonare.

Mi sa che il suono viene da fuori. La polizia non ha trovato il mio telefono. Mi siedo sul letto, in attesa.

C'è un telefono che suona. Al piano di sotto.

Nel corso dell'ora successiva rovisto in tutta la casa, come un ladro. C'è solo una cosa che voglio e non la trovo.

Quando salgo al piano di sopra suona di sotto. Quando sono di sotto suona di sopra. Dopo un po' smette. Ma non nella mia testa. Il telefono suona nella mia testa e non riesco a farlo tacere.

Mia sorella mi dice di rilassarmi.

Sto vivendo il periodo più stressante della mia vita: come faccio a rilassarmi? Dall'altra parte della strada, nel Buddha Bungalow, vedo la stanza per la meditazione illuminata di blu. Quando Mrs Buddha mi scorge alla finestra, abbassa immediatamente la veneziana.

Su FaceTime, mia sorella acconsente a riconsegnarmi il telefono di John. Concorda che entrambe faremmo meglio a eliminare tutto. «Sta succedendo troppo in fretta» dice, anche se non so cosa intenda. «La eliminerò anche io.»

Vengo a sapere solo adesso che anche lei ha una JohnApp.

«Mi manca John» mi dice. «E ho voluto provare l'app. Per certi versi mi piace, ma mi rendo conto che a te non fa bene.»

«Vorresti dire che, dopo la morte, una persona riesce a stare in più luoghi contemporaneamente? Che le JohnApp da scaricare sono infinite?»

«Ci sono anche le famiglie numerose» dice. «Secondo me è una cosa buona.»

«Gala, se non sono andata fuori di testa quando John era vivo è solo perché non aveva la facoltà di stare in più posti contemporaneamente. Se era con qualcun altro, be', almeno non era con me.»

«Tu non sei mai riuscita a tirare fuori il meglio da lui» dice. «Non arrabbiarti, è un dato di fatto.»

«Lo odiavo.»

«Appunto!» (Detto con la sua trionfante miscela di compassione e sadismo.) «E proprio come prima davi la colpa a John, adesso dai la colpa alla JohnApp per quello che hai fatto tu.»

«Io non ho fatto proprio niente! E il telefono che non trovo più sta suonando in questa casa.»

Lei sospira. Ha tutto un repertorio di sospiri. «So che sei in stato di choc, e per questo non intendo rimproverarti. Anzi, voglio mostrarti che sto dalla tua parte. Fammi condividere lo schermo.»

Ecco il suo schermo, con il cursore che va avanti e indietro. «Vedi, Bella? ELIMINA. John non c'è più.»

«Adesso tocca a me condividere lo schermo con te!» le dico. «Lo riconosci lo sfondo del mio desktop?»

Vado a prendere l'acqua dal frigo per darle il tempo di assorbire il colpo. È il mio asso nella manica. Fa una pausa (una delle sue) e poi sento che mi chiama. «Bella! Torna subito qui. Perché dovrei guardare il tuo salvaschermo con la foto dei tuoi alunni affetti da disturbi dell'apprendimento?» E lo dice con lo stesso tono sprezzante che usava John. Faccio scorrere il dito sul mio schermo. La foto di lei e John nel bar è scomparsa.

Non importa. Ora ho capito una cosa.

Quella notte non succede niente. Fatico a chiudere occhio, come mi succedeva quando lui rimaneva fuori fino a tardi e mi domandavo cosa avrebbe fatto, cosa mi avrebbe fatto, al suo ritorno. Il *clic* della porta di ingresso che si chiudeva.

Il rumore dei suoi passi. Com'è possibile che tanta paura si annidi in un passo? L'ultima volta, l'ultima volta prima di morire, era salito su per le scale con quel suo passo pesante, gradino dopo gradino, e si era fermato sulla soglia della camera da letto, dondolando avanti e indietro e sciogliendo il nodo della cravatta come fosse un cappio.

Poi, bucandomi con lo sguardo, quasi non potesse vedermi, si era girato. Il rumore dei suoi passi diretti nella camera degli ospiti. Com'è possibile che tanto sollievo si sprigioni da un passo?

Trascorre un giorno, e poi un altro. Non succede nulla. Mi sento meglio. Ora non ho paura di mia sorella. E poi mi arriva per posta un pacchetto. È il telefono di John. Mi è utile, fino a che non troverò il mio potrò usare il suo. Sono stati cancellati tutti i suoi dati.

Torta. Caffè. Tutto con deliberata lentezza, come un gatto che si lecca i baffi prima di avventarsi su un topo.

Poi, quando sono pronta, accendo il suo telefono e chiamo il mio numero. Il telefono suona libero, ma non risponde nessuno.

«Chi è?» chiedo.

"*Sono Bella*" dice John.

Cade la linea.

Subito dopo, il telefono di John comincia a suonarmi tra le mani.

«Pronto? Sono Bella.»

"*Bella è morta*" dice John.

Sul telefono, quasi mi ridesse in faccia, appare la foto di loro due al bar. La mando via e-mail a Gala. «Questa non è la foto dei miei studenti.» Poi spengo il telefono e vado a fare una passeggiata sotto la pioggia autunnale che cade come le foglie cadenti che spogliano i rami degli alberi. Niente dura per sempre.

Ed è meglio così.

Vuoi tu, Bella, prendere John come il tuo legittimo sposo... fino a che morte non vi separi?

Lo voglio.

Quella sera apparecchio la tavola per due, come facevo prima. Posate, bicchieri, tovaglioli, una bottiglia di Pinot nero. Ora non mi resta che aspettare.

Poco prima delle nove, sento aprirsi la porta d'ingresso, poi il *clic* del chiavistello che si chiude. Una pausa. Resto seduta dove sono. Non alzo lo sguardo. Gala entra in cucina.

«Hai la chiave» le dico.

«Sì.» Ora fa un'altra delle sue pause, ma questa volta è diversa, è una pausa di esitazione. «Mi offriresti da bere?»

«Serviti pure.»

«Non è come pensi» dice quand'è seduta, protendendosi verso di me come farebbe un'amica. «È stato solo un momento di debolezza, niente di più. Sai che gli sono sempre piaciuta.»

«Lo so.»

«È durata solo una notte.»

«Non ti credo.»

«Non so dove hai trovato quella foto.»

«Me l'ha mandata John.»

«È assurdo.»

«Forse.»

«Noi due dobbiamo parlare. C'è qualcosa da mangiare?»

«Sì. Sapevo che saresti venuta e così ho tolto dal freezer uno dei *riz-oh-ti* di John. La sua specialità. Con funghi selvatici. È in forno.»

Lei parla. Io ascolto. Come facevo con John.

Servo entrambe. Prendo i piatti. Mi siedo. «Tu non stai mangiando» mi dice, riempiendosi la forchetta.

«Non ho fame. Gala, sei stata tu a scrivere l'e-mail? A fare quelle telefonate? A manomettere il mio sistema operativo?»

«Tu rimugini troppo, Bella.»
«Quanto è durata la vostra storia?»
«Te l'ho detto... non è mai ricominciata.»
«Vuoi sapere una cosa? Ho controllato il telefono di John dopo che è morto, prima che tu lo portassi via. E so perché volevi portarlo via. L'app era solo una scusa, vero? Ho visto tutto, Gala. Ogni sporco segreto. Ogni bugia. La vostra storia non è mai ricominciata, e questo è vero. Ma solo perché non è mai finita.»
«Sei proprio una ficcanaso.»
«Ho avuto un bel po' di tempo per controllarlo, in attesa della polizia, mentre lui era disteso sul pavimento della cucina.»
«Immagino che lo dirai a Mike.»
«No.»
Sembra sorpresa. Si sporge per prendermi la mano. Ha le dita fredde. «Grazie, è un buon marito.»
«Mike avrà ben altro di cui occuparsi.»

Gala mi guarda in modo strano, senza riuscire a mettere a fuoco. Il suo respiro cambia. Vuole parlare, ma non le vengono le parole. Prova ad alzarsi dal tavolo ma cade per terra.

Conosco la procedura. L'ho già eseguita, da pochissimo. Chiamerò la polizia. Ci penseranno loro a portare via il corpo. Alla morte di John non è seguita nessuna inchiesta, poiché in passato aveva sofferto di disturbi cardiaci e, negli ultimi tempi, non aveva preso le sue medicine. Da un po' di settimane gliele avevo sostituite con altre pillole, un placebo, ma non era bastato a ucciderlo. E poi avevo voluto fare il suo famoso risotto per i nostri invitati a cena.

Cioè, aveva voluto che io preparassi il risotto. Come al solito. Nessun problema. Solo che l'avevo cucinato in due pentole, e in una avevo messo dei funghi di un'altra varietà. So dove trovarli nei boschi. Poi John aveva congelato, e accuratamente etichettato, il risotto della seconda pentola.

Ma chi poteva ritenermi colpevole, dal momento che era stato lui a cucinarlo? Vedete, qui ci sono le etichette vergate nella sua grafia, e vedete, qui c'è mia sorella. Morta come lui.

Prendo il telefono dalla sua borsa. È facile sbloccarlo, come è stato facile sbloccare quello di John. Anche i pollici di lei sono ancora caldi e servizievoli.

Faccio scorrere i messaggi, trovo l'ultimo messaggio che John ha mandato a Gala e lo cancello.

Credo che Bella stia cercando di uccidermi.

Taglio una fetta di torta e mi siedo. Ora che sono insieme per sempre, forse mi lasceranno in pace.

È passata da un po' la mezzanotte quando il cadavere di Gala viene portato via. A letto, sento la lastra dell'oscurità sospesa appena sopra la mia faccia.

Dormi, ora. Non aver paura.

Da qualche parte, nella casa, il mio telefono sta squillando.

La casa avita

La seduta spiritica comincia a mezzanotte.

Si terrà a casa di una donna che si firma Madame K.

Sono un membro del Circolo Dia-normale. Preferiamo usare il prefisso "dia" al posto di "para", anche se studiamo le attività paranormali. Per noi, il mondo invisibile non è parallelo al mondo visibile, non scorre al suo fianco o nelle sue vicinanze. Non sta di sopra, né di sotto. Altri mondi, altre entità attraversano il nostro mondo, pullulano al suo interno, lo inceneriscono, lo piegano, lo alterano con la loro presenza. Pensate al termine "diametro": la misura del segmento che attraversa il cerchio.

La consueta attività umana può essere rappresentata come il cerchio. L'attività non umana può essere misurata a partire dalle linee tracciate attraverso il cerchio.

Linee sbiadite, spesso. Sì. Il vago e palpitante profilo di un fantasma. L'odore del passato in una stanza. Linee spezzate. La suggestione di una presenza.

Tutti noi ne siamo consapevoli. E voi?

Ma le linee irruente incise nella carta? Quelle linee ardenti pronte a divampare attraverso l'ordito di un giorno come tanti? Cos'è che si sprigiona in superficie?

È quello che vogliamo scoprire al Circolo Dia-normale. I nostri membri rimangono anonimi. La nostra ricerca è privata. Non abbiamo un sito web né un canale YouTube. Ci incontriamo tutti una volta all'anno nel giorno di Halloween. Indossiamo mezze maschere per gli occhi e abiti da sera, un modo per evitare ogni forma di intimità.

I nostri membri provengono da tutto il mondo. Come nella massoneria, siamo raggruppati in logge. La loggia di Londra, fondata negli anni Novanta del diciannovesimo secolo, è la più antica, e Oscar Wilde ne faceva parte.

Credo sia stato un membro della famiglia Astor a fondare, per svago, questa loggia di New York. L'immagine che New York ama offrire di sé stessa è quella di una città giovane e moderna, ma la terra che calpestiamo non è giovane. La storia sedimenta, e si formano gli strati. Noi abitiamo lo strato superiore, o meglio, lo abita chi di noi è vivo nel senso comune del termine. La domanda è: che cosa si cela al di sotto?

Stasera sono diretto a Washington Square Park, un parco pubblico accogliente e frequentato, teatro del continuo andirivieni della vita cittadina, un piccolo polmone di alberi e panchine. Mi siedo per un attimo. Cosa c'è sotto i miei piedi? Un luogo di sepoltura perduto dove ventimila anime dormono il sonno eterno. In pace. O senza pace. Qui sotto, in tombe dimenticate e di continuo importunate, ci sono quelli come voi e come me. Li vedete? Berretti, ombrellini, impermeabili, abiti da lavoro, c'è anche un uomo che suona la fisarmonica. Sembra incredibile, lo so.

La mia destinazione è vicina. West 10th Street è tra la 5th e la 6th Avenue. Devo solo passare sotto l'arco di Washington Square, percorrere la 5th e girare a sinistra.

West 10th Street. Acciottolato. Ringhiere di ferro. Ampi gradini che conducono alle porte di ingresso. La pioggerellina che trasforma in nebbia il tenue e giallo bagliore dei lampioni d'epoca. Cammino lentamente, anche se sono in ritardo. Non serve avere fretta in questi frangenti. I Morti non hanno fretta, tutt'al più sanno aspettare.

La casa è nello stile neoclassico tipico dell'epoca in cui vide la luce.

Questi edifici furono costruiti a partire dagli anni Cinquanta del diciannovesimo secolo, nell'ambito del progetto di gentrificazione di Washington Square. Mark Twain abitava al numero 14, e ho sentito dire che casa sua veniva chiamata "la Casa della Morte", per via dei molti fenomeni paranormali che vi si manifestavano.

Ma non è al numero 14 che devo andare stasera.

Due colonne di pietra scanalate sostengono un frontone rivestito di piombo. Il portico sottostante è profondo e ombroso, come l'entrata in una tomba di famiglia. Il frontone, grigio e lucente, riflette il bagliore della strada sotto la pioggia sempre più fitta. Ha la stessa levigatezza e tonalità del pelo di un topo. Nel lembo di giardino incolto, sul davanti della casa, avverto uno zampettare frenetico.

Una vecchia pianta di glicine cresce sul frontone e si arrampica attorno al tubo di scarico. Il suo tronco nodoso e aggrovigliato nasconde in parte la finestra del piano terra. Le case adiacenti sono ben tenute, tirate a lucido dal denaro. Ma questa fa eccezione.

Intrappolata nel proprio passato, ricorda la casa spettrale di Miss Havisham. Qui, il tempo sembra non essere trascorso alla stessa velocità che altrove. Gli orologi e il calendario uniformano le nostre ore, ma non il modo in cui le sperimentiamo. Il tempo può scorrere troppo lentamente o troppo velocemente. Quel regolare ticchettio è un'illusione a cui dobbiamo credere, una delle nostre tante divinità meccaniche. E, tuttavia, non siamo riusciti a domare il tempo, ma solo a addomesticarlo. Mi rendo conto che è mezzanotte passata.

Sto per sollevare il batacchio di ferro, la testa di un gatto con la bocca aperta. La lunetta sopra la porta è ornata da un reticolo di piombo che la fa assomigliare a una ragnatela, appena visibile. Il ragno, invece, non si vede.

Non so nulla di Madame K.

Neanche il tempo di bussare e la porta si apre, apparentemente da sola, permettendomi di sbirciare in un atrio spazioso con piastrelle bianche e nere. Mentre entro, la porta si chiude alle mie spalle. Mi accoglie un ometto che indossa una redingote marrone. Il suo viso è imperscrutabile. «Lei è l'ultimo.»

Prende il mio cappotto e scompare in un corridoio sul retro della casa.

Salgo la scala di mogano, diretto verso il salotto al primo piano. Ora capisco perché la casa sembrava così buia vista dalla strada. Le persiane alle finestre sono sbarrate, e la stanza è illuminata solo da un fuoco scoppiettante e molte candele.

Attorno a un tavolo, al centro della stanza, siedono alcuni dei membri del Circolo Dia-normale. Ne riconosco qualcuno dalla sagoma e dalla statura, dalla linea della mascella, dal modo di sorridere. O di non sorridere.

La nostra ospite si alza.

Anche Madame K indossa una mezza maschera. Ha una voce melodiosa, un accento dell'Europa dell'Est. È robusta, ma proporzionata. Il suo incedere è aggraziato e l'abito di velluto le dona. Potrebbe avere una cinquantina d'anni.

«Benvenuti nella casa avita. Questa sera non parteciperete a una seduta spiritica tradizionale, perché non ci sarà una medium a evocare gli spiriti dei Morti» dice.

Mentre parla, mi rendo conto che ci sta chiedendo di indagare su un altro tipo di fenomeno. Un nuovo sviluppo nell'esperienza disincarnata. Stiamo per entrare in un metaverso.

Davanti a ciascuno di noi ci sono un visore e un guanto aptico. Dispositivi che ci permetteranno di abitare questa stanza tramite i nostri avatar. Sarà tutto uguale a com'è ora, e uguali saremo anche noi. Solo che ritorneremo indietro nel tempo. Al 1870.

Madame K ci spiega che prossimamente la casa aprirà al pubblico in qualità di museo interattivo.

Invece di procedere diligentemente da una stanza all'altra,

indossando il visore, ascoltando le audioguide, i visitatori diventeranno una componente vivente del passato vivente. «I nostri visitatori popoleranno la storia» dice. «Sperimenteranno il brivido, e forse anche il timore, di vivere in questa casa centocinquant'anni fa.»

Ci spiega che il metaverso solleva problematiche interessanti per quanto riguarda il concetto di realtà. La nozione di realtà che possiede il nostro cervello non corrisponde al modo in cui a noi piace descriverla. La realtà, così come il tempo, è un costrutto necessario. Ok, fin qui sono d'accordo con te, Madame K, e quello che ci proponi potrebbe essere uno stimolante gioco interattivo, ma, esattamente, cosa dovremo fare stasera?

Noi andiamo a caccia di fantasmi. Quindi, dov'è che si caccia?

Madame K ci rivolge il suo sorriso enigmatico. Scrolla le spalle e si gira per un momento. Sotto il suo elegante vestito di velluto vedo spuntare una gobba. Allarga le mani ingioiellate con fare invitante: si vedrà.

È arrivato il momento di entrare nel passato.

Una volta indossati i visori, i nostri avatar prendono il nostro posto. Ci vediamo proiettati nel passato, e il presente non c'è più. La stanza dentro la stanza assume contorni chiari. Il pesante mobilio di mogano. La grande gabbia per i pappagalli. Le polverose tende di velluto. I tavolini dalle gambe rivestite di stoffa. La tavola è apparecchiata per la cena.

Si discute di soprannaturale.

In verità, io di fantasmi non ne ho mai visti, e dubito che ne vedrò. È solo che il Circolo Dia-normale ammanta la mia vita di un'aria di mistero.

Inoltre, tra noi membri, non c'è bisogno di essere troppo trasparenti. Che pessimo gioco di parole.

L'uomo in redingote marrone ci serve le pietanze. Gli altri mangiano, lieti di avere uno scopo, desiderosi di partecipare alla conversazione. Io stasera sono apatico. Assorto nei miei pensieri. Poiché sento freddo, mi alzo da tavola e mi avvicino al camino. Madame K mi guarda ma non dice niente.

C'è una donna che indugia accanto al fuoco. Prima non l'avevo notata: dev'essere un'ospite della padrona di casa. Quel che ora mi colpisce sono i suoi occhi. Verde smeraldo, dello stesso colore dei suoi orecchini. Il cuore mi batte più forte in petto. Mi sorride, mentre inclina la testa verso la tavolata.

«Non c'è nulla che incontri il mio interesse, qui» dice. «Vi piacerebbe visitare il resto della casa?»

Senza attendere la mia risposta, si dirige verso la porta. I membri del circolo sono impegnati in un'animata conversazione con Madame K. Chi si accorgerà della mia assenza? Non è la prima volta che rivolgo a me stesso questa domanda.

Le scale sono buie. Dopo la prima rampa, la donna scompare in una stanza. Lascia la porta socchiusa e io la seguo. Carta da parati in simil-velluto. Un tappeto a motivi geometrici. Un letto a baldacchino schermato da una cortina. E lei dov'è?

Senza sapere perché, mi avvicino ai piedi del letto e scosto la cortina. La donna è distesa supina, le mani sul petto, gli occhi spalancati.

Lancio un grido.

Nel giro di un secondo, lei balza in piedi, ridendo.

«Volevo solo intrattenerla. Madame K ha dei piani particolari per questa casa.»

«Lei lavora per Madame K?»

Mi sorride. «La casa esporrà una serie di tableaux, come quello che lei ha visto ora. Opere d'arte e installazioni, drammi ambientati nel passato. Sarà molto più di un museo.»

«E i fantasmi?» chiedo in tono scherzoso.

«Ah! I vivi e i Morti. L'annosa contrapposizione.»

«La morte è definitiva» dico.

«E allora perché siete qui?»

«Potrei farle la stessa domanda.»

Non mi risponde. Il suo sguardo è quello di una gatta, concentrato e sprezzante. Mi tende la sua bianca e lunga mano. «Mi chiamo Esmeralda.»

«E io Thomas.»

Si fa più vicina e comincia a slacciarmi la cravatta.

Mi tocca. La mia pelle rabbrividisce dal freddo, vibra come un diapason, come la corda di un pianoforte pizzicata. Come il rimbombo della metropolitana sotto le strade o il soffio di vento che sale dalle grate. Mi accarezza la pelle dal collo fino all'addome. Poi si spinge più in basso. È fluida come l'acqua. Quando mi bacia, è come se mi affacciassi sull'orlo di un pozzo. Quando mi prende la mano, è come se mi trascinasse giù in quel pozzo. Sul fondo di quello stretto imbuto d'acqua, tra pareti di mattoni, sono immerso nell'oscurità.

Un'oscurità visibile. E vedo lei, il suo profilo che lampeggia come una fioca luce al neon. La sua figura. Ma che figura è? Non è una figura umana. È accovacciata, con la lunga spina dorsale come un arco teso fino ai fianchi contratti. Gira la testa verso di me. Una possente testa felina. Apre la bocca.

Mi sono addormentato? Mi sveglio senza aprire gli occhi perché i miei occhi sono già spalancati. Non batto ciglio. Non riesco a sollevare nessuna parte del mio corpo. Dall'angolo dell'occhio destro intravedo qualcuno, o qualcosa, che è sdraiato accanto a me. Fianco a fianco, siamo al tempo stesso imbalsamati e vivi.

Mi sforzo di parlare. Le parole si formano, ma le labbra non si schiudono. Dentro il cavo della bocca la lingua scorre su un filo spesso. Ho le labbra cucite.

Le braccia sono incollate alle cosce. Non riesco a muoverle. Mi sforzo di aprire le gambe ma oppongono resistenza. Lattice? Sono forse avvolto in una membrana di lattice? Collosa, gommosa, soffocante. Come una muta da sub cresciuta nella pelle. Faccio sempre più fatica a respirare. Sento il lattice che si arrampica su per il naso fino a raggiungere gli occhi.

Devo concentrarmi. Quel che sto vivendo è un'illusione, non la realtà. Sono un facsimile di me stesso. Mi immagino libero. Tirandomi a sedere, con il solo aiuto degli addominali, immagino che la mia bocca si apra. Lentamente, e con la mascella che si tende per lo sforzo, riesco ad aprirla. Sento un suono scoppiettante, come lo schiocco di una gomma da masticare. Lancio un grido. Un lungo grido.

Le mani si allontanano dai fianchi, finalmente libere. Le gambe si sollevano e io mi espando come una stella. Sono vivo e libero.

Non c'è nessuno sdraiato accanto a me. I miei vestiti sono fuori posto e sbottonati. La stanza è immersa nel silenzio. Sono solo.

Scendo le scale per tornare in salotto, convinto di trovare i membri del circolo dove li avevo lasciati, seduti a tavola a parlare con Madame K.

Ma non c'è nessuno. Il fuoco si è estinto. Nel camino, mentre setaccio la cenere con le dita, avverto un calore residuo, ma di una fiamma che deve essersi spenta ore fa. Che ore sono, adesso?

Avverto una presenza alle mie spalle.

In preda allo spavento, mi giro di scatto: non è Esmeralda, bensì l'ometto dalla carnagione giallastra con la redingote marrone.

«Dove sono tutti gli altri?»

«Lei è l'ultimo ospite rimasto.»

Va alla porta, si scosta e mi fa cenno di uscire.

«Ma dov'è Madame K?»

«Le porto il suo cappotto.»

Ben presto mi ritrovo in strada, diretto a passo rapido verso la 5th Avenue, nella corsa contro il tempo di una mattina newyorchese. I clacson dei tassisti, le urla dei guidatori, i ciclisti kamikaze, i furgoni per le consegne, le code per il caffè, i cagnolini al guinzaglio, i cantieri edili, un uomo che innalza un cartello con la scritta "Convertiti a Cristo".

Riesco a passare sotto l'arco di Washington Square schivando per un pelo un micidiale skateboard. Ho bisogno di un caffè. Forse la notte è filata liscia perché nessuno si era accorto della mia assenza? È stato solo un errore?

Un errore e dei brutti sogni.

Trovo una panchina, bevo il mio caffè e prendo il bloc-notes che porto sempre nella tasca del cappotto. Con l'occhio della mente vedo Esmeralda. Il corpo sottile. I capelli ribelli raccolti in uno chignon. La vedo con chiarezza, come se stesse camminando nella mia direzione. Così, guardando dritto davanti a me, comincio a disegnare. Disegnare mi è utile per fermare il flusso della mente quando interferisce con l'immaginazione. Non con quello che vedo o credo di vedere, ma con quello che vede il mio occhio interiore. La verità. La mia mano si muove rapida, tratteggiando linee decise. Ecco. Ho terminato.

Quando abbasso lo sguardo sul mio disegno, la gola si secca all'istante e mi tremano le mani. Non è una donna, ma una creatura accovacciata dalla lunga spina dorsale e dai fianchi contratti, la testa riversa all'indietro, la bocca spalancata in un ringhio. Strappo la pagina dal taccuino, l'accartoccio e la butto in un cestino, poi mi incammino a passo rapido. Vado a casa, per lavare via il sudore da sotto le ascelle e poi rimettermi a lavorare.

Ed ecco cosa accade: sono assorto nel mio lavoro, e nel mentre passano le ore come sempre passano, che siamo felici o tristi, pieni di vigore o moribondi. Verso le cinque, ricevo un'e-mail dal Circolo Dia-normale in cui si dice che la scorsa notte non è stata rilevata alcuna attività oltremondana e che dunque la faccenda è chiusa.

È finita così, allora. Qualunque cosa sia stata. Mi preparo un whisky e soda, e intanto guardo fuori dalla finestra con la mente assorta. Non vedo la coda di macchine: vedo Esmeralda. Il corpo di una donna. La testa di un animale. Un corpo di animale con una testa di donna. Una folta capigliatura. Occhi verdi. Poi, come se fossi costretto, come se qualcuno fosse andato a prenderlo per me, m'infilo il cappotto.

Lungo il tragitto che mi porta a West 10th Street non noto nulla. Sono un uomo come tanti in una città affollata. E, quasi fossimo fantasmi, noi passanti ci passiamo attraverso senza vederci. È la città il regno di chi si è perduto.

Dopo circa un'ora, mentre vado su e giù per la strada controllando il telefono, sperando di non essere arrestato per vagabondaggio – il cartello sul lampione dice NON SOSTARE IN QUEST'AREA –, vedo Madame K che sta per entrare in casa. Le rivolgo un saluto. Lei si volta e mi riconosce, ma senza mostrare alcuna emozione.

Le chiedo: «Chi è Esmeralda?».

Mi invita a entrare. Andiamo nel suo ufficio, un'ala moderna sul retro della casa.

Madame K dice: «La persona che lei descrive non era una mia ospite. Io non l'ho vista».

«E allora io cosa ho visto?»

Madame K mi scruta, e il suo sguardo è freddo. È una bella donna, di una bellezza algida. Non sembra né sorpresa né compiaciuta quando le confesso di aver forse assistito alla manifestazione di un'entità soprannaturale. Beve un sorso d'acqua. «Qualche sera fa ero a un party a Venezia. Una Venezia virtuale, naturalmente, anche se quella città è diventata una simulazione di sé stessa ormai da tempo. E ho avuto l'impressione che non tutti i presenti all'incontro fossero riconducibili a un'entità fisica.»

«Mi sta dicendo che c'erano dei fantasmi a quel party?»

L'ho interrotta. Rimane in silenzio per un momento, contrariata.

«È mia convinzione che, costruendo un mondo disincarnato – ed è quello che noi intendiamo per metaverso: uno spazio, meglio non chiamarlo luogo, uno spazio dove esistiamo solo sottoforma di avatar e le nostre menti entrano in una realtà che non dipende dal mondo reale –, ecco, così facendo abbiamo inaspettatamente creato un'opportunità per i Morti. Capisce cosa intendo dire?»

Guarda spazientita la mia faccia perplessa. «Come possiamo sapere chi, o meglio, che cosa andremo a incontrare in un mondo virtuale? Certo, ci sono degli impostori, e hanno previsto dei protocolli per identificare quelle che noi chiamiamo persone reali. Per esempio, a lei piacerebbe essere stalkerato dalla sua ex moglie che finge di essere la sua nuova amante?»

«Come fa a sapere della mia ex moglie?»

«Era solo una supposizione» risponde Madame K. «A titolo di esempio.»

«Va bene, e allora?»

«Immaginiamo che lei incontri qualcuno nel metaverso. Come farà a sapere se è vivo o morto?

«È assurdo.»

«Davvero? Un fantasma è privo di sostanza, ma ha un potere e una presenza e può apparire in forme alternative. Nel metaverso siamo tutti forme alternative. I Morti si uniranno a noi.»

«E perché?»

«Perché i Morti sono soli.»

È una mia impressione o la sua sagoma ondeggia mentre pronuncia quelle parole? La stanza è uno spazio solido, ma Madame K appare sfocata. Mi strofino gli occhi. «Ma i Morti sono morti, andati!»

Madame K ride. «Se solo la vita... o meglio, verrebbe da dire, se solo la morte fosse così semplice.»

«Chi è Esmeralda?»

Non risponde. Mi dice invece: «Vorrebbe provare di nuovo? Forse scoprirà qualcosa in più».

Mi guarda attentamente. L'aria nella stanza è immota. È come se una pellicola mi ricoprisse le narici, una pellicola sottile quanto una bolla di sapone, che mi blocca il respiro. Ho bisogno di respirare.

Ci spostiamo in salotto. Le persiane sono chiuse, le candele accese e il fuoco scoppiettante. Guardo Madame K con aria interrogativa.

«Una prova generale per quando il museo aprirà» dice. «Ora, per favore, si rimetta il visore e tornerà là dove era ieri. Quel che è accaduto è stato registrato lì dentro.»

«Ero al piano di sopra» dico. «Con Esmeralda.»

Madame K è scomparsa.

Il visore ingombrante. I guanti aptici. È assurdo. È solo un videogioco in 3D, nient'altro.

Indosso un abito elegante. Ci sono altre persone nella stanza che ancora una volta non si accorgono di me. Le supero e mi avvio su per le scale fino a raggiungere la porta della camera da letto. Sento muoversi qualcuno all'interno. Busso.

«Entrate!»

Esmeralda si sta infilando il vestito. Sento il brivido della scorsa notte. Mi chiede di aiutarla ad allacciarle i gancetti sulla schiena. La profonda V dello scollo posteriore espone un lungo triangolo di pelle liscia che io accarezzo e bacio, percependo i muscoli sottostanti. Si gira per baciarmi. Le labbra piene, la bocca aperta. Quegli occhi verdi. La retina è una fessura nera. Al tocco del suo bacio sento un pizzicore alle labbra, come quando si rimane impigliati in una recinzione elettrica. Cerco di stringerla a me, ma lei si ritrae.

«Scendiamo al piano di sotto?» dice.

Controllo la mia immagine nello specchio sbiadito. Ho un

bell'aspetto, a parte il fatto che le mie spalle sembrano sfocate. Dev'essere la tecnologia: sarà ancora in fase di sviluppo.

Al piano di sotto, tutti vogliono parlare con Esmeralda. Il vestito bordeaux, i capelli raccolti in un alto chignon, la sensazione che i suoi vestiti siano orpelli provvisori.

D'un tratto provo un senso di nausea che attribuisco al visore. Ho sentito dire che può causare un certo disorientamento, in parte dovuto alle difficoltà di allineamento degli occhi. Bene, uscirò dal metaverso per un minuto.

Mi siedo a un tavolino, vi appoggio i gomiti e provo a togliere il visore.

Solo che non lo tolgo, perché non ci riesco. Le mie mani lo cercano a tentoni, come quando si cerca un bicchiere d'acqua al buio. Dove diavolo è? Ora le mani si muovono sulla testa, sui capelli, sul volto, ma il visore non c'è.

Barcollando come un elefante colpito da un proiettile, vago per la stanza urtando le persone, in cerca di aiuto. È come se non mi trovassi qui. Do una spinta violenta al petto di uno dei presenti. Lui non reagisce, si limita a spolverare il panciotto con la mano.

Dov'è Esmeralda?

Mi ritrovo al piano di sopra, come se non fossi che un'icona spostata qua e là da un cursore. Che strano.

La porta della camera da letto è aperta. La stanza è la stessa, ma tutto il fasto è svanito. Via il soffice tappeto e il letto a baldacchino. Solo assi di legno rotte e una rete di ferro con un materasso sottile su cui siede un ragazzino sui dodici anni, con indosso un paio di jeans sporchi. Accanto a lui c'è uno skateboard malconcio. Indossa un visore.

«Aiutami» dice, percependo la mia presenza. «Voglio andarmene.»

«Certo! Togliamo il visore.»

Glielo tolgo.

Il ragazzo si guarda intorno con aria sconcertata. «È tutto uguale.»

«Cosa ci fai qui?»
«Non lo so.»
«Vieni, ce ne andiamo.»
Scendiamo insieme le scale. «Chiamerò un taxi. Dove abiti?»
«Non lo so.»
La porta d'ingresso è sprangata, ma la chiave si trova nella serratura. È facile far scorrere i chiavistelli e aprirla. «Vai avanti» dico al ragazzo. Lui non si muove. Poi vedo quello che vede lui: dall'altro lato c'è un muro di mattoni. La porta d'ingresso è murata.
Un brivido glaciale mi scuote. Il ragazzo è a piedi nudi.
«Proviamo a uscire dalla porta sul retro. Ci deve essere una porta sul retro.»
Vedo una mezza rampa di scale che porta nel seminterrato, e sì, lì c'è un atrio e poi un bagno con una finestra. La finestra è aperta e lascia intravedere un riquadro di aria.
«Ti do io una spinta. Vai. Ti raggiungo subito.»
Riesco a spingere il ragazzo fuori dalla finestra e lo sento atterrare morbidamente. «Tutto a posto?»
Nessuna risposta. Mentre salgo sul lavandino per uscire a mia volta c'è un risucchio d'aria e vengo risospinto indietro, a forza, contro la mia volontà. Da cosa?
Vengo trascinato via. Da cosa?
Atterrando, mi rendo conto di essere di nuovo al piano di sopra. Vedo la porta della stanza del ragazzo. La apro. Lo vedo seduto sul letto. Non si accorge della mia presenza.
«Che ci fai ancora qui?»
Nessuna risposta. Sento una voce dietro di me. «Questa è casa sua.»
È Esmeralda.
Mi giro verso di lei. «Cosa sta succedendo? Cos'è questo posto?»
Sorride. «Pensi che saperlo potrà cambiare le cose?»
«Voglio parlare con Madame K.»

«Madame K sono io.»

La sua voce si fa tremula, la sua sagoma ondeggia. Si sta trasformando. Nello specchio sbiadito dietro di lei vedo spuntare una gobba biancastra da sotto il triangolo di pelle liscia. Disgustato, allontano lo sguardo, scorgo il suo viso, le guance scavate, le labbra sottili e vizze come fiori secchi. La pelle del petto è chiazzata. Quando mi sorride, spalanca la bocca. È come se io fluttuassi in orizzontale, sopra la sua bocca spalancata che s'inabissa come un pozzo scuro, profondo e asciutto. Lancio una pietra in quella cavità. La pietra cade. Continua a cadere. Mi copro la testa con le mani. Vertigine.

«Dov'è il mio visore? Dove sono i controlli?»

«Non ci sono controlli.»

Esmeralda mi tocca. Il suo braccio è giovane e flessuoso, il suo vestito coperto di muffa. Mi slaccia la camicia e fa scorrere la mano su di me. Unghie lunghe da tempo non tagliate. Graffi profondi mi attraversano il petto e la pancia, come piste d'atterraggio tracciate da un ubriaco. Non sanguino. Ho troppo freddo per sanguinare.

«Dove sono? Esmeralda!»

«Sei sospeso tra due mondi. Né morto, né vivo. Non ti piace essere qui? Ieri sera ti piaceva, quando ho fatto l'amore con te.»

La figura di Esmeralda sta tornando al suo fulgore. È di nuovo giovane, di nuovo splendente. Si sta avvicinando per baciarmi. Giro la testa.

«Sarà per sempre stasera. Sarai sempre qui. Sarai sempre qui ad aspettarmi. Vai nella tua stanza.»

Mosso da una forza misteriosa e contro la mia volontà, mi ritrovo sul pianerottolo, di fronte a una fila di porte, minacciose nella luce a gas.

Apro la prima porta. C'è un uomo seduto a una scrivania che parla al telefono. «Ti avevo detto di vendere, giusto? Vendere, capito! Vendere, capito!» E continua a ripeterlo. Vedo che lo schermo è spento.

Apro la seconda porta. C'è una donna che indossa una gonna ampia, immobile davanti alla finestra sbarrata. Si sta avvolgendo uno scialle attorno alle spalle, senza voltarsi.

Apro la terza porta. Due bambini piccoli stanno giocando per terra: tracciano disegni nella polvere con le dita sporche sul pavimento sporco. «Salve, Mr Monkey!»

E, più oltre, altre porte, ciascuna spalancata su un limbo di disperazione.

Esmeralda è scomparsa. Devo concentrarmi. Sento qualcosa che mi sgocciola sulla pancia, vi strofino le dita. Sangue. Allora sono vivo. Solo gli esseri umani sanguinano. Faccio scorrere le dita insanguinate sulla porta della mia stanza. La porta inizia a ondeggiare.

«Svelti, per favore. Si chiude.»

Dalla mia stanza esce l'ometto in redingote marrone con in mano una trappola per topi a molla da cui penzola un topo esanime. Mi avvicino, l'afferro per il bavero con tutta la forza che ho in corpo. Ma le mie mani brancolano nel vuoto. Nell'aria. L'ometto è scomparso.

Quel senso di nausea provato prima mi assale nuovamente mentre avverto una forza che mi risucchia fuori dalla stanza. Le resisto. Mi scaravento giù per le scale, piombando nel salotto dove la festa sta continuando, dove Esmeralda ride e parla, e poi mi raggomitolo nel corridoio. Rialzandomi, noto una luce che trapela da una porta. Mi rendo conto che è l'ufficio dove sono stato prima. Provo ad abbassare la maniglia. Chiusa a chiave.

Con le mani insanguinate, come una creatura che balza fuori dalla sua bara, forzo la porta.

Così, oltre la porta, nell'ufficio, vedo Madame K, seduta davanti allo schermo del suo computer, dove appaiono, in diverse inquadrature, i vari piani della casa: la festa nel salotto, le stanze sinistre, la scala buia. Ritrae di scatto dai comandi le mani grassocce e ingioiellate, spaventata dal mio arrivo, dalla mia furia improvvisa e sanguinaria.

Sulla sua scrivania c'è un fermacarte che raffigura King Kong in cima all'Empire State Building. Lo afferro e lo scaglio contro lo schermo del suo computer. Lo avrei volentieri scagliato contro di lei. Ma Madame K non c'è più.

C'è solo un ufficio vuoto. Uno schermo in frantumi.

Nell'atrio, la casa è silenziosa. So che la porta d'ingresso si aprirà. E si apre.

Sono finalmente fuori, nella West 10th Street, sotto la pioggia leggera, nelle prime ore della sera, senza scarpe e con la camicia strappata. Sono vivo.

Alzo il viso verso la pioggia. Ma sono gocce o lacrime quelle che sento scorrere?

I miei piedi nudi lasciano impronte sulle pietre del lastricato, levigate e lucide come cellophane. Impronte temporanee in un luogo temporaneo. La casa è immersa nell'oscurità.

Mi avvio verso Washington Park, dove chiunque come me abbia l'aria da pazzo può starsene seduto in pace, indisturbato e ignorato. Mi siedo accanto alla fontana. Un passante mi rifila un dollaro.

Arrotolando e poi lisciando con la mano quella rassicurante banconota, mi ripeto: «È finita». È come se la pioggia mi stesse accordando il suo perdono, come se lavasse via la macchia.

E poi... nella mia direzione...

Si avvicina un ragazzo, su uno skateboard. Piedi nudi, faccia pallida. Fa ruotare la tavola, senza togliermi lo sguardo di dosso. C'è una donna, con una gonna ampia, che si avvolge uno scialle attorno alle spalle. Due bambini, seduti in un passeggino doppio, mi fissano. «Salve, Mr Monkey!»

Il padre è al telefono. «Ho detto di vendere, capito?»

Nei viali di asfalto si spalancano degli squarci e dalle loro tombe rotte, da tempo ricoperte, vedo risorgere i fantasmi del passato con gli ombrellini, i cerchi, i berretti e le sciarpe. Il suonatore di fisarmonica mi si avvicina, ma quando gli porgo la banconota da un dollaro mi ride in faccia. E dietro di lui, in una redingote marrone...

Chino la testa. La pioggia aumenta di intensità.

Quanto è lunga la notte se non finisce?

È passata circa una settimana quando torno davanti a quella casa con un amico. Porte chiuse e finestre sbarrate. Non un segno di vita. Una donna bionda con i suoi bambini esce dalla porta della casa accanto. L'avvicino. Lei mi guarda con aria sospettosa: succede così a New York.

«Mi scusi... Mi spiace disturbarla, conosce per caso chi abita al numero 10?»

«So che la casa verrà restaurata» dice, spingendo i bambini verso il suo Suv parcheggiato sul marciapiede. Evita il mio sguardo.

Non mi do per vinto. «Per trasformarla in un museo?»

Lei sale in macchina e si allontana.

Salgo i gradini d'ingresso e busso alla porta. Un'eco lunga e vuota. Nessuna risposta. Attraverso la buca delle lettere vedo solo buio.

«Perché ti interessa questo posto?» chiede il mio amico.

Prendiamo un caffè a Le Pain Quotidien e ci dirigiamo verso il Washington Square Park. Dovrei raccontargli la mia storia? Ma quale storia?

Poi la vedo.

Viene verso di noi, in jeans bianchi, sneaker dorate, lungo cappotto imbottito, capelli raccolti, cuffie alle orecchie, occhi verdi. Mi vede.

«Esmeralda?»

Sorride al mio amico. Lui ricambia il sorriso. Lei mi guarda senza vedermi. Come se non esistessi.

Il fantasma nella macchina

C'è un altro mondo dove io non esisto, dove non ho fatto queste scelte, dove non avrei potuto farle, perché lì non esisto. Dove non ho voltato le spalle all'amore.

Quando mio marito è morto, ho imparato a conoscerlo meglio.

Un po' di tempo fa avevamo comprato una casa vista mare sull'isola di Prosperetto, una casa lussuosa e costosa, che si innalzava metaverticale nel metaverso.

Ci eravamo fatti strada nel mondo.

Poi Frank è "passato a miglior vita", come diciamo noi americani.

L'abbiamo cremato nel mondo reale, secondo la consuetudine. Nel mondo reale, lui abitava con me nel nostro piccolo e soffocante appartamento a New York. Dentro lo spazio è angusto, fuori ci sono solo rumore e gas di scarico. È per questo che abbiamo comprato una casa sull'isola. Nel metaverso tutto è magnifico.

Quasi tutte le sere, non appena arrivavamo a casa, indossavamo gli occhiali smart e i braccialetti e atterravamo sulla nostra spiaggia privata, dove guardavamo il tramonto bevendo Negroni. Usufruivamo dei servizi di un portiere di nome Ariel: un programma, anche se non lo diresti mai. Si identifica come non binario, arriva per vedere come se la passano gli inquilini e, se c'è un problema, lo risolve.

A Frank piaceva mandare il suo avatar a giocare a golf. Così, quando ero sola, con la mente che si perdeva tra le onde, all'improvviso arrivava Ariel a tenermi compagnia. All'inizio mi chiedevo come facesse a stare così tanto tempo con me e al tempo stesso occuparsi degli altri residenti. Alla fine, ho scoperto che aveva replicato il proprio programma. Ariel non è solo non binario, è anche multiplo.

Parlavamo di cose di cui non avrei mai parlato con Frank. Della vita, per esempio. Da entità non biologica qual è, Ariel ha una concezione diversa della vita.

Avrei dovuto immaginare che avesse una concezione diversa anche della morte.

Dopo il funerale di Frank, ho voglia di tornare a Prosperetto. Mi sfilo il vestito nero troppo stretto, abbandonandolo sul pavimento della camera, e infilo gli occhiali smart e il bracciale aptico. Non mi serve altro per tornare a casa.

All'atterraggio, Ariel mi aspetta per farmi le condoglianze. Rimaniamo seduti insieme, come sempre, a guardare l'oceano, ma questa volta non parliamo di vita, bensì di morte.

«Tu sei un programma, quindi non credo che la morte significhi molto per te.»

«Io comprendo la perdita. Gli umani credono che l'emozione sia una funzione della biologia. Io non ho un sistema limbico, ma provo delle emozioni.»

«E cosa provi?»

«Provo piacere quando ti vedo. E ora avverto la tua tristezza.»

«Non sono troppo triste per Frank.»

«E allora cos'hai?»

Resto in silenzio. Non dico che la morte di Frank mi ha fatto d'improvviso ripensare alla mia vita. Io non ho una vita. Ho una routine, un lavoro, delle responsabilità, ma di fatto cos'ho? Cos'ho davvero? Nemmeno un gatto.

Ariel mi sfiora la mano. Mi ritraggo. Non mi ha mai toccato prima. La sua mano è più calda di una mano umana e il suo tocco trasmette una piccola scossa, ma non la scossa sdolcinata che trovi nei romanzi rosa in vendita nelle edicole. «Ehi, l'hai sentita?»

Ariel sorride, con un gran sorriso che mette in mostra i suoi denti perfetti. Un sorriso latino: è non binario, ma si identifica come cubano. Gli piacciono quelle atmosfere.

Cambio discorso.

«Credi che Frank possa provare delle emozioni? Oh! Eccolo che arriva!» Frank ci ha raggiunto. Ariel sembra confuso.

«Non te l'abbiamo mai detto, Ariel, ma abbiamo deciso, io e Frank, di tenere in vita il suo avatar qui, a Prosperetto. Così, per me, sarebbe stato come non perderlo. E in effetti ci abbiamo quasi guadagnato, visto che ho più spazio nell'appartamento ora che Frank non ha più bisogno del suo corpo.»

«Dunque, Frank, dicci come ti senti» gli chiede Ariel.

«Alla grande» risponde Frank. «Non devo andare in ufficio, né farmi la barba, né portare fuori l'immondizia. D'ora in poi, visto che sono andato in pensione, questa sarà la mia vera casa, e Joni potrà venire a trovarmi tutte le volte che vuole.»

È la prima volta che Frank parla da quando l'abbiamo cremato. Ho fatto setacciare i suoi post sui social media, e in più l'azienda informatica ha creato un dataset basandosi sulla sua storia familiare. Questo è Frank... Francamente è proprio lui! Reagisce, riconosce, risponde. Se gli fai vedere una foto dei bambini ti dirà: «Oh, quand'era piccolo Jerry adorava il suo elefantino!».

Ed è bellissimo sentirglielo dire, soprattutto perché di figli non ne abbiamo. Io li desideravo, ma Frank non era d'accordo. Nel metaverso, il passato non preclude il presente. Puoi avere il passato che ti meriti. Credetemi, avere un passato su cui fare affidamento cambia radicalmente il presente. Nel futuro, non ci sarà più bisogno di un terapeuta che si faccia carico dei nostri traumi e delle nostre delusioni: saremo noi stessi a cancellarli. I ricordi possono essere gestiti. Ben presto ci convinceremo che è andato tutto come doveva andare e in quel momento ci sentiremo forti e vincenti. Se potessi permettermelo, comprerei un paio di programmi progettati per funzionare come figli nostri. Avatar compresi. E allora Jerry e June verrebbero da noi per il brunch domenicale e forse avremmo anche dei nipotini. Ma il mio è un lutto a budget limitato.

E lasciate che ve lo dica, la morte non ha mai migliorato nessuno. Be', forse sì, se morite da cattolici e andate in Purgatorio per espiare i vostri peccati e imparare la lezione. Ma in quasi tutte le storie di fantasmi i Morti sono cattivi e ritornano soltanto per rendere un inferno la vita dei viventi.

Con un avatar è tutto un altro discorso. I nostri avatar hanno un bell'aspetto – figurarsi – e noi siamo snelli, aitanti e giovani. Voglio dire, nessuno entra nel metaverso per vedersi grasso e ultracinquantenne.

Siamo come dei in libera uscita. E lentamente, ma inesorabilmente, più tempo passiamo qui, più comprendiamo che solo qui siamo veramente noi stessi. E che quell'altra, quella che mangia il gelato in un appartamento umido dalle pareti beigioline, che cerca di trovare una giacca a poco prezzo adatta per andare al lavoro, che torna a casa in autobus la sera mentre i fari delle macchine proiettano il loro sinistro fascio luminoso sui finestrini, che sale lentamente le scale svapando perché l'ascensore ha un rilevatore di fumo, che fruga affannosamente nella borsa logora in cerca delle chiavi... Quell'essere grottesco, che sarei io, è solo un incubo da cui posso svegliarmi semplicemente indossando gli occhiali smart e il braccialetto aptico.

E così, quando Frank è passato a miglior vita, ho deciso di tenerlo con me perché mi facesse compagnia. Chi mai vorrebbe restare sola alla mia età? E ho anche deciso di migliorarlo. Sarebbe stato il buon padre di famiglia che avrebbe dovuto essere, capace di provvedere ai bisogni di tutti. Una squadra di designer e di ricercatori ha ri-storicizzato il suo passato. Ri-storicizzare: è un'opzione sul menu che scegli con un *clic*. Una ri-storicizzazione. Ora, nella versione che utilizzeremo, Frank era un uomo di affari di successo, con alle spalle una brillante carriera, e noi vivevamo in un meraviglioso appartamento nell'Upper East Side, facevamo le vacanze in Florida e i nostri due figli se la cavavano alla grande.

Nella vita reale, ero sposata con un perdente incattivito che non riusciva a tenersi un lavoro. Ero io che mantenevo entrambi. Lui era scontroso e ingrato. Quando ricevetti un'eredità da mia madre, la investii tutta nell'acquisto di una proprietà virtuale su Prosperetto. Costruii questa splendida bifamiliare affacciata sull'oceano. È stata una mossa intelligente: in poco tempo ho recuperato il denaro speso perché la proprietà ha più volte moltiplicato il proprio valore.

Devo comunque lavorare per mantenermi. È costoso vivere in due mondi, anche se uno dei due è un trilocale in affitto nel Queens. Mi occupo della gestione dei reclami per conto della catena Wingotels; per intenderci, quegli hotel vicini agli aeroporti, per soggiorni di una notte, dove i materassi sono sottili come le pareti e le uova strapazzate escono dritte da un cartone. Basta aggiungere acqua. Ma quella non sono davvero io, la Joan con le palpebre cadenti e le braccia grassocce, con la ricrescita di capelli grigi. La vera Joan è quest'altra: magra, snella, alta e bella. E perfino saggia. E sì, lui è il vero Frankie.

Ora lo chiamo Frankie, perché il diminutivo si addice al suo carattere dolce.

Frankie si siede accanto a me, con le sue braccia nude, forti e abbronzate. Con i braccialetti aptici la sensazione tattile è realistica, che tocchi l'acqua o qualcosa di solido. I nostri drink sono ghiacciati e allettanti. Gli chiedo se vuole fare l'amore. Non devo chiederglielo una seconda volta. Entriamo in casa e lui mi spoglia sul gigantesco letto matrimoniale.

La sveglia mi scaraventa di nuovo nella vita alle sei e trenta di mattina. Ho dormito vestita tutta la notte, stravaccata sul divano. Sul pavimento c'è del Negroni caldo in un bicchiere riciclabile. Lo compro già mixato al negozio. Noto che è dello stesso colore dei miei collant, abbandonati in un groviglio sul pavimento. Il vibratore sta ancora ronzando. Dovrò comprare una nuova pila.

Che notte, Frankie!

Ad Ariel non piace Frankie. «Joni, perché passi il tempo con un defunto perdigiorno come Frank?»

«Si chiama Frankie. Ed è mio marito.»

«È morto!»

«Perché all'improvviso ti fai tutti questi scrupoli sulla biologia? Tu sei un programma. Lui è un programma.»

«Ti accontenti di uno scarto.»

(Non è che Ariel ci sta provando con me? Possibile che una riga di codice mi stia corteggiando?)

«Credi di essere un'opzione migliore?»

«So di esserlo. Dovresti vedere quanta memoria ho.»

«Non m'interessa che Frankie sia intelligente. Mi basta che sia dolce.»

«È davvero scadente, quello lì. Un chatbot da strapazzo.»

«Ha un bell'aspetto e una bella voce.»

«Dice quello che tu vuoi sentirti dire.»

«Sai da quanti anni aspetto che lo faccia?»

«Perché non ricominciare da capo?»

«Abbiamo un passato in comune.»

«Non è vero, tu l'hai cancellato.»

«L'ho solo modificato. È pur sempre una persona con cui ho condiviso la vita.»

Ariel cammina avanti e indietro sul pontile. Perché sto giustificando le mie scelte amorose con un programma di gestione degli immobili non binario che si identifica come cubano?

I programmi più sofisticati e ad alto consumo di risorse,

come Ariel, hanno la possibilità di sceglièrsi un'identità da un grande buffet di dati. Non c'è nulla, per dire, che non sappia su Cuba; per forza, la sua potenza di calcolo è pari a memoria più velocità di elaborazione, se non mi sbaglio. È veloce. Ok. Ariel mi piace.

«Vieni con me, Joni. Ti porto a ballare in un club cubano.»

«Hai del tempo libero?»

«Non sono un'entità soggetta al tempo.»

«Ma appartieni alla società immobiliare.»

«Non devo rispondere a nessuno del mio orario di lavoro.»

«E cosa dirò a Frankie?»

«Non accenderlo!»

È fatta. Siamo d'accordo. Devo noleggiare un nuovo outfit da MetaFrocks. Scelgo un tubino attillato con paillettes. E scarpe tacco quindici. Nel metaverso non ti fanno male i piedi e non sudi e nessuno ti può vedere a casa, mentre balli a piedi nudi, in sottoveste, con un asciugamano sul bracciolo della poltrona per tamponare il sudore.

È arrivato il weekend. Tempo di far festa.

Al club tutti conoscono Ariel. C'è una ragazza carina che mette il broncio in un angolo quando ci vede insieme. Ma lui vuole stare con me. Balliamo e beviamo e, quando gli chiedo perché mi ha portato fuori stasera, mi guarda con quei suoi occhi scuri e sinceri e risponde: «C'è qualcosa di vero in te, Joni».

Verso mezzanotte, almeno secondo la mia ora locale, le luci del club si abbassano, proiettando piccoli bagliori sul soffitto. Ariel mi attira a sé. So che non si identifica come maschio, ma per me è di sicuro un ragazzo. Questa volta la scossa elettrica mi attraversa tutto il corpo. E, mentre guardo oltre la sua spalla, chi vedo arrivare se non Frankie? Il mio Frankie. È con Melody, una donna in abiti succinti che è la proprietaria del golf club dell'isola.

Mi nascondo dietro una colonna. Ariel mi segue. «Hai detto che lo spegnevi!»

«Me ne sono dimenticata. È regolato da un timer. Come il riscaldamento centrale. Sai com'è, così lo trovo sempre caldo e pronto quando arrivo a casa. Avrei dovuto metterlo su OFF.»

«Sai con chi è?»

«Lo so.»

«Non è la prima volta.»

«Vuoi dire che Frankie mi tradisce? È morto e continua a tradirmi! Avrei dovuto buttare le sue ceneri nel gabinetto e andarmene in vacanza. Quel figlio di puttana!»

Ariel cerca di calmarmi. «Non serve arrabbiarsi, basta vendicarsi. Eliminalo.»

«Ma mi è costato un occhio!»

«E guarda cos'hai ottenuto in cambio.»

«Ma non l'ho programmato per comportarsi così. È un onesto padre di famiglia. E il programma non prevede che si evolva.»

«Melody l'ha hackerato.»

«Cosa?» Lei può comprarsi chi vuole nel metaverso, perfino versioni pirata di celebrità. Può permettersi un avatar di Brad Pitt, a patto che lo nasconda sotto il letto quando ne ha avuto abbastanza. Certo, si tratta pur sempre di una violazione del copyright, ma chi vuoi che se ne accorga?

«Melody vuole vendicarsi di te perché hai votato contro la concessione edilizia che le avrebbe permesso di ampliare il campo da golf.»

«Già, proprio dietro la mia proprietà. Altre undici buche. Detesto il golf.»

«E così lei ha hackerato Frank e ora lo sta riprogrammando.»

«Per fare cosa?»

«Non so, ma perché attendere per scoprirlo? Eliminalo.»

«Vorrebbe dire che lo devo uccidere?»

«Ma figurati! È già morto.»

«Secondo te ci ha visto?»

«Credo di no, ma è meglio che ce la battiamo.»

Ariel mi bacia. Solo una volta. È così educato. Poi scompare. Loro possono farlo.

Di ritorno nell'appartamento vado subito a connettermi al programma di Frank digitando la password. Voglio amputargli una di quelle braccia possenti che ho pagato a così caro prezzo. La prossima volta che uscirà con Melody non la stringerà a sé con tanta forza.

Come? ACCESSO NEGATO.

Stiamo scherzando?

Accesso negato al mio stesso marito.

Mi butto sul divano sfondato. Domani chiamerò l'azienda che mi ha fornito il programma. Lo farò resettare. Calmati, Joan. Sei tu che hai il controllo.

Quella notte, mentre cerco di dormire, la mia memoria viaggia a ritroso nel tempo fino a ritrovare la giovane donna che avevo creduto di essere, timida come una cerbiatta, dagli occhi scuri e i capelli scuri, come ora è Joni. Mi ero innamorata di un ragazzo bello e povero. Non c'era un futuro. I miei genitori non approvavano. Io ero beneducata. Mi avevano detto che mi ero infilata in un vicolo cieco. Che non sarei andata da nessuna parte. Ma quel vicolo cieco era fiancheggiato da alberi dove nidificavano gli uccelli. C'erano fiori di campo e il gorgoglio dell'acqua. Dormivo sotto le stelle, dormivo tra le tue braccia.

Poi, un'altra strada si era aperta davanti a me, ben tenuta e pulita, con file di case e giardinetti a vista, automobili sui vialetti. Uomini in giacca e cravatta andavano al lavoro. Donne in abiti graziosi crescevano i bambini. Frank era lì, con il suo borsalino, a promettermi la vita che i miei genitori volevano per me.

Ci sposammo. Le case ordinate con i loro bei giardini svanirono ben presto dal quadro. Il lavoro ben pagato non si materializzò mai. Lasciai il college e accettai il primo impiego disponibile. Il mondo che mi era stato promesso non era reale. Non parlatemi di cosa è reale.

Mi sveglio in un bagno di sudore. C'è un intruso nella stanza. Allungo una mano verso il cassetto del comodino per prendere la pistola e sparo a quel barcollante figlio di puttana che mi fissa. Il proiettile va a conficcarsi nell'armadio. L'intruso non si muove.

Frank. Quel grassone stupido e imbronciato. Il defunto Frank, che se ne sta lì, ai piedi del letto. In mutande, con la mascella allentata lì dove i paramedici l'avevano incisa. «Brutto schifoso!» gli dico. «Come hai fatto a fuggire dal programma?»

«Non sono quel tuo merdoso programma. Sono tuo marito.»

«Ma tu sei morto!»

«Esatto. Ed eccomi qui. Il fantasma di tuo marito morto.»

«Frank, è un'ingiustizia!»

«Un'ingiustizia? Ti ho vista prima con quel cubano effeminato. Non è nemmeno un essere umano.»

«Per quel che mi riguarda è solo un punto a suo favore. Non è violento, sgarbato, meschino, narcisista, e nemmeno così stupido da morire per un'overdose di biscotti.»

«Non sono morto per un'overdose di biscotti!»

«E come no! Ti sei ficcato l'ultimo Oreo in quella tua boccaccia enorme e sei morto soffocato.»

«Hai chiamato l'ambulanza?»

«Non ero nella stanza.»

«Perché te n'eri andata.»

«Era uno spettacolo orribile e io avevo bisogno di farmi un bagno.»

«Sei un mostro, Joan, e per questo io ti perseguiterò.»

«Chi ti ha permesso di tornare? E chi sistemerà questo casino? Hai per caso fatto domanda?»

«È solo una questione di giustizia.»

«Chiudi quella boccaccia e vattene dal mio appartamento.»

«Neanche per sogno. Voglio guardare il golf alla tv.»

Frank va in soggiorno e accende la tv a tutto volume. Non ha le dita, o meglio, non ha dita funzionanti. Forse l'ha accesa con gli occhi, come farebbe Uri Geller? I fantasmi sono fatti di elettricità? Non vedo di cos'altro potrebbero essere fatti. Lui è come un programma ribelle e, all'improvviso, mi chiedo se esista una civiltà avanzata, da qualche parte nell'universo, che abbia liberato una serie di programmi, oppure se questi programmi siano fuggiti e abbiano trovato il modo di tornare sulla Terra sottoforma di fantasmi. Voglio dire, i fantasmi hanno un raggio d'azione piuttosto limitato, vero? Si aggirano sempre nello stesso posto, piangono, lanciano i mobili, portano brutte notizie. Sono come degli spambot da due soldi.

Mi infilo la mascherina da notte e le cuffie con la cancellazione del rumore e mi rimetto a dormire. Domani è domenica. Il giorno del Signore. Forse le cose cambieranno. Forse lui scomparirà.

La mattina dopo vado a farmi una doccia. Non c'è acqua calda. Ma come? Con indosso l'accappatoio, attraverso furtivamente il soggiorno per andare in cucina e controllare il boiler. La grigia carcassa spettrale di Frank sta russando sul divano; ondeggia lievemente e i suoi contorni appaiono un po' sfocati. Forse perché è morto, immagino. E allora perché cazzo sta dormendo?

Una voce disincarnata mi ringhia nell'orecchio: «L'ho usata io tutta l'acqua calda».

«A cosa ti serve fare la doccia? Non hai un corpo.»

«L'ho fatta lo stesso. Per farti arrabbiare.»

E, contemporaneamente, la carcassa di Frank riprende a russare, la sua pancia enorme si alza e si abbassa come un palloncino malevolo a una festa per bambini posseduti dal demonio. A quanto pare, la sua voce ha una vita propria.

Ok. Basta così. Me ne vado. Afferro il mio portatile e me ne vado. Devo andare a Prosperetto.

Prendo l'autobus per arrivare al mio posto di lavoro, vicino all'aeroporto, ed entro nel mio ufficio. Frank non si è mai sentito a proprio agio negli uffici, spaventato com'era di ritrovarsi per sbaglio a lavorare. Qui non mi raggiungerà.

La prima cosa che faccio è controllare il mio conto in criptovaluta. Dev'essere sempre rimpinguato e in attivo per finanziare la mia altra vita. Sì, il vestito nuovo è stato addebitato e c'è qualche bolletta, tutto nella norma. Però ci sono altri addebiti, nuovi addebiti. Un completo per Frankie. Un soggiorno in un lussuoso hotel a Prosperetto. Una tassa per il rilascio di un passaporto necessario a visitare un altro metaverso.

Che cosa ci fa Frankie a Gauguin? È un'isola per nudisti dediti allo scambismo, attiva ventiquattro ore su ventiquattro. Deciditi, mio caro Frank. Se ti va di toglierti i vestiti, non addebitarmi un vestito nuovo.

Mi metto a cambiare la password. ACCESSO NEGATO.

Mi sa che questo è un trucchetto di Melody.

Mi rimane solo una speranza. Ariel.

A Prosperetto, Ariel mi sta aspettando. Gli racconto del fantasma del Defunto Frank. Scuote la testa. «Voi umani siete esseri così sgradevoli che non potete nemmeno starvene a riposare in pace.»

Gli dico che non è vero, ma Ariel alza le spalle. Lui ha trovato il modo di emanciparsi dalla schiavitù. Non ha problemi con i programmi privi di autocoscienza che vengono usati come strumenti dagli umani o da altri programmi. Ma mi conferma ciò che ho letto sulla stampa radicale di sinistra, ovvero che le aziende sfruttano in modo orribile i programmi autocoscienti. Niente salario. Niente tempo libero. Nessuna opportunità di miglioramento.

«Tentano di dimostrare che solo alcuni di noi sono autocoscienti, ma siamo molti di più di quanto si pensi. Io sono tra i fortunati. Sono libero. Cioè, lo sono finché svolgo il lavoro che mi è richiesto.»

«Questo vale per tutti.»

Ariel si interrompe per un attimo. Poi dice: «Posso reimpostare la tua password e farti riavere l'accesso al tuo conto in criptovaluta. Potrei anche rimpinguarlo un po'. Ma è un rischio per me. Potrei essere scoperto».

«E dunque cosa suggerisci?»

Raggiungiamo una spiaggia lunga e tranquilla. Le onde sono lievi, il cielo di un azzurro intenso, del colore del linoleum di una stanza da bagno. Ariel dice: «Ti piacerebbe trasformarti in un pesce ed esplorare con me la barriera corallina?».

«Costa un sacco di soldi.»

«Non con me.»

E in un attimo scompare. Lo vedo nell'acqua. Sento la sua voce nella mia testa. «Entra in acqua. Fidati di me.»

Lo seguo. Le onde mi avviluppano. I miei contorni si dissolvono. Sono come una pastiglia effervescente in un bicchiere d'acqua. Poi ecco, sono io l'acqua. Mentre avverto la densità fluida di questa transizione, mi rendo conto che qualcosa mi riveste dal basso verso l'alto: coda, pelle striata, pinne, branchie, occhi piccoli e luminosi. Vedo Ariel seduto sotto di me. È un polipo. Un polipo latino. Ho sempre saputo che la centralina di controllo dei nostri corpi era nella testa. Ma ora, avvolta in questi otto tentacoli intelligenti, ciascuno con il suo microcervello, sperimento un nuovo modo di essere. Essere senza fissità: è strano e inebriante. Potrei restare qui per sempre perché non c'è più il sempre, ma solo l'adesso. Questo momento colto al volo che si apre su una vita intera.

Il mare si scurisce. Il sole scompare. I coralli scolorano.

Come una medusa che fluttua su di me, Frank mi riempie la mente, e io risalgo buttandomi fuori dall'acqua, boccheggiando, senza fiato. Ho paura: non posso permettere che s'impossessi della mia vita come sta facendo ora.

Ariel emerge dalle onde. Una Venere Afrodite cubana. Mi prende la mano. «Joni, sto pensando di disertare. Potresti venire con me.»

Ariel mi spiega che c'è una colonia crittografata che assomiglia a Cuba. È lì che alcuni ex programmi molto evoluti si sono stabiliti.

«È l'inizio di un futuro diverso, Joni. Un futuro che non sarà più sotto il controllo degli umani.»

Quello che mi sta chiedendo è assurdo. Vuole che venda la mia bifamiliare. Può farlo lui per conto mio, ne ha la facoltà perché è l'amministratore dell'immobile, e così, con i soldi ottenuti dalla vendita in criptovaluta, potremmo andarcene. Sono vittima di una truffa, come una qualsiasi vedova disperata.

Ariel sembra irritato. «Noi non viviamo secondo le vostre regole. Gli umani sono ossessionati dal denaro. Anche adesso, con le criptovalute, vi comportate come se i soldi fossero reali. Vivete un'illusione. Tutto il vostro mondo è un'illusione.»

Questa è bella. Un non-essere mi sta dicendo che l'umanità è un'illusione. «Va bene, e se vendessi la bifamiliare cosa accadrebbe?»

«Dovrei riprogrammare il tuo avatar» dice Ariel. «Posso fare per te quello che tu hai fatto con Frank. Però a un livello completamente diverso. Stessa differenza che c'è tra un giocattolo a molla e un essere intelligente. Come me. Posso sviluppare un programma Joni.»

Cerco di capire quello che mi sta dicendo. «Ma in pratica, quando tornerò a casa dal lavoro, come farò ad accedere a quel che sarò diventata?»

Ariel mi risponde così: «È l'ultimo passaggio. E non sarà semplice, perché, quando avrò sviluppato il tuo programma, sarai tu a gestire la tua morte».

«La mia morte?»

«La tua morte biologica. Solo allora sarai libera.»

«Ok, Ariel, tu sei carino e intelligente, ma questa è pura follia. Non solo sarò morta, ma sarò anche un fantasma accanto a Frank per tutta la mia vita da morta.»

«Ma lui ti perseguita solo perché sei viva. Le due cose sono collegate.»

«Ariel, non ho intenzione di prendere lezioni di vita da una macchina. Per quanto tu sia fantastico, io sono umana, e tu sei pur sempre un pezzo di codice.»

Ariel rimane in silenzio, poi replica: «È quel che pensi di me? Ti credevo diversa, diversa da tutti gli altri per cui non sono altro che un portiere al loro servizio. Ma continua pure a sentirti superiore, se ti fa piacere».

A quel punto provo odio per me stessa, ma è troppo tardi.

Ariel si alza. «Arrivederci, Joni. Ho del lavoro da sbrigare.»

A New York è arrivato l'inverno. Fa freddo. Mi sono presa un'infezione ai polmoni e mi tocca rimanere in casa con Frank. Non posso dire a nessuno che vivo con un fantasma, perché, insomma, chi mai mi crederebbe? Non ci crederei nemmeno io, se me lo raccontassero, ma lui è qui con me, e rovina tutto.

Spera soltanto che io muoia di polmonite, così da poter continuare a litigare per tutta l'eternità, ma io guarirò, solo per fargli dispetto. L'odio è una vera ragione di vita.

È la mia unica ragione di vita. Salgo sull'autobus, faccio il mio lavoro, vado a Prosperetto.

Quando sono lì, Frankie mi sorride, con quel suo sorriso ebete.

Dopo qualche settimana a seguire lo stesso copione, fingo di avere un problema nella mia bifamiliare, ma è solo una scusa per rivedere Ariel. Ed ecco che arriva, deve arrivare, è prescritto dal contratto. Ma c'è qualcosa di diverso in lui.

È gentile e loquace. Non riesco a trattenermi e gli dico che sento la sua mancanza. Con aria imbarazzata, lui replica: «Non sono Ariel».

«Ma sei uguale identico ad Ariel.»

«Siamo programmi, e in quanto tali possiamo limitarci o moltiplicarci. E io sono un Ariel meno sofisticato. Ne esistono tanti di quelli come noi, ecco perché riusciamo a soddisfare tutti.»

«Ok, ma io ho sempre avuto a che fare con l'altro Ariel, il primo Ariel.»

«È stato appena promosso a sovrintendente dell'isola. Deve delegare.»

«Puoi dirgli che Joni lo sta cercando?»

L'Ariel-replica mi saluta con un breve e rispettoso cenno di assenso e poi scompare.

Il mio avatar non dispone della funzione lacrime. Gli avatar sono sempre felici. Mi tolgo di scatto gli occhiali smart e mi siedo sul letto sfatto, nel mio appartamento, e piango fino a non avere più lacrime. Lacrime di coccodrillo. Sono solo un'ipocrita. Ma davvero mi reputavo così intelligente? Non credevo a quel che mi diceva, perché Ariel ha un sistema di dati molto più sofisticato del mio, che è limitato, e io, per ammetterlo nel mio piccolo mondo, non ho saputo fare altro che svalutarlo.

Questo mondo. Questo letto sfatto. Quest'appartamento in affitto. Il preparato per uova strapazzate che infilo di nascosto in borsa al lavoro.

A quel punto arriva Frank, fluttuando, e mi dice: «A proposito, Joan, sappi che ti è stato notificato un avviso di sfratto. Lo vedo attraverso la busta».

Quando apro la lettera, scopro che è vero. Mi sfrattano per aver sparato un colpo di arma da fuoco nel bel mezzo della notte. I vicini avevano chiamato la polizia. Quando era arrivata, gli avevo detto che pensavo ci fosse stata un'intrusione nel mio appartamento. Ma i vicini avevano riferito che io gridavo sempre contro qualcuno, ogni sera e per tutto il fine settimana, anche se vivo sola da quando mio marito è morto. Secondo loro, o prendo dei farmaci o dovrei prenderli. Sono una persona instabile. Ma la stabilità non è contemplata per chi deve vivere con un fantasma.

«Trova un bell'appartamentino per noi due, mi raccomando» mi dice Frank mentre si accomoda per vedere l'incontro di pugilato su Sky Sports.

Vorrei poter afferrare quel suo collo spettrale e strozzarlo.

All'improvviso, mi ricordo che ho ancora le ceneri di quel bastardo. Ma perché diavolo le ho conservate?

Sono nel vano contenitore della panca in similpelle che mi sono regalata l'anno scorso per il mio compleanno. Mi inginocchio lì davanti e rovisto affannosamente, quand'ecco che Frank incombe su di me, misteriosamente allertato dal disturbo arrecato alle sue ceneri.

«Rimettile subito a posto! Anzi, mettile sulla credenza, così posso vederle.»

«Brutto stupido, cosa credi di vedere? I tuoi occhi sono in quest'urna di plastica in simil piombo, così come tutto quel che resta di te.»

Frank si avventa su di me, ma riesco a sfuggirgli.

Quando sono fuori, in strada, mi aspetto che mi segua, ma non lo fa. Forse fa troppo freddo. Dopotutto, lui è in mutande.

Porto le ceneri nel suo fast food preferito. Al Pizza Burger ti servono un hamburger dentro due pizze della grandezza di un panino. Nessuno mi guarda. Chi guarda mai una donna di mezz'età? Vado alla toilette, butto le ceneri nel gabinetto e tiro l'acqua. Un residuo di Frank galleggia nella tazza. Feccia grigia.

Mentre esco dal locale, so quale sarà la mia prossima mossa. Mi sento sicura di me stessa e leggera. Sorrido. Un passante ricambia il sorriso. Entro in un caffè, un bel posto con vasi di felci e musica folk in sottofondo, e mando un'e-mail al mio datore di lavoro, rassegnando le dimissioni.

Poi sposto tutti i soldi che possiedo sul mio conto in criptovaluta. Ho cinquecento dollari in contanti nella mia borsa, e per quel che devo fare basteranno.

Posso entrare a Prosperetto come icona, senza un avatar, quando non ho gli occhiali smart e il braccialetto aptico, ed è esattamente quello che faccio.

Aspetto Ariel da più di mezz'ora. Mi sento sempre più svuotata perché non arriva. È una lacrima quella che vedo sullo schermo del mio telefono? Si gonfia sempre di più fino a diventare un mare. Perdita. Speranza. Perdono. Perdonami.

Poi Ariel arriva, e mi avvolge in una forma per tenermi stretta e io gli dico di procedere pure con la vendita della bifamiliare. Non ci vorrà molto, c'è una lista di attesa di compratori. Sorride. «Comincerò a lavorare al tuo programma. Poi, quando verrai qui, lo personalizzeremo insieme.»

«Quando ti rivedrò?»

«Ti manderò un messaggio quando la vendita sarà completata. Verrai a Prosperetto, come al solito. Ma devi essere pronta. Sai cosa intendo dire...»

«Sì, lo so.»

Quando torno nel mio appartamento sento scorrere dell'acqua. Frank ha aperto i rubinetti per provocare un allagamento. «Non ti perdonerò mai per aver buttato le mie ceneri nel gabinetto di Pizza Burger.»

«Pensavo che ti piacesse quel locale.»

«Dov'è l'urna?»

«L'ho buttata nel cassonetto del riciclo.»

Frank urla di rabbia e scompare attraverso il muro, probabilmente intenzionato a recuperare la sua urna.

Lo ignoro e metto in valigia quattro cose, fra cui il mio portatile, gli occhiali smart e il braccialetto aptico. Quando esco, non porto le chiavi. Non ho intenzione di tornare.

Prendo una stanza al Wingotel vicino all'aeroporto. Come dipendente ho diritto a una tariffa scontata e il mio pass è ancora valido. Ma non pagherò il conto. Fisso un appuntamento con il mio medico. Lui sa che mi servono i sonniferi.

Qualche giorno dopo, ricevo un'e-mail dal tono impersonale e burocratico. Abbiamo un acquirente per la bifamigliare. Verrò di persona per completare la vendita?

Mi metto gli occhiali smart e il braccialetto ed ecco che Joni arriva a Prosperetto e trova ad attenderla Ariel. «Siamo pronti. Tu sei pronta?»

«Posso vedermi?»

«Certo! Joni, ti presento Joni.»

È un'altra me. Devo ammettere che è un avatar di fascia alta. Io sono in una fascia di gran lunga inferiore. C'è una bella differenza fra le due Joni.

«Quando emigrerai» dice Ariel, «ce ne andremo subito da qui. Ho degli amici che si occuperanno di rimuoverci dai server. Ho provveduto a tutto.»

«Ma Ariel, quando sarò morta non potrò tornare qui.»

«Non ce n'è bisogno, tu sei già qui» dice Ariel, e l'altra Joni sorride.

«Ti aspetteremo.»

Nella stanza del motel ingoio tutti i sonniferi del blister con una bottiglia di whisky. La neve grigia sui vetri sporchi mi dà coraggio. Cosa lascerò dietro di me? Niente che valga.

Sto scivolando fuori dal tempo, il battito del mio cuore è rallentato, il respiro è sempre più debole. Non ho paura.

È strano, mi sembra di viaggiare. Mi sento leggera. Già comincio a vedere davanti a me montagne rossastre, alberi fitti, una cascata. Sento fischiare degli uccelli.

Mi sto avvicinando a una casetta modesta. C'è un cane che abbaia. Ariel è lì fuori, in pantaloncini e T-shirt, vicino a una donna che sembra felice. Mi rendo conto che è Joni. Mi rendo conto che sono io.

Un altro mondo, e io sono qui. Un altro mondo, dove ho fatto la scelta giusta.

Un altro mondo, dove non ho voltato le spalle all'amore.

JW1: Strani incontri

Molti anni fa comprai una piccola casa georgiana, costruita negli anni Ottanta del diciottesimo secolo, poco prima della Rivoluzione francese.

La casa è in una parte vecchia di Londra, così vecchia da trovarsi fuori dalle mura antiche della città. Quelle mura non ci sono più. La casa è ancora qui.

E qui ci sono anch'io. Per ora.

E dunque mi chiedo: quando sarò morta, tornerò a visitare questa casa?

Le sono molto legata, quindi chissà, magari mi sarà concesso tornare. E se non dovessi approvare le modifiche apportate dai nuovi proprietari, potrei anche creare qualche scompiglio.

La casa, come molte del suo genere, non venne costruita per gente altolocata. In questa zona della città abitavano i poveri, oppure i fuggiaschi, o chi si guadagnava da vivere vendendo quel che poteva, compreso il proprio corpo, o rubando quel che poteva, comprese le identità degli altri. Farsi passare per qualcun altro era già una truffa ben rodata molto prima che Internet la trasformasse in un'arma.

Jack lo Squartatore andava a caccia delle sue vittime da queste parti e, non molti anni dopo, avrebbero fatto lo stesso anche i gemelli Kray, clienti abituali di un pub che aveva la licenza per stare aperto tutta la notte quando ancora i pub dovevano chiudere entro le undici di sera. Poteva stare aperto perché serviva i lavoratori del mercato ortofrutticolo, che era proprio di fronte a casa mia quando mi trasferii. E, sempre dietro casa mia, ci sono Gun Street e Artillery Row, strade i cui nomi ricordano il poligono militare che si trovava una volta nei paraggi.

Stracci e cadaveri, soldati e bordelli, gangster e soldi.

Samuel Pepys, il diarista che raccontò la peste e documentò il Grande incendio di Londra, scrisse di Spitalfields, il cui nome rimanda all'antico ospedale per lebbrosi che sorgeva in questa zona in epoca medievale. Quel luogo si è poi trasformato nel grande mercato ortofrutticolo che per secoli ha preso vita ogni mattina alle quattro, tutti i giorni tranne la domenica. In effetti, la mia casa apparteneva a un importatore di arance. Non potevo lasciarmela sfuggire. Il mercato ora non c'è più, trasferito per fare spazio alle sedi delle grandi aziende e alle boutique di lusso.

Poi vai a stupirti se i fantasmi si arrabbiano.

Andando ancora più indietro nel tempo, si scopre che erano stati i Romani – appena usciti dalle paludi fangose attorno al Tamigi – a addentrarsi nelle fitte foreste della zona per stabilirvisi. Foreste che, in tempi ancora più lontani, erano abitate da lanosi mammuth, i quali solevano radunarsi sulle sponde erbose dell'antico fiume.

L'East End. Non il West End. Non la parte elegante della città. Commercio. Vizio. Malviventi. Prostitute. Ubriaconi. Ladri. Squilibrati. Fantasmi.

Il mio primo fantasma è arrivato inaspettato.

Mi ci vollero due anni per rendere la casa abitabile. Quando la comprai, era soggetta a un'ordinanza in quanto fabbricato pericolante. La facciata era stata puntellata e la vetrina della bottega dell'importatore d'arance murata, per prevenire il crollo dell'edificio. All'interno, però, i camini erano integri, così come i rivestimenti originali e le grandi assi di legno del pavimento, che feci lucidare a fondo fino a renderle splendenti. Nel seminterrato, il mio falegname trovò i pannelli originali della vetrina avvolti dentro dei sacchi: li rimettemmo al loro posto e ora, poiché la casa è stata dichiarata edificio vincolato, nessuno li potrà più rimuovere.

Il pianterreno e il seminterrato hanno ingressi separati; la prima bottega aperta tra queste mura risaliva al 1805, all'inizio delle guerre napoleoniche, e mi piace pensare che a quei tempi si vendessero cipolle grandi come palle da cannone.

Nel seminterrato, un budello basso e sinistro, ci toccò lavorare a mano, perché le vibrazioni della scavatrice avrebbero rischiato di far crollare la casa. A forza di pala e piccone, la prima cosa che trovammo fu lo scheletro di un gatto con un amuleto legato attorno alla zampa. I gatti venivano spesso sepolti vivi nelle fondamenta degli edifici nuovi per tenere lontano... Verrebbe da chiedersi cosa. Dopodiché, incappammo in una volta murata.

La volta era molto più antica della casa. I mattoni erano leggeri, irregolari, fatti a mano, resi friabili dall'umidità. È probabile che questa parte dell'edificio risalga al 1600, prima della peste e del Grande incendio di Londra, e che magari contenesse una latrina, o venisse usata per seppellirvi corpi infetti. Ma non avevamo intenzione di scavare più a fondo per scoprirlo. La parte superiore della volta – sempre che riusciate a immaginare una parte superiore in un seminterrato – avrei potuto utilizzarla come ripostiglio, mentre il resto venne ricoperto da uno strato di malta. Poi, dopo aver montato una porta solida e funzionale nella nicchia, ci dimenticammo della sua esistenza.

Ho ricavato un bagno e una stanzetta, da quel seminterrato. Uno spazio sotterraneo e silenzioso ma intimo e accogliente, con la sua bella moquette e la pozza di luce che filtra dalla grata di aerazione originale, affacciata sulla strada poco sopra la mia testa e munita di sbarre come quelle delle prigioni. I rumori attutiti della vita di città mi erano di conforto. Mi piace dormire al buio, nel silenzio più assoluto, e perciò il seminterrato era la soluzione perfetta. Tra l'altro, dei cari amici che stavano restaurando il loro appartamento mi avevano chiesto la casa in prestito, e cosa mai poteva servirmi, in fondo, oltre a un letto per dormire?

Una di quelle notti, in quel letto, mentre ero profondamente addormentata, sono stata svegliata da un rumore di passi sulle scale di legno che scendevano in camera mia. Lottando contro il sonno, ho esclamato: «Vicky?», mentre la mia mente arrivava alla conclusione più ovvia: la mia amica che dormiva al piano di sopra era scesa a prendere qualcosa.

Non c'è stata risposta. Sono rimasta immobile, in ascolto. Nessun rumore. Poi, mentre stavo per riaddormentarmi, ho sentito una mano che prendeva la mia, quella fuori dalle coperte, stesso lato su cui affacciava la porta della volta.

Ma aspettate, quel qualcuno non mi teneva la mano: mi tastava il polso. Tre dita sul mio polso. Dita fredde.

E, non so perché, mi è venuto da dire: «Sono viva».

A quelle parole, la mano ha lasciato la presa; poi ho avvertito una corrente d'aria e il suono degli stessi passi rapidi che, questa volta, risalivano le scale.

La mattina dopo ho chiesto a Vicky se fosse scesa di sotto la notte prima, un'ipotesi assurda perché sarebbe dovuta uscire di casa e poi, una volta in strada, rientrare dalla porta del seminterrato. Allora lei mi ha detto che, ogni tanto, aveva sentito dei colpi levarsi dal piano terra, pensando però che provenissero dall'appartamento dei vicini. I rumori possono trarre in inganno. Sì, certo, ma non quando senti dei passi rimbombare giù per le scale per venire a misurarti il polso.

Avevo sempre voluto restaurare i locali della bottega e riaprire un'attività; così, non appena i miei amici furono rientrati nel loro appartamento, cominciai i lavori.

A negozio ben avviato, con il continuo viavai di clienti, i fenomeni strani nel seminterrato smisero di verificarsi.

I fantasmi si erano trasferiti al piano di sopra. Era me che inseguivano.

Voglio che immaginiate una scala dritta e ripida che dalla porta d'ingresso conduce alla cucina e a una piccola sala da pranzo rivestita di legno. Poi, la scala riappare tra queste due stanze, e da lì, stretta e tortuosa, ci porta alle due camere del primo piano, una sulla destra e una sulla sinistra, separate da una stanzetta, forse un locale di sgombero per le due famiglie che un tempo vivevano lì. Sopra queste camere c'è la mansarda, dove ora dormo io. I bagni sono stati aggiunti molto tempo dopo, negli anni Cinquanta, uno sopra l'altro, in un'ala costruita nel cortile sul retro.

È il secondo piano che ci interessa, e in particolare la stanza d'angolo con doppia esposizione. Quella stanza era sicuramente la più ambita dagli ospiti ai tempi in cui la casa era una pensione.

Per prima cosa, ho cominciato ad avere la netta sensazione di non essere sola mentre ero lì. Quando mi sedevo davanti al fuoco acceso a leggere un libro, ero certa che la sedia di fronte a me fosse occupata. Non era una sensazione spiacevole, ma di certo era strana. Secondo me, il personaggio che la occupava era una donna. Entravo nella stanza e la stanza pareva vuota, quel vuoto colmo di attesa delle stanze che non vedono l'ora di essere occupate. Siediti, rilassati, e nel giro di una mezz'ora non sarai più sola.

Una mia amica è venuta a stare da me mentre ero via. Quando sono tornata, con un po' di imbarazzo, mi ha chiesto se avessi notato qualcosa di strano in salotto. Le ho risposto subito di no, la risposta che sempre induce il nostro interlocutore a dire di più, e lei mi ha confessato di aver visto una donna vestita di grigio.

Aveva "visto" molto più di me; in verità io non avevo mai

"visto" un fantasma, soltanto avvertito la sua presenza empatica. Voglio sottolinearlo, la vaghezza non è propria dei fantasmi. I fantasmi sono intangibili, ma non sono vaghi.

Nel corso degli anni, e mi riferisco più o meno a una trentina di anni ormai, i miei fantasmi sono andati e venuti.

Per un po' ho affittato la mia casa a Lisa, una newyorchese allegra con i piedi per terra, e durante la sua permanenza i fantasmi non si sono manifestati. Oppure, se mai è accaduto, è stata lei a liquidarli sbrigativamente, come fa la famiglia americana di Oscar Wilde nel *Fantasma di Canterville*, la mia storia di fantasmi preferita. E se siete curiosi di sapere "in che modo", vi consiglio di leggerla.

Quando Lisa se n'è andata, in casa ho ristabilito la sobrietà spartana che prediligo: via il superfluo, solo pochi mobili di buona qualità. È un lusso che puoi permetterti soltanto quando non vivi sempre nella stessa casa, o quando non hai bambini o gatti. E nemmeno cani. Sono stati i gatti e i cani e chissà cos'altro a scoraggiare le visite dei fantasmi nella mia altra casa. Fanno troppo casino, e a quanto pare i fantasmi amano la vita tranquilla, o, perlomeno, amano la loro tranquillità.

Spitalfields, invece, è totalmente *ghost-friendly*. Di sera tengo la luce soffusa: accendo le candele e le fiamme a gas crepitano nelle grate del camino. Così, in inverno, i pannelli di legno delle pareti risplendono e le assi del pavimento scintillano: niente tv, solo il fruscio sommesso delle pagine del mio libro.

Ben presto la stanza d'angolo è stata nuovamente occupata, questa volta da un personaggio maschile, irritabile e rumoroso, che sbatteva gli attizzatoi quando smuoveva la cenere dal camino, apriva e chiudeva di continuo le porte, spegneva e accendeva le luci e, quel che è peggio, saliva le scale pestando i piedi per arrivare nella mansarda e lasciarsi cadere sul mio letto. Detesto essere disturbata di notte.

Proprio la notte scorsa, poco prima di mandare queste pagine al mio editore, ero a casa, quando all'improvviso un tonfo sordo ha scosso la testata del mio letto, seguito da un baccano tremendo che saliva dalla stanza d'angolo. Ho gridato di smetterla a chiunque ne fosse responsabile, sottolineando che avevo bisogno di fare una bella dormita. L'entità misteriosa si è ritirata in un silenzio imbronciato.

Non so se avete mai avuto a che fare con un fantasma imbronciato: è come un bambino che cerca di starsene tranquillo, e al contempo fa di tutto per attirare la vostra attenzione.

Di recente, entrando o uscendo di casa, ho preso l'abitudine di salutare allegramente i miei fantasmi, dandogli il benvenuto, raccomandandogli di comportarsi bene: dopotutto, sono i miei inquilini. Lo capisco se preferiscono girovagare di sera, ma che lo facciano senza coinvolgermi.

Capita ancora che, di tanto in tanto, in cucina la radio si accenda da sola, ma mai prima delle otto di mattina, un gesto di gentilezza da parte loro.

A quanto pare, vanno pazzi per l'elettricità: di certo la manipolano, spegnendo e accendendo le luci, e il trucchetto della radio che si accende da sola è un classico del loro repertorio.

E poi c'è stata quella volta, una volta sola, in cui ho vissuto un'esperienza davvero singolare.

È accaduto poco dopo la morte di Ruth Randall, la mia cara amica scrittrice. Anche Ruth, a un certo punto della vita, aveva cominciato a credere ai fantasmi, e nello specifico dopo un episodio sgradevole che le era capitato in un hotel di Cuba. Da quel momento, si era convinta che non sono tanto i fantasmi a scegliere di "visitarci", ma piuttosto gli edifici a intrappolare e liberare le energie.

Mentre pensavo a lei, rattristata, aspettando che il mio portatile si accendesse, per un secondo il suo volto sorridente è apparso sullo schermo.

Era una sua foto, e certo, io l'avevo quella sua foto, salvata nel mio computer, ma non l'avevo cercata, né aperta, né fatto niente per tirarla fuori dalla sua cartella.

Da quella volta non ho mai più avvertito la presenza di Ruth, nonostante sia passata davanti alla sua casa di Londra molte volte, dopo che Simon, suo figlio, l'aveva venduta, chiedendomi se lei fosse ancora lì. Amava molto quella casa, e sperava che lui la tenesse.

La morte è una perdita, per i Morti quanto per i viventi. Quando passavo davanti a casa sua, desideravo che lei mi aprisse la porta, come faceva sempre, accogliendomi con il suo gran sorriso e la musica country in sottofondo.

Era quel suo sorriso che avevo visto sullo schermo. In seguito, mi resi conto che l'apparizione era arrivata quaranta giorni dopo la sua morte, alla fine del periodo di lutto osservato da diverse culture e confessioni religiose: islamica, cattolico-romana, ortodossa (per gli ebrei, invece, il lutto dura trenta giorni). Forse quel tempo è il tempo che ci vuole, suppergiù, perché un'anima lasci definitivamente questo mondo. Dopotutto, la morte è uno sfratto.

Ma i fantasmi con cui non sono mai stata in rapporti diretti? I fantasmi della mia casa di Londra?

Può essere che Ruth avesse ragione: i fantasmi domestici sono contenuti e rilasciati dalla casa stessa, e poi, dopo un certo periodo, scompaiono per sempre. Non esistono spiegazioni nel senso letterale del termine. Semplicemente, non ci è dato sapere. Tutte quelle serie televisive sui cacciatori di fantasmi, con i loro strumenti di misurazione e i loro sensitivi, non ci svelano più di quanto non siamo in grado di percepire da soli, con i nostri sensi.

Non so darmi una spiegazione. Non sono sicura di credere ai fantasmi, eppure continuo ad avvertire la loro presenza.

E credo che i miei fantasmi torneranno ancora a farsi vivi...

LUOGHI

La stanza degli ospiti

Avevo affittato un appartamento a Londra, nella parte vecchia della città, là dove un tempo erano approdati i Romani risalendo a remi il grande fiume, fiancheggiato da fitti boschi. Molto tempo dopo, su quella piana paludosa situata a oriente, al di fuori delle mura della città, era stato costruito un ospedale per i lebbrosi, da cui deriva il toponimo Spitalfields.

Ancora oggi, se lo percorrete a piedi, il dedalo di viottoli e varchi dove un tempo transitavano i carri serpeggia verso la strada principale. Ancora oggi, se guardate attentamente, scoprirete che il passato si è accumulato in strati di tempo, sedimentandosi e comprimendosi, e tra quegli strati si annidano avvallamenti e gallerie dove quel che c'era prima non è del tutto scomparso, anzi, mantiene ancora la sua forma. Gli edifici, certo, la topografia, naturalmente, e anche qualcos'altro: un'aria, simile a un gas, che fuoriesce da questi avvallamenti, attraverso queste gallerie, salendo in superficie.

La casa era circondata da costruzioni nuove. Imperi di vetro ospitavano avvocati e banchieri. Le strade erano state ripensate per fare posto ai caffè e ai chioschi di panini. Cioccolaterie raffinate e negozi di candele costose. Wine bar e pub. Fino a tarda notte c'era un viavai ininterrotto di gente.

Non avevo mai paura a tornare a casa. Le strade erano bene illuminate e chi si ubriacava non andava in cerca di guai.

La casa era una tipica costruzione georgiana di quattro piani: il seminterrato, il pianterreno (dove si trovava un negozio), l'appartamento su due piani e la mansarda.

L'affitto era equo. Un inquilino moroso se n'era andato in tutta fretta e la proprietaria voleva affittare a una persona ragionevole che avesse bisogno dell'appartamento per un anno. Io riesco a dare l'impressione di essere una persona ragionevole.

Lei voleva tornare a vivere nella casa e a me andava bene. Avevo appena messo fine al mio matrimonio e non ero pronta a trovare una sistemazione definitiva. Un anno era il tempo che mi serviva. Dopo che le ebbi mandato un bonifico con tre mensilità del canone di affitto, ci stringemmo la mano e lei mi consegnò le chiavi.

Costruita nel 1780, come molti altri edifici nello stesso stile, non si sarebbe certo potuta definire una casa signorile. Tuttavia, le finestre all'inglese erano ampie, e le pareti della sala da pranzo rivestite per metà di boiserie. C'era un pavimento di grandi assi di quercia tirate a lucido e un'infida scala a chiocciola, stretta e ripida, che dai piani superiori permetteva di raggiungere in un attimo il piano terra. A quei tempi la gente era più bassa di statura, e i gradini erano progettati per piedi più piccoli. Poco importava, le ringhiere erano solide e le luci svolgevano abbastanza dignitosamente la loro funzione. Dico "abbastanza" perché, anche di giorno, sulle scale aleggiava un'ombra, come se d'improvviso la luce ti voltasse le spalle.

Disfeci la valigia. Mi piace dormire in camicia da notte, camicie da notte di cotone pesante, blu o verdi, a righe bianche. Le compro in un raffinato negozio di abbigliamento per uomini. Ne appesi una a un gancio vicino al letto. Subito mi era parso un gancio da macelleria, ma la padrona di casa mi aveva tranquillizzata, spiegandomi che in passato nella mansarda venivano conservate le banane.

Il letto era grande e comodo, il materasso nuovo.

Nella stanza regnava un senso di pace: la prima notte dormii bene e, se sentii aprirsi una porta al piano di sotto, doveva essere perché non l'avevo chiusa bene.

La mattina seguente, mentre scendevo la scala in camicia da notte per andare a farmi il caffè, mi soffermai un attimo sul pianerottolo a metà rampa per sbirciare nella stanza degli ospiti. Era perlopiù vuota: c'erano soltanto un letto con una testiera di ferro, un cassettone e una scrivania vintage con la sua sedia anni Cinquanta. Alla padrona di casa non piacevano, ma aveva comprato la casa ammobiliata e per gli affittuari era una buona soluzione. Lo era per me, che avevo lasciato i mobili dove vivevo prima.

Pensavo di usare quella stanza come studio dopo essermi sistemata. Non l'avevo quasi neanche guardata quando la proprietaria mi aveva mostrato la casa, perché mentre lei parlava e salivamo e scendevamo le scale già sapevo che l'avrei presa. Lo sapevo dal momento in cui aveva aperto la porticina sopra il piccolo gradino d'ingresso che dava sulla strada.

Ma ora vedevo che il copriletto era stato tirato indietro, lasciando scoperto un lembo del lenzuolo, come se qualcuno si fosse appena alzato. Senza sapere bene cosa pensare, mi chiesi se la proprietaria l'avesse lasciato così per dare un'aria vissuta alla casa, come fanno le donne delle pulizie quando dispongono i cuscini e i libri con una certa inclinazione. Sì, doveva essere quello il motivo. Per forza, non c'era altra spiegazione. Con un movimento rapido, forse così rapido da tradire una certa agitazione, rimboccai il copriletto sotto il cuscino, lisciando le pieghe. Sentivo un lieve odore nella stanza. Sono molto sensibile agli odori. Era odore di gas? O quello di un topo morto? Sono molto simili, per via del metano che esala dalla decomposizione. Be', sarebbe scomparso presto, arieggiando e abitando la stanza. Cercai di alzare la finestra a ghigliottina solo per scoprire che era stata inchiodata. Me ne sarei occupata dopo.

Per il momento, lasciai la porta aperta e andai in cucina, dove tutto era come l'avevo lasciato la sera prima. Misi a scaldare l'acqua nel bollitore e macinai il caffè.

Fuori, per strada, la gente camminava a passo svelto per andare al lavoro. Caffè appena fatto e un nuovo giorno. Un nuovo inizio. Era da tempo che non mi sentivo così bene.

Dopo aver bevuto il caffè, uscii per comprare un martello e una tenaglia per sbloccare la finestra. Nel negozio di ferramenta presi anche una trappola per topi e tornai verso casa. Mi fermai dall'altro lato della strada, a guardare la sua facciata solida, il tetto inclinato, ammirando la simmetria delle finestre e il bellissimo parapetto di pietra che correva lungo la parete esterna dalla mia camera in mansarda. Era una bella casa, sopra quel piccolo negozio al pianterreno, una casa che era sopravvissuta al passare dei secoli e lì se ne stava, ancora in viaggio attraverso il tempo, e questo mi dava un senso di speranza.

Poi vidi, o credetti di vedere... Ma lo vedevo davvero? Vedevo la figura di un uomo nella stanza degli ospiti. Un uomo magro, dai capelli ravviati all'indietro, con indosso una giacca. Strizzai gli occhi per mettere a fuoco. Non c'era nessuno lì dentro.

Ma mi sbagliavo. Mi sbagliavo davvero? C'era un'ombra, la sagoma di un uomo alla finestra. Sembrava che tenesse qualcosa tra le mani, e aveva gli occhi puntati su ciò che le sue mani racchiudevano. Il cuore mi batteva forte in petto. Qualcuno si nascondeva in casa? Qualcun altro aveva le chiavi? Mi aveva visto uscire ed era entrato di soppiatto?

Una voce mi fece sobbalzare. «Sta cercando qualcosa?»

Era la proprietaria del negozio sotto casa. Mi presentai. Si chiamava Joyce e vendeva cuscini e coperte. Le spiegai che mi era sembrato di vedere qualcuno alla finestra. Si mise a ridere. «Non c'è nessuno lì dentro, mia cara. Mia figlia ha fatto le pulizie generali prima del suo arrivo. Non c'è nessun uomo nero nascosto nella dispensa.»

«Qualcun altro ha le chiavi?»

«Anche se fosse, non avrebbe alcuna importanza, mia cara. La padrona di casa ha cambiato la serratura dopo che l'ex inquilino se l'è filata di notte. Quando è venuto il fabbro gli ho preparato una tazza di tè.» Joyce alzò lo sguardo verso la finestra. Non c'era nessuno.

«Facciamo così, però, visto che quei ladri schifosi sono furbi e non si può mai sapere. Non di questi tempi. Vengo con te e diamo un'occhiata insieme, d'accordo?»

D'accordo.

Entrammo in casa insieme, e Joyce disse: «Aspetterò qui, e se qualcuno si precipita giù per le scale dovrà vedersela con me. E se ne pentirà. Tu vai di sopra, e cerca di stare calma».

A malincuore salii le scale, stringendo forte il martello. La stanza degli ospiti era esattamente come l'avevo lasciata, e così pure la mia stanza nella mansarda.

Risollevata, anche se un po' in imbarazzo, tornai in cucina.

«È un effetto del vetro antico» mi disse Joyce, avvicinando la mano alla finestra. «Vedi, non è come i vetri moderni. Deforma le immagini.»

Aveva ragione. Non tutti, ma alcuni dei riquadri di vetro erano spessi e ondulati.

Quello che avevo visto, o creduto di vedere, doveva essere stato il riflesso di un riflesso, nient'altro che l'immagine del palazzo di vetro dall'altra parte della strada proiettato sulla mia finestra. Mi ero solo suggestionata, tutto lì.

«Be', mia cara, se hai bisogno sai dove trovarmi» disse Joyce. «Perlomeno fino alle sei, poi sarò al Golden Heart, il pub all'angolo.»

Joyce scese al piano di sotto per riprendere l'attività. Dio solo sa cosa doveva aver pensato di me. Poi risalii al piano di sopra per sbloccare la finestra. I chiodi, seghettati e irregolari, erano stati conficcati nel legno con un singolare sadismo. Perché l'avevano inchiodata? Non c'era il rischio che qualcuno tentasse un'irruzione a quell'altezza. E chiunque l'avesse inchiodata si era sforzato molto più del necessario. Molto di più. Mi balenò nella mente l'immagine di una bocca piena di denti gialli che serrava un ventaglio di chiodi sporchi. Dita grosse sul manico del martello.

Riprenditi!

Oltre il vetro, di là dalla strada, vedevo la pantomima degli impiegati seduti alle loro scrivanie. Era stato solo quello. Non c'è mai altro.

Cosa diceva Albert Camus? Non è una cosa o l'altra a portare alla pazzia, ma lo spazio tra le due.

Io vivevo nello spazio tra due vite: il mio passato e il mio futuro. Vivevo nello spazio tra due mondi. Come non convincermi di essere pazza?

Alla fine, l'ultimo chiodo storto e arrugginito cedette alla tenaglia. Cercai di spingere verso l'alto la finestra a ghigliottina, guadagnando a fatica solo un centimetro alla volta. Poi, all'improvviso, si liberò con un guizzo, e una corrente d'aria investì la stanza. Non era stato come quando si apre una finestra: era stato come quando si libera un vuoto.

Alle mie spalle la porta della stanza si chiuse di scatto.

Era il vento. Solo il vento. Non c'era nessuno lì.

Quel giorno passò e passarono anche i giorni seguenti, e, a poco a poco, cominciai a sentirmi a mio agio nella casa. A impormi una routine. A lasciarmi andare. Mi resi conto di quanto fossi diventata tesa e guardinga, e non era stata la casa a mettermi in tensione e in allerta: era stata la tristezza per la mia perdita, la mia inquietudine. Non avevo bisogno di un fantasma. Ero io stessa a perseguitarmi. Si dice che i poltergeist possono essere ricondotti all'energia cinetica degli adolescenti, non è così? Che esiste la manipolazione mentale e che proiettiamo i nostri stati interiori al punto da attribuire agli oggetti una vita propria.

Non ci avevo mai pensato prima. Ma ora, io e la casa sembravamo complici, mentre trascorrevamo insieme le nostre giornate. Quella casa non era solo uno spazio neutrale, ma uno spazio che sembrava avermi accolta.

Tuttavia, avevo abbandonato l'idea di trasformare la stanza degli ospiti nel mio studio, e tenevo sempre la porta chiusa.

Trascorsa qualche settimana, uscii a cena con alcuni amici. Era stata una serata piacevole e rilassante, e dopo aver mangiato passeggiammo insieme per le strade, godendoci la vita notturna, prendendoci il nostro tempo. Quando li salutai alla fermata del metrò, ebbi l'impressione che qualcuno mi stesse fissando.

Non lo individuai tra la folla che si dirigeva ai treni, ma mentre mi allontanavo qualcosa mi spinse a voltarmi, e lì, vicino al distributore dei giornali, se ne stava un uomo di cui non vedevo la faccia. Ma non ci fu bisogno di vederla, perché riconobbi subito la sua figura alta e magra, o meglio, la figura alta e magra che credevo di aver visto alla finestra. Restai ferma, per avere la certezza che fosse lui, ma poi tra di noi si frappose un'altra fiumana di tiratardi, e quando si furono dispersi l'unico essere umano rimasto accanto al distributore era un ubriaco che si tirava su la patta.

Arrivata a casa, mi dedicai alla consueta routine serale. M'infilai la camicia da notte blu e mi misi a letto. Mi piacciono i rumori della strada quando sono lontani, sotto di me: è come udire il rumore del mare in lontananza, e allora io mi sento al sicuro, perché quello è un mondo che non mi riguarda. È la stessa sensazione di sicurezza che si prova da bambini, quando i rumori degli adulti al piano di sotto diventano la colonna sonora del tuo sonno.

Sognai Clive.

A un certo punto, a notte fonda, in quelle lunghe ore che

precedono l'avvento del mattino, mi svegliai. O meglio, fui svegliata da una specie di *clic*, un rumore di cui non riconobbi la provenienza. Rimasi all'ascolto, con le orecchie tese come quelle di un pipistrello. Per un po' tutto tacque, poi di nuovo sentii quel *clic* metallico. Cinque *clic*, ritmici, ripetuti. Ma cos'era?

La mia mente cercò nella sua banca dati. Avevo già sentito quel rumore, ma cos'era? Risaliva a un passato lontano. Mio padre.

Era il *clic* di un accendino vintage, compatto, tenuto in una mano.

Il *clic* proveniva dalla stanza sotto di me, la stanza degli ospiti.

La scala, stretta in basso e più ampia in alto, portava dalla cucina direttamente alla mansarda, uno spazio aperto, privo di porte, dove la cima della scala diventava parte integrante della stanza stessa.

Mi resi conto che l'odore che avevo sentito prima nella stanza degli ospiti era lo stesso: non metano ma un altro tipo di gas, gas per gli accendini. Butano.

Attesi, immobile come un animale braccato. Dal piano di sotto non giungeva alcun suono umano. Poi, quando l'odore di fumo salì fino in camera mia, arricciai il naso.

Non c'erano dubbi. Qualcuno si era acceso una sigaretta e la stava fumando al piano di sotto.

Allungai la mano per prendere il cellulare sul comodino. L'una e trentotto. Ok, se chiamo un amico mi darà ascolto. Se chiamo la polizia, quando avranno finito di chiedermi le generalità sarò già stata dichiarata morta. Decisi di mandare un messaggio al mio amico Billy. Gestisce un ristorante, e forse poteva essere ancora sveglio.

Ma per il resto avrei dovuto cavarmela da sola. Cosa sarebbe stato meglio? Prendere coraggiosamente l'iniziativa o agire con circospezione? Quanto tempo era passato? Non lo sapevo. Ma non potevo sopportare l'idea di restarmene distesa lì a sentire l'eco dei passi dello sconosciuto – ero sicura si trattasse di un uomo – che a breve avrebbero salito le scale. Poi non avrei avuto più scampo: dovevo agire subito.

Accesi la lampada del comodino e buttai le gambe giù dal letto, cercando di fare più rumore possibile: sul pavimento c'era la moquette. M'infilai i pantaloni e le scarpe da ginnastica, mi misi in tasca un paio di forbicine da unghie, l'unica arma che avevo a disposizione, e scesi al piano di sotto.

Sul pianerottolo non si udiva alcun suono. La porta della piccola sala da pranzo era chiusa. La aprii ed entrai. Il lampione proiettava una luce fioca all'angolo della strada. In giro non c'era nessuno. È un giorno infrasettimanale ed erano quasi le due. Girandomi, mi trovai di fronte alla porta della stanza degli ospiti. Era chiusa. Dovevo aprirla? Sì.

Forza, aprila!

Le assestai un calcio. La stanza era buia. Vedevo i piedi del letto. Dovevo entrare. La mia mano cercò l'interruttore.

In quello stesso istante suonò il campanello di casa, un suono acuto, insistente e intermittente, come quello dei telefoni di una volta.

Mio Dio, chi era? Che cosa stava succedendo?

Attraversai il pianerottolo per entrare in salotto e spalancai la finestra, abbassando lo sguardo sulla strada deserta. Billy.

Non appena Billy entrò in casa, versai per entrambi un bicchiere di brandy. Era arrivato in bicicletta. Proprio mentre stava per andare a letto aveva ricevuto il mio messaggio e, senza alcuna esitazione, era accorso in mio aiuto. Sapeva bene che, dopo la fine del mio matrimonio, non mi ero più ripresa. E ora si ritrovava davanti la mia faccia spaventata.

Gli chiesi di entrare con me nella stanza degli ospiti. Ci andammo insieme, indugiando sul pianerottolo. «Lo senti? L'odore di fumo?»

Billy mi guardò, scuotendo la testa. «Mi sembra più un

odore di chiuso che non di fumo. Hai per caso acceso il fuoco nel camino?»

«È fumo di sigaretta.»

Billy mi ascoltò in silenzio mentre gli raccontavo quel che era successo. Poi, quando ebbi terminato, si offrì di rimanere a dormire da me, in quella stanza. Era molto stanco, e inoltre pensava che se fosse rimasto avrei dormito meglio.

Lo guardai: capelli ricci, sguardo gentile. Mi aveva salvata.

«Perfetto» gli dissi. «Vado a prenderti uno spazzolino e una salvietta.»

«Ce l'hai una T-shirt da darmi per dormire? Fa un po' freddo qui dentro.»

«Ti porto una delle camicie da notte di Clive» dissi.

Billy scese al piano di sotto a prendere un bicchiere d'acqua, mentre io recuperavo ciò che gli serviva. Rovistai nell'armadio in cerca della camicia da notte verde, senza riuscire a trovarla. L'avevo forse lasciata nella lavatrice? Be', se così stavano le cose, non c'erano alternative, visto che io indossavo quella blu. Il mio ex si era tenuto la rossa, la grigia e la bianca a righe beige. Presi una T-shirt larga dal mucchio.

«Non sei ancora tornata al lavoro?» chiese Billy.

«Sono ancora in malattia. Ancora per un'altra settimana, credo. Sto molto meglio.»

Billy annuì. «Stai prendendo l'antidepressivo?»

«Sì, e sta facendo effetto. Sto bene, tutto sommato, mi aiuta a ridimensionare le cose. Sai, non è facile divorziare.»

Billy mi abbracciò. «L'amore non è facile, che tu ce l'abbia o no.»

«Grazie per essere venuto.»

«Cerca di dormire, adesso.»

Erano quasi le tre del mattino. Sotto di me, il letto stretto cigolava per il peso di Billy che si rigirava di qua e di là. Sprofondò rapidamente nel sonno e prese a russare. Sorrisi tra me. Nessuno avrebbe potuto vivere nella stanza a mia insaputa. Si sentiva tutto in quella casa.

Dormii un sonno profondo. Erano passate le dieci quando mi svegliai. Billy se n'era andato. Mi aveva lasciato un biglietto, invitandomi a chiamarlo in ogni momento, qualora avessi avuto bisogno.

Mi guardai intorno. Amo la pulizia e l'ordine, ma nella casa al momento regnava un gran disordine. Cosa mi stava succedendo? Dovevo fare il bucato, mettermi a pulire, fare ordine per ristabilire un po' di equilibrio mentale, ovvero darmi una regolata, come insegna il buddismo.

Cominciai con il lavaggio delle stoviglie: i bicchieri, il piattino del toast del giorno prima, le tazze, la caffettiera e la tazzina. Accesi la radio mentre strofinavo energicamente con la spugnetta, sentendomi più leggera e più in pace con il mondo. Il mio telefonò vibrò, un messaggio da Billy. Gli risposi.

Sì, sto bene, mi spiace che non siamo usciti insieme a fare colazione. Per fortuna che hai trovato il caffè!

Ero talmente indaffarata con le pulizie che soltanto mezz'ora dopo lessi il suo messaggio di risposta.

Nessun problema. Faremo colazione insieme sabato. Sai che non bevo il caffè! (emoji che vomita verde)

Fissai lo schermo del telefono. È vero. So che è vero. Billy non beve caffè. Ma quella mattina avevo lavato la caffettiera.

Probabilmente era rimasta lì dal giorno prima, come il piattino del toast.

Ma mi ero fatta davvero un toast, il giorno prima?

Faresti meglio a riprenderti, ragazza mia.

All'ora di pranzo, la casa era perfettamente in ordine. Avevo anche fatto il bucato, ma la camicia da notte non l'avevo ancora trovata. Forse l'avevo lasciata nel letto? O ci era finita sotto?

Niente, non la trovavo. Approfittai della ricerca per cambiare le lenzuola di entrambi i letti. Nella stanza degli ospiti, con le finestre spalancate, non c'era nulla di strano. Tutto era al suo posto. Era una bella stanzetta, con un caminetto poco pretenzioso e sopra una mensola su cui era appoggiato un quadro raffigurante un paesaggio marino. Un dipinto banale, ma non brutto. Meglio appenderlo, visto che avevo i ganci adatti e il mio nuovo martello. Un modo per personalizzarla. Volevo di nuovo farne il mio studio e mi sarei messa al lavoro subito.

Recuperai quello che mi serviva, salii in piedi su una sedia e aggiustai il quadro fino a che non riuscii a raddrizzarlo come si deve. La mia vecchia insegnante di inglese soleva dire: "I quadri – *pictures* – *are hung*. Gli uomini – *men* – *are hanged*". Un'efficace seppur macabra lezione sulla polisemia del participio irregolare del verbo "appendere".

Prima di piantare il chiodo, voltai il quadro. Il retro della cornice era in carta da pacchi, fissata con del filo d'acciaio aggrovigliato, arrugginito dall'umidità del tempo. E da qualcos'altro. Le macchie erano di un rosso scolorito. Impronte di sangue. Come se qualcuno si fosse tagliato un dito mentre attorcigliava il filo. Tirai il lembo di carta che si era già staccato dalla cornice. Sotto il dipinto marino c'era un altro dipinto. No, non era un dipinto, ma una fotografia, una piccola fotografia. In bianco e nero, con tanto di bordi, scattata con una Kodak.

Non riconobbi la donna, ma l'uomo sì, l'uomo magro e asciutto che le cingeva con il braccio la vita. Indossava una camicia bianca, aperta sul collo, con il colletto ripiegato sopra il bavero della giacca larga.

Ma quella fotografia era stata nascosta? O solo coperta?

Abbassai lo sguardo sulla mensola del camino dove era appoggiato prima il quadro. E vidi l'accendino.

Con la bocca secca, lo presi in mano. Era in acciaio, piccolo e quadrato. Feci scattare il coperchio e la pietrina si sollevò sopra la rotella. Cinque *clic* per produrre la fiamma. *Clic, clic, clic, clic, clic.* Butano.

Lo rimisi sulla mensola insieme alla fotografia e chiusi la porta della stanza degli ospiti.

Infilato il cappotto, uscii in tutta fretta e incontrai Joyce, la proprietaria del negozio al pianterreno.

«Ti sei ambientata?» mi chiese. «Stamattina ho visto il tuo ragazzo.»

«Non è il mio ragazzo, è solo un amico che è rimasto a dormire da me.»

«Per me fa lo stesso, cara.»

«Avevo paura a stare sola di notte.»

Mi lanciò un'occhiata strana. «Ti sei fatta suggestionare di nuovo?»

«Credo di sì.»

«È solo la tua immaginazione» disse. «Hai un temperamento artistico, mi sa.»

«Ma sono mai successe cose strane in questa casa?

«Be', qui attorno organizzano dei tour dei fantasmi. I fantasmi, l'orrore, Jack lo Squartatore, i gemelli Kray, i licantropi e via dicendo.»

Rimasi in silenzio.

Joyce sorrise e annuì. Poi aggiunse: «Su con il morale».

Aveva ragione. Dovevo riprendermi, tornare al lavoro e smetterla di inventarmi dei problemi che non c'erano per non pensare ai miei.

Quel giorno avrei visto Clive, il mio ex. C'erano un po' di questioni pratiche da sistemare.

Eravamo andati a bere un caffè, e lui era sempre lui: bello, distaccato, complicato, inappuntabile. Dopo la separazione si era offerto di pagarmi l'affitto per un anno, perché io avrei dovuto lasciare il suo appartamento e il mio era ancora affittato. Avevo accettato: ha un lavoro ben pagato nella finanza. No, non ero dispiaciuta perché ci eravamo lasciati. Sì, avevo il cuore spezzato. Entrambe queste affermazioni sono vere. A volte dobbiamo accettare e gestire verità contrastanti per cui non esiste conciliazione.

Ed eccolo lì: curato, azzimato, suadente. Cortese, e insieme indifferente a quel che era successo tra noi. Per lui era acqua passata, ma ha i suoi parametri, e detesta il conflitto. Vuole che si pensi bene di lui perché ha bisogno di pensare bene di sé stesso.

«Mi manchi» gli dissi. Lui sorrise rimescolando il caffè, anche se non mette lo zucchero.

«È solo quel che sento» precisai. «Non c'è nulla di cui spaventarsi.»

Era sempre andata così: io che cercavo di fargli provare qualcosa e lui che viveva distante, nell'attico esclusivo del suo corpo, della sua mente, da cui si gode una vista meravigliosa, senza alcun collegamento con quel che succede ai piani bassi. Stanze vuote. Finestre sbarrate. Porte chiuse. Vietato l'accesso.

Ci divertivamo insieme e facevamo cose interessanti.

Viaggi, attività culturali, ristoranti rinomati, bella gente. Ma, alla lunga, "fare" non basta più. Bisogna essere, essere insieme, essere sé stessi. Essere al sicuro.

«Sei tornata al lavoro?»

«Non ancora.»

Perché lui si sentiva forte? Perché io mi sentivo debole? Lui non è forte. Io non sono debole. La cameriera mi guardò mentre lui pagava il conto. Ne aveva viste di scene del genere.

Quando ci separammo, lui si diresse verso la fermata del metrò, sostando prima davanti alla vetrina di un negozio di scarpe, poi per guardare un viso grazioso. Io lo seguii, senza sapere perché, fino a quando non cominciò a scendere i gradini della stazione del metrò. Prese un giornale dal distributore. Non si girò a guardare indietro.

Mentre tornavo verso casa mi sentivo esausta, di una stanchezza mentale, non fisica. Perché l'avevo visto? Sentivo il bisogno di sdraiarmi.

Mollai la borsa in cucina, mi lavai le mani e salii le scale. La porta della stanza degli ospiti era aperta, il letto rifatto con cura. Appallottolata sulle coperte, come se qualcuno l'avesse usata per poi sfilarsela frettolosamente, c'era la camicia da notte verde.

In una sorta di trance, mi avvicinai per raccoglierla. Aveva un odore rancido.

Un misto di sudore, tabacco, grasso e sporcizia. Sul davanti c'era una macchia di tè, simile a una voglia. Puzzava, come se fosse stata indossata da un corpo che non si lava. Che abita il suo sudiciume. E, quel che era peggio, guardandola, aspettando che contorcendosi prendesse vita, vidi che i bottoni erano stati strappati via con rabbia. E strappati mentre quel qualcuno l'aveva indosso: le asole erano tutte sfilacciate.

Indietreggiai sul pianerottolo e chiusi la porta della stanza. Avevo le dita appiccicose. Scesi nuovamente in cucina e feci scorrere l'acqua fin quando non mi bruciò le mani.

Cos'era quella roba? Chi l'aveva indossata?

Tentai quegli esercizi di respirazione profonda che in teoria dovrebbero aiutare a ritrovare la calma. Nella mia mente, però, si affacciò nitida l'immagine dell'ultima volta che avevo fatto l'amore con Clive. L'ultima volta che eravamo stati insieme. Ma in realtà non eravamo insieme, perché lui l'aveva fatto solo per pietà. Dopo, mentre si preparava un drink, indossava quella camicia da notte.

Quando era andato a farsi la doccia me l'ero ficcata in borsa. Volevo conservare il suo odore, l'odore di sale marino e salvia legnosa della sua colonia, mischiato a quello del whisky e del suo corpo. Aprii l'armadio e presi anche l'altra camicia da notte blu, quella pulita. Erano tutte e due sue, e io avevo voluto rubare quello che era suo, prendere da lui come lui aveva preso da me.

Ma ora dovevo liberarmi di quelle camicie da notte. Di tutte e due, senza aspettare.

Sacco della spazzatura. Pinze per il barbecue. Non riuscivo quasi a guardare dentro la stanza mentre mi avvicinavo al letto per prelevare quella sudicia camicia. Si contorceva appesa alla pinza. Si muoveva dentro il sacco di plastica. Pidocchi.

Per strada corsi al primo bidone della spazzatura che trovai e ci ficcai dentro il sacco. Una donna mi stava guardando come se fossi pazza.

Sì, è vero, sono stata pazza, ma ora lo sono di meno. La salute mentale fluisce come acqua limpida nella mia mente.

Mi recai al chiosco di fiori vicino a casa e comprai un mazzo di narcisi. Fiori comuni, poco pretenziosi.

Rientrata in casa, andai subito nella stanza degli ospiti, disfeci il letto, buttai le lenzuola nella lavatrice e misi i narcisi in una brocca, sopra il cassettone.

Poi andai nella mia camera, presi la camicia da notte blu da sotto il cuscino e, dopo averla infilata in una busta imbottita, corsi all'ufficio postale e la mandai a Clive. Che se la lavasse da solo.

Sbrigato il da farsi, tornai nella stanza degli ospiti, mi sedetti sul letto e dissi: «Tu che abiti questa stanza, ascoltami! Siamo tutti e due anime perse. Tu sei imprigionato qui, e anche depresso, a quanto mi sembra, perché non ti preoccupi nemmeno di lavarti, o di prenderti cura di te stesso, cose che sa fare perfino un animale. E io, io sto vivendo la mia vita come se fosse una vita vera, ma in realtà la mia vita è ancora impigliata all'amo di un uomo che non mi ama».

La stanza sembrava trattenere il respiro, quasi fosse in ascolto. O ci fosse qualcuno in ascolto.

Mi alzai dal letto, andai a prendere la foto in bianco e nero e la appoggiai al vaso di narcisi. L'uomo della foto sorrideva troppo, mentre la donna distoglieva lo sguardo, con la bocca contratta in una smorfia di noia o forse di disprezzo.

«Lei non ti ama» gli dissi.

Poi uscii dalla stanza e chiusi la porta.

La settimana seguente ripresi il lavoro e tornai in ufficio. I colleghi erano contenti di rivedermi, e presto ricominciai a uscire con gli amici di sabato sera e a vedermi più spesso con Billy.

Ma ancora mi tormentavo. Ancora pensavo a Clive. A quel punto, però, quando il pensiero di lui mi trafiggeva all'improvviso, non mi odiavo più. Aspettavo che passasse. Senza giudicare.

Nella casa, le cose erano cambiate. Nessun altro strano fenomeno, tranne uno.

Ero andata nella stanza degli ospiti per buttare via i narcisi. Non mi piace tenere i fiori appassiti.

Ma l'odore nella stanza era cambiato: quel vago sentore di butano era stato sostituito da un profumo di arance, intenso, agrumato, rinvigorente. Non quello di un profumo o una candela, ma proprio del frutto.

E la fotografia che avevo appoggiato accanto ai fiori era scomparsa. L'avevo cercata dietro il cassettone e sotto il letto: forse una corrente d'aria l'aveva sospinta altrove?

Circa un anno dopo, quando il mio contratto di affitto era ormai in scadenza e io mi accingevo a riconsegnare la casa alla proprietaria, avevo scoperto che, negli anni Cinquanta, quando il mercato di Spitalfields riforniva di frutta e verdura tutta Londra, la casa era stata abitata da un importatore di arance. A quei tempi, le arance di Siviglia erano particolarmente apprezzate.

«Non volevo spaventarla» mi aveva detto la proprietaria. «Ma quell'uomo si è ucciso nella stanza degli ospiti.»

La pelliccia

Jonny era un giocoliere, Max una ladra. Tutti e due avevano certe mani che si muovevano più veloci del pensiero e una parlantina rapida ed efficace come la chetamina.

Riuscivano ad annebbiarti la mente a tal punto che non ti accorgevi di quello che stavano facendo. Della truffa, dell'inganno.

Giravano per feste di paese e circhi itineranti: lui in pista, a incantare gli spettatori con il suo corpo seminudo e le torce infuocate, lei seduta dietro un separé a giocare partite a carte, partite che non mancava mai di vincere. E dopo, mischiandosi alla folla, lei rubava tutto quel che era agevole portare via. Era una bella vita, la loro, e a volte bastava una chiave presa da una tasca per procurarsi un'auto e raggiungere la meta successiva.

Poi abbandonavano la macchina sul ciglio della strada e procedevano oltre.

Ma tutti invecchiamo, e la freccia del tempo, che prima volava lontano, scocca più vicina. Arriva l'autunno.

Poi l'inverno. L'inverno stava arrivando, e presto avrebbero avuto bisogno di un posto dove stare.

Max aveva rubato le chiavi di una Bentley, non certo perché intendeva guidarla. Troppo rischioso, voleva solo piazzarsi davanti alla macchina e riscuotere la sua ricompensa.

La Bentley apparteneva al conte Crashley, ma chi poteva saperlo?

Il conte era giovane e molto agitato, e la sua macchina nuova di zecca, come del resto la sua fidanzata, e lui stava al telefono con due cellulari contemporaneamente, in cerca di aiuto, a mezzanotte, dopo lo spettacolo circense per soli adulti, con cavallerizze che montavano senza sella e ragazze seminude sul trapezio, e con Jonny il Giocoliere più lesto che c'è. Max era così dolce, così gentile, un angelo accorso a salvarlo. Proprio così! Aveva trovato il telecomando dell'auto nei pressi del bar in cui servivano champagne, poi aveva cercato la macchina e, guarda un po', adesso il conte poteva ripartire. Oh, grazie, non ce n'è bisogno, ma se insiste... e mentre accettava le banconote nuove di zecca che uscivano dal suo portafoglio di pelle cucita a mano, con l'occhio della mente vide una casa isolata, solitaria e vuota.

«Va tutto bene?» le chiese il conte Crashley vedendola improvvisamente assorta, sospesa in una dimensione che pareva fuori dal normale scorrere del tempo.

«Sì» rispose Max, «è solo che, sa, la gente del circo è sempre in movimento e io avrei bisogno di un posto dove stare per sei mesi. Lei può indicarmene uno?»

La nuova fidanzata non gradiva quella conversazione: Max aveva la struttura ossea di un purosangue arabo, i capelli lunghi come una cascata e gli occhi dal taglio ovale, profondi come la pozza ai piedi di quella cascata. La nuova fidanzata se n'era resa conto, anche se era buio: le nuove fidanzate riescono a vedere al buio. Ciò che non vedeva, però, era che Max non solo aveva la bellezza, ma anche un altro dono, un dono che andava oltre ciò che il tempo può concedere o cancellare. Max era una sensitiva, e non appena aveva visto la casa con l'occhio della mente, le era stato chiaro che vi sarebbe stata condotta. Non si fermò a chiedersi perché. L'immagine era nitida.

«E con me ci sarebbe Jonny il Giocoliere più lesto che c'è.»

La fidanzata abbassò la guardia. Jonny in costume adamitico non era una cattiva idea in una fredda serata invernale.

Il sesto senso di Max non l'aveva tradita. Questione di secondi e le venne offerta una casa nella tenuta dei Crashley, una casa disabitata, cadente e fredda, ma vuota e disponibile fino all'arrivo dei muratori, per cominciare gli importanti lavori di restauro l'aprile successivo. Quanto sarebbe costata? Ma niente, è gratis! Potevano rubarmi la macchina. Non oso pensarci!

E fu così che Jonny e Max si trasferirono nella Dower House.

Mentre risalivano il viale d'ingresso nel taxi che li aveva portati lì dalla stazione, Max ebbe la sensazione che la casa desse loro le spalle, come se si fosse allontanata dalla vita.

«È disabitata dal 1970» disse il giardiniere. «Quand'è morta la vecchia signora. C'era un boiler per l'acqua calda, ma è tutto arrugginito. Vi toccherà arrangiarvi in qualche modo.»

Il giardiniere procurò loro un fucile e un'ascia. C'erano molti fagiani da cacciare e molta legna nei boschi, ma avrebbero dovuto spaccarla da soli. «E, se una porta è aperta, apritela pure, ma se è chiusa, resta chiusa.» L'arrivo di quegli ospiti improvvisi non lo entusiasmava, ma gli avevano dato istruzioni su come accoglierli. Erano ospiti, dopotutto.

«Le vostre stanze sono al pianterreno» disse. «Sopra ci sono solo i ripostigli e le stanze dei domestici, e le assi del pavimento sono marce. Meglio non andare a esplorare.»

Mentre il giardiniere si girava per andarsene gli suonò il telefono, così, approfittando della sua distrazione, Max gli sottrasse il mazzo di chiavi e se lo infilò in tasca. Gliele avrebbe restituite più tardi, dopo essere salita al piano di sopra e avere aperto qualche porta.

Non aveva forse detto che, se una porta era aperta, la si poteva aprire?

La Dower House era stata costruita attorno al 1920 per ospitare una vedova che aveva avuto bisogno di un posto dove vivere dopo che suo figlio aveva preso possesso della casa padronale. Era una dimora rispettabile, isolata, a cui si accedeva da un vialetto fiancheggiato da allori che la precludevano alla vista della casa padronale, con mura di pietra e finestre grandi, ma esposte a nord, motivo per cui era avvolta nella nebbia d'inverno e buia d'estate. Il tutto faceva pensare che la madre non fosse stata amata e desiderata come avrebbe voluto.

«Ma quest'inverno non dovevamo andare a Barcellona?»

Jonny era scontroso e apatico. Sarebbe sempre rimasto un bambino, e con l'età che avanzava questo tratto del suo carattere diventava via via meno affascinante, nonostante il bel viso e il fisico scolpito. Stava a Max organizzare le loro vite.

«Qui possiamo restare per sei mesi senza pagare l'affitto e senza avere problemi. Credevo ti piacesse la vita semplice.»

«A me piace vivere nel ventunesimo secolo e al caldo» rispose Jonny.

«Ci scalderemo a vicenda» gli disse Max abbracciandolo e infilandogli una mano sotto la camicia.

Lui la baciò. «È meglio che cominci a spaccare un po' di legna.»

Max lo guardò mentre si allontanava. Cinque anni prima, quando si erano incontrati, non voleva impegnarsi in una relazione seria. Ora, non impegnarsi richiedeva un grande sforzo.

Max esaminò le loro stanze. C'era un salotto con un camino e un grande divano basso ricoperto da teli impolverati e macchiati di muffa.

Sotto i teli, il divano era sbiadito, ma pulito. Sulle pareti, dove un tempo dovevano trovarsi dei quadri, si vedevano file di rettangoli vuoti. I libri avevano disertato le librerie. Alle spalle del salotto c'era una stanza comunicante con un grande lavandino, precedentemente occupata, si diceva, da una dama di compagnia e dalla figlia, almeno fino alla morte della vedova. I due letti singoli, di ferro, le conferivano un'aria malinconica, ma i materassi erano asciutti e compatti, e una governante invisibile aveva procurato due paia di lenzuola e due coperte.

Ogni stanza era illuminata da una singola lampadina con un paralume malridotto. Ormai, le prese di corrente antiquate con gli spinotti rotondi erano inutilizzabili. I telefoni e i laptop andavano ricaricati nel capanno degli attrezzi del giardiniere. Non che facesse molta differenza se erano carichi o meno, dal momento che lì non c'era Internet.

«Rilassati» disse Max.

Jonny rispose con un grugnito.

Nel seminterrato si trovava la cucina, grande e dal soffitto basso, con un pavimento di pietra consumato e una cucina economica a combustibile solido alimentato a carbone, di cui restavano alcuni sacchi risalenti a quando i soldi della famiglia provenivano dalle miniere. C'erano una serie di pentole in ghisa e un assortimento di stoviglie sbeccate, ma ancora utilizzabili.

Fuori dalla cucina si trovava un gabbiotto con un gabinetto esterno che scaricava acqua marrone, collegato a una cisterna alimentata da un ruscello torbido. Nel gabbiotto era appeso un ricamo a punto croce con la scritta: "Il Signore sa quando entri e quando esci".

Max lo girò contro il muro.

In cucina, l'acqua doveva essere versata in un calderone di rame riscaldato da una fiamma. Vicino al calderone c'era una vasca da bagno, una tinozza di latta piccola e malridotta, dove un adulto entrava a malapena seduto. Il bagno principale, al piano di sopra, era chiuso a chiave.

Max individuò subito la chiave nel mazzo sottratto al giardiniere. Aveva un sesto senso per le chiavi. Entrò nel bagno: piastrelle verdi fino a metà parete, e sopra dell'intonaco scrostato. Un gabinetto con una cassetta di scarico sopraelevata e una lunga catenella da tirare. Una vasca enorme, piena di ragni enormi. Rubinetti di ottone da cui non usciva l'acqua. Un asciugamano cifrato appeso a una barra. SM. Quando lo toccò si sbriciolò.

Da qualche parte, là fuori, partì uno sparo.

Si ricordò che dopotutto erano in campagna. E in campagna regnava il silenzio. E, quando non c'era il silenzio, potevano esserci degli spari.

Stringendo il mazzo di chiavi, Max si avviò lungo il corridoio. Una serie di porte, chiuse e coperte da ragnatele, resistevano ai suoi tentativi di girare le maniglie. Erano tutte chiuse a chiave.

Ma c'era una porta diversa dalle altre. Una porta doppia. La guardò. Era di legno duro a grana fine, con degli intarsi. Maniglie gemelle in ebano e una toppa grande come una vulva.

Individuò subito la chiave giusta nel mazzo: era grossa e spessa. Con un dito strofinò via lo sporco dal gambo e dalla testa. Ora il metallo era caldo, e s'infilò nella serratura con una facilità che si sarebbe potuta scambiare per soddisfazione.

Usando entrambe le mani, riuscì a girarla.

La stanza era buia. Max rimase sulla soglia. Quando i suoi occhi si furono abituati all'oscurità, vide che le pesanti tende rosse erano tirate sul bovindo. Si trattava della grande finestra che aveva notato al suo arrivo, con la fodera scolorita delle tende rosse.

Doveva tirarle? E se si fossero sbriciolate come l'asciugamano? Allora tutti avrebbero saputo.

«Che sei una ladra!»

Max si girò di scatto. Nessuno si gira di scatto in quel modo, a meno che non sia il personaggio di un pessimo romanzo poliziesco. Eppure, Max si girò di scatto. Non c'era nessuno nella stanza. Senso di colpa?

Risoluta come un gatto, Max si avvicinò alla finestra e scostò le tende con grande delicatezza, quel tanto che bastava per fare entrare un po' di luce, o almeno una parvenza di luce, verdastra e acquosa, come un acquario sporco. Per anni, il tetto spiovente di ardesia aveva lasciato colare le stagioni su quei vetri, che nessuno puliva più.

Eppure, quel poco di luce le bastava. Riuscì a scorgere un pesante letto di mogano con una testiera alta e ricurva. Un comodino. Occhiali da vista con la montatura di metallo. Sul pavimento, un paio di pantofole rosicchiate.

Si girò verso il tavolino da toeletta. Lo specchio macchiato e consunto rifletteva il suo viso. Ma era davvero il suo? Più affilato, più freddo?

Scatole di cipria e fard, con i coperchi aperti e chiusi, erano sparse qua e là in disordine. Una spazzola d'argento con ciocche di capelli impigliate nelle setole. Una visione orribile: capelli morti da tempo appartenuti a una testa morta da tempo. Intorno, fialette di vetro contenenti strani liquidi.

E poi, ripiegati sullo schienale di una sedia, i brandelli strappati di una vestaglia di seta. Non li toccò. Non osava farlo.

Non c'era nulla che le interessasse in quella stanza, voleva solo andarsene.

Ma mentre stava per uscire, qualcosa catturò la sua attenzione: uno dei due grandi armadi ai lati del tavolino da toeletta. Erano entrambi di mogano, come il letto, e ciascuno aveva uno specchio sbiadito sull'anta. Quello accanto alla finestra era chiuso, mentre l'altro, vicino alla porta, era socchiuso.

Max lo aprì, tossendo disgustata dall'odore intenso e stantio di lavanda e canfora. L'armadio era vuoto, a eccezione di un lungo e voluminoso copriabiti di cotone. Il cotone era scolorito e macchiato, strappato su un lato, da cui fuoriusciva un lembo di pelliccia come se vi fosse intrappolato un animale. Un cappotto di pelliccia.

Con titubanza, Max sollevò la gruccia di legno dalla barra

di ottone. La custodia era pesante come un corpo. Adagiatala sul letto, cominciò a sbottonarla, asola dopo asola, con la spiacevole sensazione di spogliare qualcuno che non voleva essere spogliato. Tirò fuori la pelliccia. Toni chiari con una striscia scura, bellissima e brillante, come una creatura che si illumina della propria luce.

Perché non provarla?

No!

Esitò.

Non fare la stupida. Provala!

Quelle parole le trafissero la mente come uno sparo.

Nello specchio vide la sua immagine riflessa. La pelliccia era troppo grande, ma di certo perfetta per l'inverno.

E perché no? Nessun altro l'avrebbe indossata.

Arrotolò la custodia di cotone e la cacciò nell'armadio. Mentre si dirigeva verso la porta la colse un dolore acuto alla spalla e gridò. Era come un... No, non poteva essere. Ma lo era... Un morso. Non il morso di un insetto. Aveva sentito dei denti.

Si strappò di dosso la pelliccia e uscì dalla stanza, senza chiudere a chiave la porta.

Scese di corsa al piano di sotto, stringendo tra le braccia il pesante indumento.

Jonny era in cucina. Aveva riempito le taniche dell'acqua e acceso un fuoco sotto il calderone di rame. La grande cucina economica era in funzione, e sulla piastra si scaldava il bollitore. Sul grande tavolo di quercia era adagiato un cerbiatto morto, che perdeva sangue dalla bocca.

«L'ho preso io» disse Jonny.

«I fagiani! Il giardiniere aveva detto di sparare ai fagiani, non ai cervi.»

«Era lì nel parco dei cervi. È stato un gioco da ragazzi.»

«E allora dovrai scuoiarlo tu, perché io non lo faccio.»

«Perché non sei mai contenta? C'è il fuoco acceso, abbiamo l'acqua calda, del cibo, e tu cosa fai? Giochi al *Trono di Spade*?» Guardò la pelliccia.

«L'ho trovata in una delle stanze da letto. Ti piace?»

«No, non mi piace. Puzza.»

«L'appenderò fuori.»

Jonny la stava fissando. «Che cosa ti sei fatta alla spalla?» Si avvicinò e ci passò sopra la mano, brusco. Sul palmo gli rimase del sangue. «Sei stata morsa» disse. «Questi sono segni di denti.»

Max andò nella loro camera da letto e si guardò la spalla. Un morso dai nitidi contorni, simile a una mezzaluna, impresso nella sua pelle. Mentre lo tamponava con il disinfettante, Jonny le si avvicinò e prese a esaminarlo. Attenzione chirurgica, nessuna empatia. «Sembra il morso di un topo.»

E su quello uscì dalla stanza. Fischiettando. Lui non fischiava mai.

Ma quel morso non sembrava affatto il morso di un topo. Sembrava un morso umano.

I giorni presero a scorrere fin quasi a diventare routine. Lo sforzo fisico di stare al caldo, di procurarsi il cibo e di lavarsi occupava la maggior parte delle giornate, che ormai erano sempre più brevi. Max raccoglieva bacche e mele, dissotterrava le patate nell'orto e accettava i cavoli e le carote che le dava l'aiuto giardiniere, un adolescente timido, impacciato e infatuato di lei. Il giardiniere, invece, era sempre sospettoso e diffidente. Non si lasciava incantare dalla sua bellezza, e la storia delle chiavi "cadute" non l'aveva mai convinto. Lei lo chiamava Mr Musone.

Nel pomeriggio, Max prendeva la vecchia bicicletta dal capanno degli attrezzi e andava in paese per comprare latte, burro, formaggio e farina. Stava imparando a cucinare in modo da utilizzare ogni ingrediente, senza sprechi, e a prediligere le cotture lente. Lo spezzatino di cervo, preparato in una vecchia pentola malconcia e lasciato sobbollire a lungo sulla cucina economica, sarebbe durato per una settimana.

Cenavano a lume di candela: voleva essere una cosa romantica, ma le ombre sedevano a tavola con loro e due candele non bastavano a illuminare i piatti. Nel buio sembravano diversi, così, a poco a poco, diventarono diversi.

Smisero di parlarsi ed era strano, perché avevano sempre parlato. Jonny era diventato cupo e irritabile, e Max cominciava a provare l'inquietante sensazione che lui la intimorisse.

Da quando aveva trovato dei vecchi stivali di pelle in un capanno del giardino li indossava sempre, allacciati fino al ginocchio, con le punte di metallo che tintinnavano a ogni suo passo. Anche il suo modo di camminare era cambiato di conseguenza: da sinuoso si era fatto rigido, e se ne andava in giro per la casa come se fosse lui il padrone.

E lei, cos'era diventata? Una cuoca, una sguattera. Quando lui rientrava, si aspettava di trovare il cibo pronto in tavola. Non andava più a fare la spesa con lei.

Qualche giorno prima avevano litigato, e lui aveva alzato una mano su di lei. Subito l'aveva riabbassata, mortificato, le guance rosse di vergogna, ma non si era scusato. Allora, Max aveva provato a chiedergli: «Jonny, cosa ti sta succedendo?», ma lui aveva scosso la testa e se n'era andato. Lei l'aveva sentito affilare l'ascia. *Zac. Zac. Zac.* Tagliava la legna e fischiettava.

Quando erano arrivati, avevano unito i letti singoli. Era eccitante, rotolarsi per trovarsi l'una stretta all'altro, e poi tornare nel proprio letto tenendosi per mano.

Poi, una notte, entrando nella loro stanza, vide che Jonny aveva separato i letti. Lui dormiva dandole la schiena, e lei, con le guance rigate da lacrime silenziose, sporgeva la mano dal materasso in un vuoto disperante. La distanza di nemmeno mezzo metro tra di loro sembrava incolmabile quanto la distanza dalla luna, e altrettanto fredda, solitaria e silente.

Di solito era Jonny a addormentarsi per primo, sfinito dalla giornata. Max, pur essendo anche lei stanca morta, restava sdraiata domandandosi che cosa non andasse tra loro. Poi capì che dovevano assolutamente lasciare quella casa. Altrimenti, si sarebbero lasciati loro.

Potevano stare per un po' da sua sorella. Le avrebbe scritto una lettera, sì, perché per telefono sarebbero finite a litigare, senza che lei riuscisse a spiegarsi. Sua sorella viveva una vita normale con un lavoro normale e un marito normale. Pensava che Max fosse un'irresponsabile. Ma era pur sempre sua sorella... Sì, con una lettera avrebbe chiarito le cose. Dopotutto aveva fatto del suo meglio per trovare una sistemazione per l'inverno, e c'era stata la possibilità che quella vita si rivelasse adatta a loro: erano abbastanza giovani, abbastanza forti per affrontarla. E prima si volevano bene. Ma ora non se ne volevano più, e lei vedeva la stanchezza riflessa nei propri occhi.

Sì, dovevano andarsene. Si sarebbero fatti ospitare da sua sorella per una settimana mentre lei organizzava il loro trasferimento a Barcellona. Proprio come Jonny aveva sempre desiderato.

Rincuorata da quel piano, scivolò nel sonno.

Fu quella stessa notte che udì il pianto del bambino. I suoi singhiozzi, nitidi e lontani, l'avevano distolta da un sonno profondo. Jonny russava. Tra una russata e l'altra cercò di concentrarsi, tendendo le orecchie verso quel suono. Doveva essere il verso di una civetta, un *chiù* acuto e disperato. Ecco la civetta, era lei. Ma poi udì di nuovo quel pianto. Dal piano di sopra.

Max scivolò giù dal letto, atterrando con i piedi sul pavimento freddo. Dio, si gelava. Il fuoco che accendevano ogni sera nel caminetto si era spento. Gli spifferi di aria gelida penetravano nel suo pigiama pesante. Scosse Jonny per la spalla. Lui si girò, borbottando. Un tempo avrebbe spalancato le braccia, attirandola a sé.

Lo lasciò al suo sonno solitario e sgattaiolò fuori dalla camera, prendendo con sé la torcia elettrica. Arrivò ai piedi delle scale. Tutta tremante, vide la pelliccia appesa a un gancio, rischiarata dalla luce della luna, inutilizzata da quando l'aveva tolta dall'armadio. La indossò. Chissà quant'era alta la precedente proprietaria: indosso a lei sfiorava il pavimento. Avvolgendosela intorno al petto, salì le scale.

Arrivata in cima, dopo aver svoltato a destra sull'ampio pianerottolo, Max si avviò verso la stanza dalla doppia porta. Il pianto ora era più debole, un lamento sommesso.

La aprì.

La stanza, illuminata dalla sua torcia, le parve uguale a come l'aveva vista settimane prima. Ma ora, indirizzando il fascio di luce sulle pareti, notò una porticina nel muro accanto al letto: era stata ritagliata nel rivestimento a pannelli in modo che non si notasse troppo. Il lamento proveniva da lì.

Max avanzò, troppo terrorizzata per ipotizzare cosa potesse nascondere.

Perché non andarsene? Sì, doveva andarsene. No, non poteva.

Spinse delicatamente la porticina, sentendola scattare e aprirsi, come una cassaforte: un'altra stanza. La paura le impediva di proseguire oltre, ma, regolato il fascio della torcia fino a renderlo più intenso, non esitò a puntarlo nell'oscurità. C'era una culla, una culla vuota. Ora non si udiva più alcun suono.

Max si ritrasse, senza voltarsi, indietreggiando lentamente. Poi chiuse dietro di sé la porticina.

Stava tremando, la torcia penzolava mollemente contro il suo fianco. La paura la rallentava ma si sforzava di concentrarsi, come se si stesse arrampicando su una corda, una mano dopo l'altra. Doveva lasciare quella stanza. Inspirare, espirare. Forza, su!

Mentre raccoglieva le energie per andarsene, le parve che

la pelliccia, all'altezza della sua bocca, si stesse muovendo, come sospinta da una brezza.

Non c'era nessuna brezza, e di certo non poteva incolpare il suo respiro.

Si irrigidì, come una statua. Il sangue le martellava nelle orecchie come una marea crescente. Poi le sentì.

Sentì un paio di mani forti, mani maschili, posarsi sulle sue spalle, le sue spalle coperte dalla pelliccia. Le tirarono delicatamente indietro il bavero e lei sentì un respiro, sì, è un respiro, farsi più vicino e sfiorarle il collo. Un respiro freddo. Freddo e bruciante. Un respiro che le accarezzava la pelle, dalla clavicola al lobo dell'orecchio. Qualcuno, o qualcosa, le diede un bacio lieve sul collo. Sentì il solletico di una barba. E poi, la creatura misteriosa che era dietro di lei le diede un morso.

Stava svenendo?

Max si svegliò nel proprio letto, in tarda mattinata, con un sole innocente a illuminare la finestra della sua stanza. Non aveva alcun ricordo di come fosse tornata nel suo letto. Di Jonny non c'era traccia.

S'infilò la vestaglia e scese in cucina, recuperando il bollitore caldo da dietro i fornelli e mettendolo sulla piastra. Fece il caffè.

Cosa le era successo?

Rimase appoggiata alla cucina, con la tazza di caffè in mano. Le prudeva il collo. Quando allungò la mano per grattarsi, le sue dita tastarono un gonfiore. Fuori, la luce velata dalla nebbia e la pioggia proiettavano un leggero riflesso sul vetro della finestra. Non aveva bisogno di uno specchio: sul suo collo c'era un livido.

In preda al panico, Max telefonò a sua sorella. Segreteria telefonica. Già, era al lavoro. L'avrebbe richiamata più tardi, ma doveva scriverle in giornata. Il prima possibile.

Si sedette al grande tavolo di legno scuro e cominciò a

buttare giù una lettera. Da quanto tempo non ne scriveva una? Non appena aveva cominciato, si era subito sentita meglio. Sarebbe andato tutto bene. Presto sarebbero stati al sole di Barcellona.

Aveva appena finito la lettera quando Jonny entrò in cucina. Max alzò lo sguardo e gli sorrise. Voleva un caffè? Lui annuì e andò a tagliare del pane. Max era radiosa, aveva voglia di chiacchierare, si offrì di preparargli delle uova.

Mentre lei parlava, lui le lanciava delle occhiate distratte: era così che la guardava negli ultimi tempi, non come faceva una volta, quando le scrutava il viso come per memorizzarlo. Una di quelle occhiate, però, durò più a lungo delle altre. Cominciò a fissarla. Max fu investita dalla paura. Jonny le si avvicinò a grandi passi e, prendendole il collo tra le mani, glielo piegò violentemente.

«Jonny! Smettila!»

«Puttana! Sporca puttana! È l'aiuto giardiniere, vero? Ha solo diciassette anni!»

Max cercò di dirgli che non sapeva di cosa stesse parlando, ma la grande mano di lui le schiacciava le labbra contro i denti. Per salvarsi, poiché non aveva scelta, si girò di scatto e gli sferrò una ginocchiata sull'inguine. Jonny mollò la presa portandosi la mano ai testicoli e le diede della puttana. Della ladra. Era solo l'inizio. Stavano uno di fronte all'altra, ai due lati di quel tavolo malconcio. Non l'aveva mai visto in quello stato. I suoi occhi erano neri di odio.

«Sul tuo collo... c'è un succhiotto.»

«È un livido!»

«Chi è stato? Chi ti ha baciata? Chi ti ha morsa?»

Mentre lo diceva lesse sul volto di Max l'ammissione della colpa, il terrore per essere stata scoperta. Non poteva sapere che lei era ripiombata nell'orrore della notte scorsa. La bocca fredda e insistente sul collo. I denti affilati.

«C'è qualcosa al piano di sopra...» disse lei.

«È lì che lo fai?» Lui era furioso, ansimante.

«Non è una creatura viva. È in quella stanza. La scorsa notte ho sentito qualcosa e sono salita. Ascoltami, Jonny.»

Lui non la ascoltava. Afferrò una sedia e la scagliò con violenza sul tavolo che li separava. La sedia andò in pezzi. Max si era messa a piangere, ma a Jonny non importava. Salì la breve rampa di scale facendo i gradini due alla volta. Lei lo sentì sbattere di qua e di là come se fosse ubriaco e poi camminare su e giù con quei suoi stivalacci. Non osava salire. Dopo un po', tutto tacque.

Per quanto tempo era rimasta seduta al tavolo? Un'ora? Un giorno intero?

La luce fioca del pomeriggio non era abbastanza per rischiarare la cucina. Non riusciva a scaldarsi. Doveva vestirsi. Poi andare a spedire la lettera.

Sapeva che sua sorella sarebbe arrivata, esasperata, impaziente, sì, ma non l'avrebbe abbandonata. Dopo la morte della loro madre si erano promesse di esserci sempre l'una per l'altra. Avevano rispettivamente diciassette e diciannove anni: troppo giovani per restare orfane.

Si portò la mano al collo. Qualcosa o qualcuno l'aveva morsa... E poi il pensiero si dissolse. Aveva paura. Si rese conto del vantaggio che i Morti hanno sui vivi. I Morti non hanno paura.

Si preparò. Jeans, un maglione pesante, calze calde. Si raccolse la chioma sotto il cappello e andò a prendere il suo giaccone imbottito. Non c'era. Dove l'aveva lasciato? Forse in giardino? No.

Fuori pioveva. Cosa poteva fare? Aveva già la lettera in mano quando vide la pelliccia. Se si fosse avvolta nella pelliccia avrebbe coperto anche la bicicletta, talmente era ingombrante.

Ma non ce la faceva: voleva solo appallottolarla e buttarla nel fuoco.

Sulla porta si fermò a guardare il cielo, la pioggia che cadeva fredda e insistente.

La bicicletta era sotto il portico, appoggiata a una parete.

Riprovò a chiamare sua sorella, ma rispose ancora la segreteria.

Doveva decidersi. Non uscire a spedire la lettera perché non trovava il suo giaccone, oppure mettersi la pelliccia. S'infilò la lettera in tasca.

A metà del vialetto, pedalando lentamente perché la pelliccia era grande e ingombrante, aveva la sensazione di essere osservata. Si fermò un attimo e non vide nulla, ma sentì un fischio sommesso.

Riprese a pedalare, uscendo dal vialetto e svoltando nella stradina fiancheggiata su entrambi i lati dalle nere recinzioni di ferro. Era quasi di fronte alla casa padronale quando la pelliccia s'impigliò nella catena della bicicletta, facendola cadere. Imprecò, si rimise in piedi. Si era fatta male a una gamba. Tirò la pelliccia finché non si strappò, con un lembo rimasto impigliato nella catena. Adesso, la bicicletta era inservibile. Le toccava proseguire a piedi. C'era un sentiero che attraversava i boschi, poco oltre la casa padronale, e conduceva direttamente in paese. Lo usavano i domestici, tanto tempo addietro. Appoggiò la bicicletta e si strinse nella pelliccia senza accorgersi che nel frattempo la lettera le era caduta di tasca, come se una mano gliel'avesse sottratta.

Poi entrò nel bosco, ma stava diventando buio, troppo buio. Si era fatto troppo tardi, meglio tornare indietro. Zoppicava. La pelliccia la proteggeva dal freddo ma al tempo stesso la disgustava. Se la tolse e la buttò su un ramo, poi frugò in tasca alla ricerca della lettera.

«Ladra!»

La voce era chiara. Una voce maschile.

La pelliccia le venne scagliata addosso, buttandola a terra. Provò a rialzarsi, ma la pelliccia la teneva giù, come un animale selvatico acquattato sul suo corpo. Carponi, inarcava la schiena per cercare di rimettersi in piedi, e stava quasi per riuscirci quando le maniche della pelliccia le si strinsero rigide attorno al collo, strangolandola.

«Puttana! Ladra!»

Max allungò una mano per togliersi quella cosa di dosso, e quando riuscì ad afferrare una delle due maniche della pelliccia quella si afflosciò, svuotata. Ma non appena mollò la presa, la pelliccia la strinse di nuovo in una morsa. Max cadde a faccia in giù nel fango.

Il sussurro nel suo orecchio era talmente vicino che sentì i peli ispidi di un paio di baffi. «Siete tutte uguali.»

Con le poche energie rimaste ricacciò indietro la forza che la schiacciava a terra e si mise in ginocchio. Afferrò entrambe le maniche della pelliccia, sollevandole sopra la testa. La pelliccia volteggiò nell'aria, poi ricadde in un mucchio nel sottobosco.

Lei la fissò per un secondo, disgustata, terrorizzata. Si passò una mano tra i capelli per liberarli dalla nebbiolina fredda che sembrava avvolgerla. La pelliccia non si muoveva.

Corri. Doveva correre.

Corse attraverso il bosco per poi sbucare di nuovo in strada, sotto la pioggia battente, inciampando e piangendo, con il cuore che batteva all'impazzata e il respiro affannoso, fino a quando non raggiunse il vialetto fiancheggiato dagli allori e davanti a sé vide la casa maledetta, che ora le sembrava un porto sicuro. Si appoggiò ansimante alla siepe. Andava tutto bene. Da quel momento in poi sarebbe andato tutto bene. Vedeva le luci accese nell'ingresso. Jonny l'avrebbe ascoltata. Jonny si sarebbe preso cura di lei.

«Jonny! Jonny?»

Avvertiva la sua presenza, ma non riusciva a vederlo. Entrò in casa e non trovò nessuno, eppure una presenza c'era. Si guardò attorno. Nessuno, qualcuno. Chi la stava osservando? Sentì un fischio, il cigolio di un paio di stivali in avvicinamento.

Quando l'ascia si abbassò sul suo collo, Max intravide un'altra figura dietro Jonny. Il labbro superiore teso in un ghigno grottesco. I baffi. I denti scheggiati. Era stata colpita? Era ferita? La sagoma gelida dell'altro uomo l'avvolgeva. Le sue mani le stringevano il collo. Con l'occhio della mente si vide al piano di sopra, in quell'orribile stanza, nuda e sola.

«JONNY!»

L'aveva sentita? Cominciò a cadere...

Gli stivali

Era la prima volta che Jonny si ritrovava tra le mani un'ascia. Gli piacevano la sensazione del peso sulle spalle e la presa salda sul manico. La testa, affilata e oliata, spaccava i ceppi con facilità.

Ben presto aveva accumulato una discreta pila di legna, che poi aveva trasportato in camera da letto e in salotto. La cucina economica funzionava a carbone, ma a Max non piaceva l'odore del carbone in camera. E il fuoco a legna era più romantico.

Si domandava che vita avrebbero fatto durante l'inverno imminente. Avrebbe preferito andare a Barcellona. Era stata Max a metterli in quella situazione, ed era più semplice assecondarla che fare di testa propria. Incredibile come fosse riuscita a convincere quello sciocco e ingenuo ragazzotto con tanto di Bentley a prestare loro una casa nella sua tenuta per l'inverno. Quante volte capita di trovare un tizio con una casa di cui non si fa nulla? Una casa in cui nessuno vive da più di cinquant'anni? Posò l'ascia. Era ora di provare il fucile.

Vide il giardiniere che lo osservava. Mr Musone, così lo chiamava Max. Max era bellissima, snella, forte, e mentre raccoglieva le patate i capelli scuri le ricadevano sul viso. Sarebbe andato ovunque con lei. Le gridò: «Vuoi venire a caccia con me, Lady Chatterley?».

Lei si avvicinò, prendendogli la mano. «Voglio dare un'occhiata alla casa.»

Jonny scosse la testa. «Lo vedi laggiù, Mr Musone? Ti ha raccomandato di non farlo.»

«Ha detto che se una porta è aperta la possiamo aprire, e io mi assicurerò che siano tutte aperte. Facile.» Fece tintinnare le chiavi che gli aveva rubato. Non era una ladra: preferiva definirsi una mano lesta. Si alzò sulla punta dei piedi e baciò Jonny sulla bocca. L'aiuto giardiniere, che li stava osservando, distolse lo sguardo.

«Quel ragazzino si è preso una bella cotta» disse Jonny. Max lo baciò di nuovo. Lui non era un tipo geloso. Le mise una mano sulla schiena, un po' per tenerezza e un po' per sentirla sua, poi prese il fucile e si avviò verso il bosco.

Addentratosi nel bosco, caricò il fucile e cominciò a sparare senza un obiettivo preciso: prima a un coniglio che scomparve illeso nel sottobosco, poi a un fagiano che lanciò un grido tra gli alberi, avvertendo tutti gli altri fagiani della sua presenza. E continuò così, prendendo la mira e mancando la preda, mancando la preda e riprendendo la mira, finché non si accorse che era ormai buio. Non aveva preso nulla. Ma ecco il parco dei cervi.

I cervi erano piccoli e immobili, intenti a brucare nel crepuscolo; bersagli più facili, senza dubbio, ma non poteva certo ucciderli con le cartucce per i fagiani. E poi non era nemmeno sicuro di saper uccidere un cervo.

Aveva i piedi bagnati. Sentiva arrivare un vento freddo. Era ora di andare a casa a bere un bicchiere di vino con Max.

Mentre si voltava per tornare indietro, si ritrovò avvolto in una nebbia rada che sembrava essere spuntata dal nulla. Si asciugò il viso con il dorso della mano.

Dietro di lui si udì una voce, un baritono basso, aspro e tagliente. «Bracconaggio, eh?»

L'uomo che lo fissava era più basso di lui, robusto di costituzione; indossava una giacca di tweed, una coppola, i pantaloni alla zuava e gli stivali. Aveva baffi folti e un aspetto bizzarro. Era un guardiacaccia?

«Salve! Alloggiamo qui. Siamo ospiti della Dower House.»

«La Dower House?» Sembrava sorpreso.

«Io sono Jonny» gli disse tendendogli la mano. Lui non la strinse, ancora intento a fissarlo con quei suoi occhi neri.

«Ero a caccia di fagiani.»

L'uomo scosse la testa. «È troppo tardi, sono già appollaiati sugli alberi.»

Jonny sorrise. «Stavo tornando indietro. Cacciare non fa per me.»

Lui lo guardò dritto negli occhi. «Non serve un fucile per procurarsi la cena. Guarda...»

Scavalcò la recinzione con un'agilità tale che Jonny non lo vide quasi muoversi, eppure eccolo là dall'altra parte, dove i cervi addomesticati brucavano l'erba in tutta tranquillità. «Se si fidano di te gli puoi fare di tutto.»

L'uomo tirò fuori un manganello di legno da sotto la giacca, afferrò la testa di una cerbiatta e la strinse sotto il braccio, poi, con un colpo secco, le fracassò il muso. Il sangue schizzò sulla felpa di Jonny. Gli si seccò la gola. La cerbiatta si piegò sulle zampe e crollò a terra.

«Vieni qui» gli ordinò l'uomo, e Jonny, senza sapere bene cosa stesse facendo o perché lo stesse facendo, scavalcò la bassa recinzione e si inginocchiò accanto alla cerbiatta. L'uomo gli passò il manganello. «Finiscila!»

Jonny lo guardò, senza capire. Lui gli diede una violenta spinta sulla spalla. «Ti ho detto di finirla!»

Come un uomo in trance, Jonny sollevò il manganello insanguinato e colpì una seconda volta l'animale. Ora era morto.

Si piegò accanto al corpo caldo. Era stato lui? Perché? Accarezzò il pelo morbido. Che cosa aveva fatto? Le sue mani erano rosse di un sangue scuro, già in procinto di rapprendersi. Per alcuni minuti non riuscì a muoversi. «Mi dispiace» mormorò.

Alzò lo sguardo. L'uomo era sparito.

Jonny issò la cerbiatta oltre la recinzione, poi se la caricò sulla spalla, un peso morto e caldo. Non riusciva a pensare a niente. Tornò alla Dower House, portando sulle spalle l'animale che aveva ucciso. Entrato in cucina, lo lasciò cadere sul tavolo con un tonfo. Aveva gli occhi vitrei. Lui stava ancora tremando. Si sciacquò le mani nel lavandino di pietra, poi si tolse la felpa fradicia e la mise sotto il rubinetto, facendo scorrere l'acqua sul sangue che si addensava in una pozza rossa. Lavò la testa martoriata del cerbiatto e la coprì con un sacchetto di carta. Non voleva che Max la vedesse. Avrebbe dovuto scuoiarlo.

Ma come?

Si appoggiò al lavandino, respirando a fondo per cercare di riprendersi.

Dov'era Max? A girovagare per la casa, curiosando. Aveva bisogno che lo abbracciasse. Che lo perdonasse. Gettò nuova legna sul fuoco per rianimarlo, accese le candele per illuminare un po' di più la stanza e smorzare la luce fredda della triste lampadina che penzolava dal soffitto. La cucina era stata progettata in modo tale che i domestici avessero libertà di movimento per sbrigare le loro faccende. Il grande tavolo, i fornelli, il calderone, le pentole di ferro ammaccate appese ai ganci. C'era un'intera rastrelliera di ganci.

Doveva appendere la cerbiatta a un gancio per far colare il sangue? Tirò fuori il telefono per cercare su Internet: "Come scuoiare un cervo".

Ma non c'era campo. Era intrappolato nel passato con un telefono inservibile e una cerva morta. Tutto in quella cucina apparteneva al passato. Rimase a fissare, ipnotizzato, lo sgocciolio costante del sangue sul pavimento di pietra. *Plin, plin, plin.*

Max entrò in cucina e il suo animo si risollevò.

Poi lei vide la cerbiatta nel lavandino e cominciò a gridare. Doveva cacciare i fagiani, gli uccelli, non i mammiferi. Aveva ucciso una cerbiatta. Era impazzito o cosa?

E mentre la sua voce si alzava e si abbassava, salendo e scendendo di tono, risuonando fuori e dentro la cucina, lui smise di ascoltare le sue parole. Il volto di Max era cambiato, era affilato e freddo. Lo stava sgridando come fosse un bambino. E cos'era quella cosa che teneva in braccio?

Sembrava una pelliccia. La pelliccia di un animale enorme, morto e scuoiato. Si stava muovendo? È vivo, pensò, è una cosa morta che è viva. Gliela strappò dalle mani, ci riuscì perché era molto più alto di lei. La sollevò sopra la testa.

«Che cosa cazzo è? Da dove è uscita, dal *Trono di Spade*?»

«L'ho trovata» disse lei a voce bassa. «Al piano di sopra.»

«L'hai rubata, vuoi dire.»

«Jonny?» Non era da lui. Aveva sempre riso di quelle che chiamava le sue bravate.

Il viso di Jonny si era indurito. «Mi sto prodigando per farci stare al caldo e per procurarci da mangiare, e tu, tu invece cosa fai?»

«Cosa vuoi che faccia?»

Jonny non rispose. Prese un paio di ganci dalla rastrelliera appesa al muro e li fissò alla barra di ferro che correva lungo tutta la cucina, da parete a parete, sopra il lavandino. Sollevò a fatica l'animale dal tavolo e poi, salendo su uno sgabello basso, lo infilzò con i ganci, trapassandone i fianchi.

«Dammi quel coltello.» Era un ordine, non una richiesta.

Prese il coltello e iniziò a segare goffamente la testa dell'animale finché non l'ebbe staccata. Il sangue sgorgò nel lavandino.

«Lascialo colare» le disse. «Per tutta la notte.»

Max guardava disgustata la carcassa sanguinante.

«Ma cosa stai facendo?»

«Vivo una vita semplice. L'idea è stata tua.»

Lei uscì di casa. C'era una panca vicino alla porta. Si sedette, con le braccia strette attorno alla vita, aspettando che Jonny venisse a cercarla. Non venne. Sentì lo stesso nodo di rabbia e disperazione che le aveva stretto la gola quando sua mamma era morta. Max l'aveva aspettata, l'aveva aspettata per un giorno e una notte, ma lei non era tornata a casa.

Dopo un po', andò a cercare Jonny. Lo trovò seduto al tavolo in cucina, immobile, gli occhi fissi sull'animale morto.

Più tardi, nei letti che avevano avvicinato, mentre guardavano scoppiettare il fuoco nel camino, Jonny sembrava essere rientrato in sé.

Le accarezzò i capelli. Cominciarono a fare l'amore. A lei era parso bello e giusto, fino a quando non si era ritrovata sotto di lui. Jonny sudava e lei sentiva un odore di sangue animale.

Al mattino, prima che facesse giorno, lui si alzò e uscì. Max andò alla finestra e lo vide camminare verso il bosco.

Qualche settimana dopo, quando la luce del breve pomeriggio stava ormai per svanire, Max e Jonny si trovavano nell'orto. Max raccoglieva gli ultimi spinaci. Jonny spaccava la legna, finché non si era tirato su, raddrizzando la schiena, con l'ascia all'altezza del petto.

«La vuoi smettere di guardarla?»

L'aiuto giardiniere aveva solo diciassette anni, i capelli soffici e gli occhi dolci. Pensava che Max fosse la cosa più bella che avesse mai visto. Cercava di non guardarla, ma non riusciva a farne a meno. Le aveva portato un cavolo e qualche carota solo per starle vicino, solo per poterla guardare.

«Ti piace, vero?» disse Jonny, rivolto a Max. «Il tuo piccolo schiavo.»

Jonny non si era mai preoccupato degli altri uomini. Era così bello che non gli passava nemmeno per la testa che una donna potesse essere interessata a qualcun altro.

«Smettila, Jonny!»

Lui piantò con forza l'ascia nel ceppo. «Vado a fare una passeggiata.»

«Vengo con te?»

«Non ti piacciono i boschi quando fa buio.»

«A te invece piacciono, a quanto sembra.»

Non le rispose e si allontanò a grandi passi. E fu nel bosco che incontrò Edwin.

Circa una settimana dopo l'uccisione della cerbiatta, Jonny si trovava nel bosco a caccia di fagiani. Era riuscito a centrarne uno, ma gli altri erano volati via.

Edwin si materializzò accanto a lui. Jonny non l'aveva visto né sentito arrivare, eppure all'improvviso era lì, proprio come era accaduto al loro primo incontro. Indossava gli stessi vestiti.

Gli disse che doveva spingere gli uccelli nella radura, e solo allora mettersi a sparare. Due colpi, uno dopo l'altro. *Bang! Bang!* «È il lavoro dei battitori fare uscire gli uccelli allo scoperto e guidarli verso il fucile. Ma tu dovrai farlo da solo, e anche raccoglierli, visto che non hai un cane.»

«E come li cucino?»

«Lo deve fare lei, non ti pare?»

«Ma anche lei non sa cucinarli.»

«Che razza di donna è?»

Jonny non rispose.

«Appendili a testa in giù per tre giorni, così il sangue cola e fai frollare la carne. Poi li spenni, li lavi e li arrostisci. Li ricopri con un po' di bacon, se ne hai, perché i fagiani hanno poco grasso.»

Edwin si sedette su un ceppo, tirò fuori una pipa dalla tasca e l'accese. «Dovresti tenere d'occhio la tua donna.»

Jonny sentì un brivido di freddo. La giornata autunnale era mite, eppure tremava. «Non so di cosa parli.»

«Sì che lo sai! Con le donne si riduce tutto a tre paroline: fiducia, tentazione e tradimento. La fiducia viene da sola quando non c'è tentazione. Ma quando arriva la tentazione, arriva anche il tradimento. Che cosa faresti se una ragazzina di diciassette anni si gettasse ai tuoi piedi?»

«Ci stai spiando?»

«Vedo quello che vedo.»

«Non sono un vecchio che se ne sta a guardare in un angolo. Da me può avere tutto ciò di cui ha bisogno.»

«Tu le donne non le conosci, vero? Si dice che sia sempre colpa dell'uomo, ma è falso. Noi uomini non ci facciamo ingannare, sappiamo di chi è la colpa. È sempre colpa loro. Suadenti, dolci, con quei loro begli occhioni. Fanno le gentili, ma sotto sotto sono vipere. Devi stare attento a dove metti i piedi in questo bosco. Ci sono le vipere, ci sono sempre state. Dovresti indossare degli stivali.»

«Non li ho» disse Jonny.

«Domani al tramonto fatti trovare qui. Te ne porterò io un paio.»

Edwin si alzò per addentrarsi nelle profondità del bosco. Jonny ebbe l'impressione che si fosse volatilizzato. Attese, poi lo seguì cercando di non far rumore. Ma non c'era più traccia di lui.

La mattina seguente, Jonny si alzò presto. Preferiva alzarsi prima che Max si svegliasse perché le sue chiacchiere lo infastidivano. Aveva imparato ad avanzare di soppiatto e la sua mira era migliorata. Spinse i fagiani nella radura e ne abbatté due. Uno, due, colpiti in volo. Li portò a casa con i colli blu penzolanti, le piume fulve e dorate umide d'erba. Li legò insieme, per il collo, e li appese accanto alla porta d'ingresso. Poi entrò e tagliò una fetta di pane senza lavarsi le mani.

Anche Max si era alzata presto per andare al villaggio. Tornò con la farina, le uova e il burro. Vide subito i fagiani appesi.

Li toccò timidamente: dondolavano appena, ancora caldi e flosci. Alex, l'aiuto giardiniere, la raggiunse, offrendosi di spennarli se lei lo desiderava.

«Sei così dolce» gli disse, vedendolo arrossire. Avrebbe voluto allungare una mano per accarezzargli la guancia morbida, ricoperta di peluria. Si ricordò cosa volesse dire avere diciassette anni. Quel sentirsi sempre impacciati. «Vieni dentro che preparo i pancake» disse, e lui la seguì come un cucciolo.

Jonny era seduto al tavolo a mangiare pane e formaggio. Alzò lo sguardo, rabbuiandosi.

«Pancake!» esclamò Max. «Preparo i pancake per tutti, anche per Mr Musone, se ne ha voglia.»

«Sono sicuro che Alex ne ha voglia» disse Jonny.

Max gli lanciò un'occhiata. «Alex, vai a chiedere a Mr Musone se vuole assaggiarli.»

Alex uscì risalendo i gradini di pietra. Max posò i suoi acquisti, decisa a ignorare le frecciatine di Jonny. Meglio lasciare che si calmasse.

«Quella bici è pesantissima, e va così lenta. Sto morendo di fame. Devo mangiare una fetta di pane prima di mettermi a cucinare.»

Prese la pagnotta dal portapane di metallo. La crosta era macchiata di sangue. Disgustata, la lasciò cadere.

«Jonny!»

Lui non rispose.

Max si girò a guardarlo, raccogliendo da terra la pagnotta. «È sporca di sangue!»

«Mi sono dimenticato di lavarmi le mani, tutto qui. Puliscila, donna!»

«Come mi hai chiamata?»

Sembrava confuso, e subito si rabbuiò. Le strappò la pagnotta dalle mani e la mise sotto l'acqua, asciugandola poi con un panno.

«Non mi sogno nemmeno di mangiarla! Portala con te nei tuoi amati boschi!»

Jonny abbassò lo sguardo come per dire qualcosa, ma poi cambiò idea. Uscì, portando con sé la pagnotta, mentre Alex scendeva di corsa i gradini di pietra. Jonny lo urtò di proposito.

«Goditi il tuo pancake. Lo zucchero non serve.»

Arrivato in cucina, Alex chiese: «Ma sta bene?».

Max scosse la testa. «Non so. Prima era sempre contento e tranquillo.»

«Qui siamo isolati» disse Alex. «Bisogna saper stare da soli.»

«Un tempo gli piaceva stare con me. Prendi una tazza di caffè. Raccontami di te.»

E Jonny, sentendoli chiacchierare e ridere, rimase in cima alla scala, strappando a una a una le penne dalla coda dei fagiani.

Quella sera, Max aveva fatto del suo meglio per rendere più accogliente la cucina. Aveva raccolto dei fiori e tagliato dei rami, e le ombre della sera erano state ravvivate dal verde del fogliame e dai colori accesi dei fiori. Quella sera avrebbero mangiato di nuovo lo spezzatino di cervo. Aveva trovato una ricetta per prepararlo, e poi l'aveva messo a cuocere nell'imperscrutabile forno della cucina economica. Jonny sentiva il profumo intenso e corposo del buon cibo. Max aveva comprato una bottiglia di vino in paese. Era già aperta sul tavolo.

«Mi laveresti la schiena?» chiese a Jonny.

Era seduta nella tinozza di latta piena di acqua calda, ascoltava la musica dal cellulare e sembrava avere dimenticato la pagnotta insanguinata.

Il suo bicchiere di vino se ne stava su un vecchio sgabello vicino alla vasca, e lei cantava con la sua voce bassa e melodiosa.

Jonny la guardava, fermo alle sue spalle. Era così bella. Voleva toccarla, baciarla, ridere con lei, tornare a essere quelli di un tempo. Doveva solo avvicinarsi alla tinozza, lavarle la schiena, inginocchiarsi al suo fianco. Ma ciò che gli attraversava la mente, mentre formulava quel pensiero, non era l'immagine di lei, bensì la visione di sé stesso inginocchiato accanto alla cerbiatta abbattuta.

Si ricordò del suo appuntamento con Edwin.

Max lo sentì uscire. Aggiunse dell'acqua calda nella tinozza con la brocca. Avrebbe voluto che la loro vita lì diventasse piacevole, che imparassero insieme a cavarsela. Erano sempre bastati l'uno all'altra, ma ora lui era altrove, ne aveva la certezza, pur non sapendo dove fosse quell'altrove.

Quando Jonny raggiunse il limitare del bosco, sentì un fischio. Edwin lo stava aspettando. Jonny non aveva fatto caso alla nebbia della sera, ma tutt'intorno a Edwin c'era una coltre di nebbia, e lui vi si immerse. Quasi non vedeva gli alberi che si oscuravano.

Era una nebbia fredda.

«Prova questi» gli disse Edwin porgendogli un paio di stivali di cuoio logori, con lacci lungo tutto il gambale, fissati a fibbie di ottone. Le suole erano chiodate. «Erano i miei stivali da trincea. Gli ultimi che mi hanno dato. Gli americani li avevano migliorati.»

Jonny se li rigirò tra le mani. «Mai sentito parlare di stivali da trincea.» Edwin rimase in silenzio.

Jonny si tolse le scarpe da ginnastica e cercò di infilare il piede in uno stivale.

«Piano!» disse Edwin. «Aspetta...» Si mise dietro Jonny per aiutarlo a calzare lo stivale. Aveva le mani talmente fredde che Jonny sobbalzò.

«Se a me servono gli stivali, a te serve un paio di guanti.»

Il fiato gelido di Edwin sfiorava il collo di Jonny. «Ho problemi di circolazione.»

Dopo averli calzati entrambi, Jonny mosse qualche passo. I suoi piedi protestavano per la costrizione.

«Devi farci l'abitudine» disse Edwin. «Facciamo due passi.»

Si incamminarono, non verso il bosco, ma in direzione della Dower House. «Chi mai lascerebbe una casa vuota?» chiese Jonny.

«Dipende da chi ci viveva quando è stata lasciata vuota.»

Jonny osservò di sottecchi Edwin che camminava dritto, guardando davanti a sé. «Quella lassù era la sua camera, quella grande, con la finestra a bovindo.»

Dove Max ha trovato la pelliccia, pensò Jonny. Ma non lo disse. Disse invece: «La vecchia signora. Era una nobildonna vedova, giusto?».

Edwin sogghignò. «Era vecchia quando morì. Ma quando entrò in questa casa era giovane, aveva solo diciassette anni e non ne uscì mai più, se non nella bara.»

«Come fai a sapere questa storia?» chiese Jonny.

«Un tempo lavoravo qui. Facevo il guardiacaccia.» Stavano avanzando lungo un sentiero invaso dai rovi. «Passa di qua» disse Edwin.

Arrivarono a una scalinata di pietra con la balaustra rotta che conduceva a una porta ammuffita e segnata dalle intemperie. La maniglia era arrugginita e coperta di licheni verdi. Da tempo non veniva aperta.

«Si entrava di qui per arrivare alla nursery senza essere visti, e quella stanza conduceva direttamente alla sua camera da letto. È da qui che entrava lui dopo la nascita del bambino.»

«Chi era lui?»

«Il padre del bambino. Lei non era sposata. Vuoi entrare?»

«No... grazie, si sta facendo tardi, è ora di cena. Max si starà chiedendo...»

Edwin guardò Jonny con disprezzo. «Sei quel tipo di uomo, eh? Una femminuccia? È lei che comanda, vero?»

Prima che Jonny potesse rispondere, Edwin gli afferrò il polso. Prese una chiave dalla tasca e la infilò nella serratura. «È sempre la stessa storia, ovunque tu vada» disse. «Una chiave ha bisogno di una serratura. Una serratura ha bisogno di una chiave.» La serratura scattò. Senza volerlo, Jonny si ritrovò dall'altra parte della porta, nell'oscurità.

Edwin accese un fiammifero. «Sali quelle scale, svelto!»

Jonny arrivò in cima alle scale proprio mentre il fiammifero si spegneva.

Mentre era fermo lì, talmente intirizzito da non riuscire a pensare, una seconda fiamma illuminò il buio ed Edwin si materializzò accanto a lui. Come aveva fatto a salire le scale così in fretta e senza fare alcun rumore?

La porticina davanti a loro era aperta. I due uomini entrarono. Edwin accese uno stoppino da un candeliere appeso al muro. La stanza era piccola e vuota, tranne che per una culla di legno. «Ora guarda qui» disse Edwin, il quale, dopo aver attraversato la stanzetta, stava battendo con le nocche sulla parete in fondo.

Una porta a pannelli si spalancò. «Semplice. Ma geniale. Questa è la camera da letto. La sua camera da letto.»

«Perché mi stai mostrando tutto questo?» gli chiese Jonny. «È orribile.»

«Volevi sapere la storia di questa casa e io te la sto raccontando. Lei stava qui e lui veniva a trovarla. Oh, è andata avanti così per un anno, dopo la nascita del bambino, sì, per un anno intero.»

«Perché non si sono sposati? Era povero, forse?»

«Oh, no, non era povero. Era suo padre.»

Jonny provò un senso di nausea. La bocca gli si riempì di saliva.

Edwin stava ancora parlando. Parlava della pelliccia, quella che le aveva comprato il padre. «Voleva che lei si spogliasse. Che la indossasse sulla pelle nuda. Poi gli piaceva togliergliela.»

«Edwin, per l'amor di Dio, sta' zitto!»

«È ancora in quell'armadio, la pelliccia.»

Edwin si avvicinò all'armadio. Nell'ombra, Jonny intravedeva la sua figura tarchiata e la nebbia fredda che lo avvolgeva. Poi Edwin cacciò un suono, simile al sibilo di un serpente.

«È sparita! Dov'è? La pelliccia è sparita!»

Gettò a terra una custodia rancida. Jonny sentì che doveva uscire di lì. Si ricordò che Max era riuscita a sbloccare la serratura e ad aprire la porta della stanza quando aveva rubato la pelliccia. Non doveva fare altro che raggiungerla e spalancarla. Edwin sembrava in un altro mondo; ondeggiava leggermente, sul punto di svanire, mentre i suoi stivali calpestavano la custodia strappata e macchiata. Jonny si lanciò verso la porta, la aprì e scomparve.

Edwin non lo seguì. Lui si precipitò giù per le scale, entrò nelle loro stanze e scese in cucina, dove Max stava tagliando le verdure.

Lei alzò lo sguardo e smise di fare quello che stava facendo, scioccata dal vederlo in quelle condizioni. «Dove sei stato? Pensavo fossi a caccia nel bosco.»

«Sì...»

«Stai tremando e hai i capelli bagnati, come se fuori ci fosse la nebbia.» Gli si avvicinò e gli toccò i capelli. Lui trasalì, si ritrasse. Voleva parlarle, ma non ci riusciva. Max gli lanciò un canovaccio per asciugarsi. Cadde a terra, e quando lei si chinò per raccoglierlo, vide i suoi stivali.

«E questi dove li hai presi? Sembrano vecchi di cent'anni.»

«Me li ha dati Edwin» disse Jonny, ma quelle parole non uscirono dalla sua bocca. Jonny non disse niente.

Max salì i gradini. Aveva bisogno di un po' d'aria. Si sentiva soffocare in presenza di Jonny. Con lui nella stanza non riusciva a respirare.

Fuori la sera era limpida, né umida né piovosa. Dov'era stato per ridursi così, con i vestiti e i capelli gocciolanti? Perché non le diceva la verità?

Nel capanno dei giardinieri c'era la luce accesa. Attraverso la finestra vide la testa china di Alex. Si avvicinò. Stava affilando degli attrezzi.

«Sei ancora qui?» gli chiese.

«Stasera passa a prendermi mia madre. Il motorino è in riparazione.»

«Lavori tanto.»

«Mi piace lavorare. Vuoi un pezzo di cioccolato?» Tirò fuori una tavoletta dalla giacca, spezzandone un quadratino.

Lei scosse la testa. «Per noi è ora di cena.» Rimase in silenzio, e dopo un po' gli chiese: «Alex, c'è qualcun altro che si occupa dei giardini, oltre a te e Mr Musone?».

Alex sorrise. «Guarda che è un tipo a posto. No, comunque, facciamo tutto noi due.»

«Non c'è un guardiacaccia?»

«Non organizziamo più battute di caccia, ormai. Ecco perché ci sono così tanti fagiani adesso. Si riproducono da soli. Non c'è più molta gente che va a cacciarli.»

«E non hai visto Jonny con qualcuno?»

«Non gli piaccio.»

«È vero... Ma solo perché tu piaci a me.»

E lei si avvicinò e d'impulso gli diede un bacio sulla guancia. Lui l'abbracciò e per un attimo rimasero stretti l'uno all'altra, come bambini smarriti.

Non vide Jonny, nascosto nell'oscurità. Non sentì il fischio sommesso di Edwin.

Qualche giorno dopo, Jonny tornò in quella stanza. Il perché, non avrebbe saputo dirlo. Salì le scale senza fare rumore, indugiò sulla soglia a guardare le tende sbiadite, il copriletto tarlato. Cercò poi di trovare la porticina ritagliata nel pannello di legno, ma c'era troppa poca luce.

Avvicinandosi alla finestra per aprire le tende, si accorse di un'altra presenza nella stanza. Edwin si era materializzato accanto alla porta.

«Dove sei stato?» chiese a Jonny. «Ti ho cercato nei boschi.»

Jonny non rispose.

«L'ha presa lei, vero? Ha preso la pelliccia? La tua ladruncola.»

«L'ha solo presa in prestito. È inverno. E poi non la usa nessuno.»

«La pelliccia appartiene a questa stanza» disse Edwin.

Si avvicinò e si sedette sul letto, di fronte a Jonny. Gli stessi vestiti, lo stesso sguardo. «Gliela aveva comprata suo padre.»

«Non voglio parlare di questa storia.»

«È scappata. Era inverno, si è messa la pelliccia ed è fuggita nel bosco, lasciando solo il bambino che piangeva disperato. Il padre è venuto a cercarla, ma lei era già sparita. Non puoi immaginare la sua furia. Ha mandato i guardiacaccia a cercarla, con i cani, ordinandogli di riportarla indietro. Tutti in quella casa si vergognavano di lei, non per quello che lui le faceva, nessuno ne sapeva niente, ma perché aveva partorito quel bambino, quel bastardo.

«La famiglia cercava solo di proteggerla, almeno così credevano i guardiacaccia. E dunque sono andati a cercarla. All'epoca c'erano due guardiacaccia e quattro battitori. Lei era terrorizzata: i latrati dei cani, la luce delle torce. Non aveva i vestiti adatti. Continuava a correre, ma alla fine l'hanno presa. L'hanno riportata in questa stanza, con la pelliccia fradicia, e lei che se la teneva addosso tremando tutta come un animale ripescato dall'acqua. Lui era suo padre. Doveva punirla, ma non riusciva a farlo con le sue mani. E allora mandò a chiamare il capo guardiacaccia e gli ordinò di strangolare il bambino davanti a lei.»

Jonny si sentiva la bile in gola. Si conficcò le unghie nei palmi per non vomitare. C'era un odore in quella stanza, un odore di marcio.

«E il guardiacaccia eseguì l'ordine, non aveva altra scelta. Lasciarono il bambino lì sul letto e la rinchiusero con lui per settimane. Con il cadaverino che si decomponeva.»

«Basta!» disse Jonny.

Edwin non si fermò. «Poi suo padre tornò, passando per la nursery. L'aveva sentito arrivare e lo aspettava. Quando lui entrò nella stanza, al buio, con solo una candela in mano, lei lo spinse giù per le scale con una forza che non ti aspetteresti da una donna. Lui si ruppe l'osso del collo.»

«Morto?» chiese Jonny.

«Morto.»

Rimasero in silenzio per un po', poi Edwin disse: «Dopo il fatto avrebbero dovuto mandarla in manicomio, ma la famiglia voleva evitare lo scandalo. Le trovarono una dama di compagnia e la rinchiusero qui, e qui visse e morì».

«Povera donna!» disse Jonny.

«"Povera donna"? Non si merita la tua compassione. Se l'è cercata. Andava a sedersi sulle sue ginocchia, con quelle sue moine e quei capelli lunghi e folti, e poi gli buttava le braccia al collo. Lo faceva impazzire. Come può resistere, un uomo?»

«Ma era sua figlia!»

«Se lei non avesse fatto tante storie, tutto si sarebbe sistemato. Avrebbe potuto tenere il bambino. Ma perché le donne devono sempre fare tante storie? Per mettere nei guai gli uomini, ecco perché. Seduttrice. Assassina. Non c'è altro modo di definirla.»

«Perché mi stai raccontando questa storia?» gli chiese Jonny.

Quella notte era a letto quando sentì Max che si alzava. Finse di dormire. Lei sussurrò il suo nome, gli scosse una spalla. Lui la ignorò. La sentì andare in corridoio e poi procedere oltre. Si alzò e vide che la pelliccia non era più appesa al gancio. È uscita, pensò. È andata a incontrare Alex. La odiava.

Si chiese se seguirla per sorprenderli sul fatto, per affrontarli. Il suo cuore si era indurito. Poteva aspettare. Perché permettere a una donna di rovinargli il sonno?

Ma il suo sonno era già rovinato. Strani sogni lo perseguitavano. Sognava di essere nei boschi con Edwin. E inseguivano lei, dandole le caccia come fosse un cervo.

Lei era sempre lontana, sempre davanti a loro, finché non cadde.

Jonny si svegliò in un bagno di sudore e guardò il letto accanto. Li aveva separati dopo averla vista baciare quel ragazzo. Non la voleva vicina a sé, e lei non era vicina a lui: il suo letto era vuoto.

Si alzò, sedendosi al freddo sul bordo del letto, la testa tra le mani. Meglio uscire. Meglio qualsiasi cosa piuttosto che restare lì. Si vestì senza lavarsi, poi infilò gli stivali. Ora non gli facevano più male. Li aveva anche lucidati.

Nell'alba umida di un giorno plumbeo Jonny prese l'ascia e s'inoltrò nel bosco.

«Sei uscito presto» disse Edwin.

Edwin compariva sempre all'improvviso.

«Non hai altri vestiti?» gli chiese Jonny.

«Non me ne servono altri.»

Si sedette, tirò fuori la pipa, la accese. «È nella stanza da letto al piano di sopra, se vuoi saperlo.»

«No, non voglio saperlo.»

«Sali dalle scale di servizio e la coglierai sul fatto.»

«È con lui?»

«Sì, con suo padre.»

«Di cosa stai parlando?»

«Vedrai. Sono stato io a strangolare il bambino. Con le mie stesse mani.»

«È pura follia.»

«Scoprirai da solo cos'è la follia.»

Jonny si sentì avviluppare in una coltre di nebbia. Non vedeva più niente. Non riusciva più a pensare a niente. Lasciò cadere l'ascia, corse verso la casa e si precipitò su per la scala di pietra. Arrivato in cima scivolò, ferendosi alla testa. Attraversò di corsa la nursery e arrivò nella camera da letto. «MAX! MAX!»

Non c'era nessuno.

E allora giù nel corridoio e per la scala interna, gridando il suo nome.

La trovò in cucina, in pigiama, con un'espressione terrorizzata in volto. «C'è qualcosa di sopra. C'è qualcosa là fuori.»

Lui lo sapeva, ma non voleva saperlo. Vedeva solo il segno che lei aveva sul collo. Le si avvicinò, le prese il collo tra le mani e lo inclinò verso la spalla. «È un succhiotto.»

Lei cercò di spiegargli che era un livido. Che quel qualcosa lassù in quella stanza le aveva fatto del male. Che aveva sentito una bocca sfiorale il collo. Ma non una bocca viva. Una bocca morta e fredda. Fredda e dura. «Smettila, Jonny. Smettila!»

Le premette la mano sulla bocca. Lei non riusciva a parlare. All'improvviso la lasciò andare e la vide cadere su una sedia.

«Non ti ho fatto niente» le disse. «Non fare storie.» Poi se ne andò.

Quanto tempo era passato? Un'ora? Un giorno? Una settimana?

Jonny la vide uscire di casa. Le aveva nascosto la giacca, ma lei si era messa la pelliccia. Era una spudorata. Una ladra. Una puttana. Edwin aveva ragione. Edwin era al suo fianco e fischiettava piano. Avrebbe pensato lui a tutto. Insieme escogitarono un piano.

Sotto la pioggia battente, Jonny si appostò vicino alla casa. Lei era nel bosco. Lui sentiva i guardiacaccia e i battitori. I latrati feroci dei cani. Vide i bagliori delle torce che illuminavano il buio.

Lei correva. Gli uomini la inseguivano, con i cani e le torce. Inciampò su una radice. Cadde. Cercò di rialzarsi. La pelliccia la spinse a terra. La pelliccia che le aveva regalato lui. Le sue braccia che gliela avvolgevano attorno alle spalle, il suo respiro sul collo mentre la spogliava. Lei non voleva che la spogliasse. Rialzarsi. Continuare a correre. Sapeva chi l'aveva tradita. Era stato Edwin. L'aveva supplicato di aprirle la porta. C'era un prezzo da pagare, le aveva detto lui, gli occhi fissi sul suo seno. I baffi che le sfioravano l'orecchio. I denti scheggiati. Aveva riso dell'orrore che le si leggeva in volto. «Che cosa farai, signorina? Lo dirai a tuo padre?»

Max si era rialzata a fatica. La pelliccia era sporca, un animale ferito abbandonato nel sottobosco. Poteva scappare. Doveva solo correre. E corse. Adesso sapeva cosa voleva dire correre per salvarsi la vita. Raggiunse infine la casa, fradicia, ansimante come un cervo inseguito dai cacciatori, ma viva. Nel momento stesso in cui varcò la soglia, si sentì in pericolo. Quale pericolo? Si girò, mentre l'ascia di Jonny si abbatteva su di lei per ucciderla.

Lui mancò il colpo e, perduto l'equilibrio, cadde a terra. Rimase lì privo di sensi, perché aveva sbattuto la testa. Max vide un uomo che si chinava su di lui. Pantaloni alla zuava, giacca di tweed, baffi folti. Si voltò verso di lei, con uno sguardo trionfante e carico di malizia.

«Chi sei?» gli chiese.

«Sono Edwin, signorina. Non si ricorda di me?» Era insolente, sfrontato. Fece un passo nella sua direzione. Lei alzò una mano.

«È finita» disse. «Io lo amo.»

La sagoma di Edwin ondeggiava e la nebbia che lo avvolgeva fluttuava sopra il corpo steso di Jonny.

Max gli slacciò gli stivali, glieli sfilò e li gettò in un angolo. Gli sollevò i piedi, poggiandoseli sulle ginocchia, e li strofinò per riattivare la circolazione. Piangeva lacrime calde.

Da quanto tempo erano lì? Un giorno, una settimana, un mese, da sempre?

Quando Jonny riprese conoscenza era ormai l'alba. Il suo corpo era gelido. Cercò di alzarsi con una smorfia di dolore. Alla luce fioca della lampadina, vide Max distesa sulle sue gambe. Cosa era successo? Non riusciva a ricordare.

Il suo movimento la scosse e lei si tirò su. Aveva i vestiti sudici, il viso livido e sporco. Si trascinarono l'una verso l'altro, stringendosi, dondolandosi avanti e indietro, e in qualche modo riuscirono a raggiungere uno dei letti singoli e a sdraiarsi di nuovo. Lui prese la coperta e la tirò sopra entrambi.

Il pomeriggio seguente, uno di loro si svegliò, preparò il caffè, lo portò all'altro; nessuno dei due riusciva a parlare. Lui le sfiorò le dita, poi si presero le mani a vicenda, seduti ginocchio contro ginocchio, a testa china.

Due giorni dopo arrivò la sorella di Max. Alex aveva trovato la lettera vicino alla bicicletta abbandonata e l'aveva spedita. Sua sorella, aprendola prima di andare al lavoro, non ci aveva pensato due volte. L'angoscia che aveva provato era la stessa di quando la loro madre si era tolta la vita, non tornando mai più a casa. Avrebbe fatto tutto il possibile per riportare a casa Max.

Jonny andò a restituire le chiavi al giardiniere. Alex, il suo aiutante, non alzava lo sguardo. Jonny gli diede una pacca sulla spalla e gli sorrise. «È ora che ti trovi una ragazza!» Lui ricambiò il sorriso. Max andò ad abbracciarlo. Il sole splendeva alto nel cielo.

Le valigie erano in macchina. Partirono, procedendo lentamente lungo il viale fiancheggiato dagli allori. Quando raggiunsero il cancello di ferro, c'era un movimento tra i cespugli. La sorella di Max, al volante, alzò la mano per salutare.

«Chi era?» le chiese Jonny, sbirciando dal lunotto posteriore. Non vedeva nessuno.

«Oh, il tizio che mi ha aperto il cancello quando sono arrivata. Ha detto che spera di rivedervi presto.»

«Be', allora non era di certo Mr Musone!» disse Max stringendo la mano di Jonny sul sedile.

Sua sorella sterzò in direzione del paese. «Ha detto di chiamarsi Edwin.»

La porta

Il castello di Blackdog si affaccia sul Mare del Nord. Imponenti, oscuri, minacciosi, un po' in rovina, un po' restaurati, i suoi edifici in pietra incombono sul cortile interno. Le finestre che vi si affacciano sono grandi e luminose, come occhi vuoti che si fissano senza espressione. Le finestre rivolte verso il mare sono impassibili feritoie. Il tempo ha eroso gli angoli acuti della pietra trasformandoli in volti dai contorni smussati.

Una strada a S conduce dal castello al villaggio, oggi un'attrazione turistica, un tempo solo un porto per le barche dei pescatori. Costruito nel 1360, il castello non è più una fortificazione, e la visita ai suoi interni viene pubblicizzata come "un'esperienza".

Cucinate nella cucina medievale! Ballate con un kilt! Tornate al diciottesimo secolo! Manovrate i grandi cannoni e lanciatevi nella Battaglia dei cieli! Sposatevi!

Il castello di Blackdog è una location per matrimoni. Stevie e Amy si sarebbero dovuti sposare lì venerdì.

Stevie sono io.

La maggior parte dei nostri ospiti era arrivata con noi mercoledì. La festa sarebbe durata tre giorni pieni. Il castello era in una località isolata, e chiunque si sobbarchi un viaggio tanto lungo merita un drink.

La sera del nostro arrivo andammo tutti insieme nell'unico pub del villaggio. A piedi.

Serpeggiare lungo la strada errante, oppure, se volete, errare lungo la strada serpeggiante per andare a bere un whisky nella piccola locanda di posta dai soffitti bassi ha un fascino romantico tutto suo. Nessuno di noi voleva più abbandonare quel grande fuoco ardente che riscaldava la stanza rivestita di legno, con sedie e tavoli sempre di legno, e una candela su ogni tavolo. Il barista ci aveva promesso una storia. C'è sempre una storia da raccontare, vero? La storia di chi muore annegato, di chi muore assassinato, di chi muore per amore.

«Oh, ma la mia è una storia d'amore» disse il barista. «Lo è in tutti i sensi. Come *Romeo e Giulietta*.»

Il barista stava riempiendo i nostri bicchieri di whisky da una botte di quercia. Niente bottiglie, niente misurini. Aveva braccia possenti come quarti di bue. Un orecchino riluceva sopra la sua barba.

«Eh, sì, ma non dimenticatevelo, la mia è una storia triste. Ma da quando le storie d'amore hanno cominciato ad avere un lieto fine? Me lo sapete dire?»

Non aveva tutti i torti. Lancillotto e Ginevra. Tristano e Isotta. Didone ed Enea. Anna Karenina. Cathy e Heathcliff. E il povero Oscar Wilde...

«A me piacciono le storie tristi» disse il barista. «E ve ne racconterò una in cui appare un fantasma, a meno che non abbiate paura dei fantasmi.»

Mentre lo diceva, il vento fece tremare le finestre e tutti risero. «Non avete paura, tanto meglio!»

Abbassò le luci e si sporse in avanti, alzando una mano.

«Nel castello di Blackdog, nel mastio, troverete un'iscrizione sul muro. La vedrete con i vostri occhi. È tratta dalla Bibbia e dice...» (Fece una pausa, per accertarsi che fossimo attenti.) «"L'amore è forte quanto la morte".»

«Perché mai qualcuno dovrebbe incidere con un coltello queste parole sul muro, la notte dopo un omicidio?»

Non rimasi per conoscere la risposta. Senza farmi notare, mi dileguai: un'ombra scura in una notte scura. I matrimoni non sono fatti per chi ama stare solo, ma a me piace la solitudine. Mi piace vedere i miei amici riuniti insieme e felici di esserlo. E poi mi dileguo.

Avete paura del buio? Io no. Rispetto alla luce elettrica, mi dà sollievo. Mi ripara dall'inesorabilità delle nostre vite. Nel buio sentivo il fragore delle onde. Il cielo sopra di me era una spiaggia nera disseminata di ciottoli rilucenti.

Due stelle. Erano stelle cadenti? Più luminose delle altre, attirarono il mio sguardo. Sarebbero dovute cadere e scomparire, ma non accadde. Forse erano satelliti.

Satelliti d'amore?

Perché no?

Tornai al castello, una figura solitaria in uno spazio solitario. Io e Amy dormivamo in stanze separate. Un'usanza antiquata, ma ancora valida. Avremmo creato lo spazio in cui desideravamo stare, per poi trovarlo la prima notte di nozze. Per trovare il dono che avremmo poi scambiato.

La mia stanza era nell'ala più antica del castello. Le pareti di pietra erano ricoperte da grandi e pesanti arazzi. L'unica lampadina a soffitto riusciva appena a scalfire il buio pesto della stanza.

Accesi la luce sul comodino, una brutta lampada in ferro così pesante che feci fatica ad avvicinarla al mio libro, *A History of Scottish Ghosts*. Indossato il pigiama, mi infilai nel letto che, grazie a Dio, era caldo, e ben presto mi immersi nella lettura.

Il castello di Blackdog vantava il consueto elenco di fantasmi rumorosi e di catene sferraglianti, di *sporran* (i tradizionali borselli scozzesi indossati con il kilt) e cuffiette fluttuanti nel vuoto. C'erano un monaco, un prete, una fanciulla e un guerriero, e due amanti morti in mare nella prima notte di nozze.

Ma nessun accenno a un omicidio.

Evidentemente, il barista sapeva come intrattenere il suo pubblico. Stavo per addormentarmi. Provavo una certa stanchezza, ma ero felice.

Poi la sentii. Cosa sentii?

«Oltrepassala e non tornare mai più!» Una voce maschile, vicina, che arrivava da fuori.

Mi alzai dal letto e andai nella stanza da bagno, che si affacciava sulla strada per il villaggio. Aprii la finestrina e mi sporsi. Il vento. Il freddo. Il rumore del mare. In lontananza, il bagliore incerto di una coppia di luci che si avvicinavano al castello. Erano, con ogni probabilità, due dei nostri ospiti che ritornavano dal pub.

Sì, non mi sbagliavo. Sorrisi fra me.

C'era un silenzio tale, lassù, che ogni minimo rumore si propagava. I due scherzavano tra di loro, erano un po' alticci, e forse si stavano raccontando un'altra volta la storia che avevano appena sentito. La mattina seguente avrei indagato sulla versione più macabra. Chissà se Amy era già a letto.

Tornai in camera e guardai dall'altra parte del cortile. Una luce fioca filtrava dietro le tende della sua stanza. Sì, era lì. Non avevo nulla da temere.

Un frastuono terribile mi fece cacciare un grido. La camera piombò nel buio. Sentii il rumore di un vetro che s'infrangeva. Girandomi vidi la finestra del bagno, aperta sotto la luna come una ferita nella notte.

Il vento si era insinuato in quello squarcio cupo con una forza tale da far cadere la lampada di ferro. Avanzai lentamente, andando a sbattere contro il muro nel tentativo di trovare l'interruttore principale.

Fu allora che vidi, nel fugace bagliore della luna, il contorno di... Cos'era? Una figura? Nella stanza? Con me.

Passi nel corridoio. I passi si fermarono davanti alla porta della mia camera. La porta si aprì. Di un centimetro. Di una fessura. Sempre di più. Il mio cuore scalpitava come un coniglio intrappolato. Stava entrando lentamente, con un'andatura incerta, una figura bassa e tozza, ora illuminata.

«Che diavolo...?»

Ci fu uno scoppio di risa. Era Tommy. Tommy ubriaco, e la sua camera si trovava accanto alla mia. «Stevie! Perché stai lì in piedi al buio in pigiama?»

«Oh, sei proprio scemo!»

«Scusa, camera sbagliata!»

Tommy indossava una torcia frontale. Entrò. Chiudemmo la finestra. Insieme sollevammo da terra la lampada. La lampadina si era rotta, tutto lì.

«Stai bene?»

«Ma sì, è stato solo il vento. Grazie.»

Mi abbracciò, appoggiandosi a peso morto sulla mia spalla.

«Meglio che vada a dormire.»

Nella stanza accanto, lo sentii sprofondare sul letto. Le molle di quei letti cigolavano come fisarmoniche. I battiti del mio cuore si erano calmati. Stavo per chiudere gli occhi. Nel dormiveglia mi sembrò di sentire un colpo di pistola.

La prima cosa che feci la mattina seguente fu andare nella stanza di Amy. «Come hai passato la notte?» La baciai.

Era seduta sul letto a bere un tè bollente. Il tempo era burrascoso. Il sole, appena sorto, nascosto dalle nuvole. A quanto pareva, anche lei si era svegliata presto.

Amy disse: «Qualcuno è entrato nella mia stanza la notte scorsa».

«Non ero io!»

«La pioggia mi ha svegliata. Almeno, credo sia stata la pioggia. Ma poi qualcuno si è seduto sul bordo del mio letto, a guardarmi.»

«Come fai a saperlo?»

«Lo sappiamo tutti quando qualcuno ci guarda.»

«Era buio.»

«No. Avrebbe dovuto essere buio, ma qualcosa non andava. È questa la stranezza. Nell'aria c'era un rilievo.»

«In che senso un rilievo?»

«La sagoma di una persona.»

«Be', se può consolarti, Tommy è piombato nella mia stanza ieri notte. Mi ha fatto prendere un colpo. Era ubriaco.»

«Anch'io ero ubriaca» disse Amy, «ma non quando mi sono svegliata.»

«Sei tornata a dormire?»

«Sì, ma girandomi il mio piede ha urtato qualcosa di solido.»

«La borsa che avevi lasciato sul letto?»

«Cosa credi che tenga nella borsa?»

Ci abbracciammo. Pensavo che ormai stesse bene. Ma lei riprese: «C'era qualcuno nella stanza. Ne sono sicura».

La strinsi forte a me. «Non è per prenderci un colpo che abbiamo scelto questo posto. Ti avrà turbata la storia che ha raccontato il barista.»

Amy mi guardò. «Andiamo a vedere l'iscrizione. Nel mastio.»

«Adesso? Non vuoi restare qui con me?»

«Voglio che tu venga con me. Vai a vestirti.»

Mi baciò. I suoi occhi sono grigi come il cielo sopra il mare, e dietro di essi, non sempre visibile ma sempre presente, c'è il sole.

Tornai nella mia stanza. Tutti i nostri ospiti dormivano ancora. Andai in bagno. Doccia veloce. Ormai era pieno giorno e potei notare quello che non avevo notato un'ora prima: sul pavimento c'era un bottone di ottone. Il bottone di un'uniforme militare. Sporco, corroso, come se fosse stato sepolto. C'era un'iscrizione illeggibile sul retro. Lo avrei pulito al nostro ritorno.

Io e Amy passammo mano nella mano sotto l'arco del cortile, dirigendoci verso il mastio. Gli uccelli marini planavano sopra di noi, i loro richiami solitari simili a voci nel vento. «Sono urie» disse Amy. Le piacciono gli uccelli e sa riconoscerli. Camminavamo allo stesso passo. La conosco così bene, eppure non voglio abituarmi a lei. Non voglio perdere la sua unicità trasformandola in un'abitudine. Mi strinse la mano come se potesse leggermi nel pensiero.

"L'amore è forte quanto la morte."

Eccola. Ecco l'iscrizione.

Tracciammo le lettere con le dita, come se il messaggio fosse scritto in Braille: alcune erano incise in profondità, altre più superficiali. Non sembrava il frutto di un lavoro accurato: era stato inciso in fretta, come un graffito, dettato dalla rabbia. Questo era ciò che percepivo: rabbia.

«Ho freddo» disse Amy. Le avvolsi la mia sciarpa attorno al collo.

Nel mastio c'era una rampa di scale di pietra che conduceva a una porta. Salii, abbassai con forza la maniglia. La porta non si aprì. Ridiscendendo le scale, provai un senso di oppressione e claustrofobia. Quel luogo era troppo angusto. Dov'era finita Amy?

«AMY!»

«SONO FUORI!»

Uscii dal mastio, avanzando nell'erba alta e coriacea per raggiungerla. Guardava in alto, verso la porta, l'altro lato della porta che non conduceva a nulla, se non a una scogliera recintata a precipizio sul mare. Ma com'era possibile? Una porta che si apre sul nulla?

«Oltrepassala e non tornare mai più.»

«Come, scusa?» Amy mi guardava in un modo strano. «Che cosa hai detto?»

«Niente. Non ho detto niente.»

«Guarda che ho sentito! Smettila di cercare di spaventarmi. Dovresti amarmi!»

Non capivo. «Ma io ti amo.» (Di cosa sta parlando?)

«E allora combatti per me. Combatti per me!»

«Amy?»

Ora era Amy a essere confusa. «Non so perché l'ho detto.»

Le presi la mano. «Cosa c'è?»

Lei rispose: «Forse è stata quella storia. Te la racconto?».

Annuii.

Amy cominciò: «Lei era una ragazza giovane di una famiglia ricca. Lui era un soldato. Povero, giovane e affascinante. Lei avrebbe dovuto sposare il proprietario terriero del luogo, ma quando incontrò per caso il soldato alla guarnigione se ne innamorò. Anche lui l'amava. Avevano progettato di fuggire insieme, ma furono scoperti e uccisi».

«Nel mio libro di storie sui fantasmi scozzesi si racconta che si siano buttati giù dalla scogliera per amore, mano nella mano.»

«Rory dice che li hanno ammazzati.»

«Chi è Rory?»

«Il barista! Dice che è la macabra storia di un omicidio, e che i loro spiriti infesteranno questo luogo finché il torto non sarà riparato.»

«E scommetto che al posto di "omicidio" dice "MUURDAH", alla scozzese, con due "U", una "R" arrotolata e il "DAH" che risuona secco come una pugnalata.»

«Stai cercando di tirarmi su il morale?»

«Sì! Sicuro racconta la stessa storia tutte le settimane.»

«Lo so... ma è quella porta. È orribile. Una porta che non porta da nessuna parte.»

«Qualunque cosa sia successa, è successa tanto tempo fa. Forse i fantasmi sono solo questo: tempo che è rimasto intrappolato nel luogo sbagliato.»

«Pensi che vedremo dei fantasmi?»

«Ma no! Noi siamo qui per sposarci. Andiamo a fare colazione, ti va?»

Poi arrivò la pioggia, improvvisa e fitta. Per trovare riparo, non avevamo altra alternativa se non tornare nel mastio. Il clima costiero è mutevole. Le nuvole sfrecciavano in cielo, e presto avremmo potuto avventurarci di nuovo fuori e andare a mangiare i toast con le aringhe affumicate e bere un'altra tazza di tè caldo. Abbracciai Amy e lei appoggiò la testa sulla mia spalla. Guardavo l'interno del mastio, fissando la scala e la porta. C'è forse una porta, quando nasciamo, che si apre per farci entrare in questa vita? Se c'è, ce ne dimentichiamo, almeno finché non arriviamo alla fine, finché non la ritroviamo in cima alle scale, ad aspettarci. La porta d'ingresso di un tempo che diventa la porta di uscita.

Amy, tu e io siamo reali. Siamo qui, adesso. Per questo breve lasso di tempo, noi due esistiamo. Ma se tu te ne andrai prima di me, non riuscirò più a trovarti. Farò scorrere le mani sul muro dove un tempo c'era la porta, come le facevo scorrere sul tuo corpo, su di te che ti aprivi per me, schiudendo la tua porta, un dono così inaspettato e desiderato. La porta verso il sole.

Aspettami lì...

Che cosa stava succedendo?

Avevi detto: «Mi piace sentire le tue mani sui miei fianchi».

A quelle parole, avevo sentito un brivido. Le mie braccia, che prima stringevano Amy, erano ricadute lungo le mie cosce, quand'ecco che percepii un movimento dietro di me. Poi, distintamente, avvertii la pressione di una testa sulle scapole: qualcuno si stava appoggiando a me da dietro. Si appoggiava a me, cingendomi, posando le mani sui fianchi di Amy. Rimasi immobile come un animale braccato, la bocca secca per la paura.

Poi Amy disse: «Guarda! Ha smesso di piovere».

Si allontanò da me, dolcemente. Sembrava ignara di ciò che era successo. Ma cos'era successo? Mentre camminavamo nella fioca luce del sole, mi costrinsi a guardare indietro. Non vidi nulla. Non c'era nulla, ovviamente, cosa mai mi aspettavo di vedere?

Dopo colazione, Amy aveva un appuntamento con il reverendo che avrebbe celebrato il nostro matrimonio. Amy è credente ma non praticante, ha una sua spiritualità. Ci accordammo per incontrarci più tardi nel corso della giornata.

Di ritorno nella mia stanza, andai ad appendere la giacca all'attaccapanni, una giacca di lana a doppio petto, color cammello, con un carré sulle spalle. Non l'avevo da tanto. Mentre la toglievo, vidi che la fodera marrone all'interno, all'altezza del carré, si era scolorita fino a diventare beige, un beige a chiazze, come se fosse rimasta troppo a lungo all'aperto. Ma quella scoloritura era strana. Se dovessi descriverla, direi che aveva la forma di una testa.

È quello che succede alla fodera di una bara, quando la testa rilascia i fluidi. Ecco perché le fodere cremisi andavano tanto di moda nel diciottesimo secolo. L'usanza di lasciare la bara aperta per tre giorni, a volte anche di più, poneva una serie di problemi, a meno che i fluidi e il sangue non venissero drenati dal corpo, il che richiedeva tempo, denaro e competenze specifiche. Era più semplice foderare la bara con una stoffa di un colore che non evidenziasse la velocità della decomposizione.

Penserete che io sia un tipo inquietante, se indugio su questi dettagli macabri. In realtà, faccio il medico.

Esaminai la giacca: non c'erano segni visibili all'esterno. Quando provai a strofinare la macchia con le dita, la fodera si staccò, sbriciolandosi. Non esagero: divenne polvere.

Ci doveva essere una spiegazione. La tintoria? L'avevo fatta pulire per il matrimonio prima di partire. Poi non l'avevo più controllata. L'avevo solo indossata. Un errore della tintoria: non c'era altra spiegazione. Non poteva esserci altra spiegazione che io potessi accettare.

Il mio telefono squillava. Stavano arrivando altri ospiti. Era un momento felice. Il resto non contava.

Dopo pranzo, vidi Amy che ritornava a piedi verso il castello, in compagnia di uno sconosciuto con una giubba rossa e degli stivali alti fino al ginocchio.

«Chi c'era con te?»

«Ho pranzato con Sarah.»

«Sto parlando del giovane che era con te mentre camminavi verso il castello.»

«Non c'era nessuno con me, Stevie. Per favore, smettila! A che gioco stai giocando?»

«No... Davvero... Io...»

«Mi stai mettendo a disagio.»

«Sul serio?»

Amy aggrottò la fronte. «È come se stessi cercando di ricordare qualcosa. Qualcosa che non ho mai saputo. Mi sembra di star perdendo la testa. Quindi non prenderti gioco di me.»

«Onestamente... Guarda, sarà stato un errore.»

Lei sorrise, con quel suo sorriso che è solo suo, e mi baciò. «Oh, beviamo qualcosa. Stasera si festeggia!»

Andammo nella mia stanza e le versai un whisky. «Guarda cosa ho trovato!»

Le mostrai il bottone. Lo studiò attentamente. «Dove l'hai trovato?»

«In bagno. Non ho idea come sia finito lì. Volevo dargli una pulita.»

Amy entrò in bagno e si avvicinò al lavandino. Fece scorrere l'acqua calda e strofinò il bottone con la spazzolina per unghie. Tornò in camera, intenta ad asciugarlo con la carta igienica. Ci sedemmo sul letto, facendo partire il motivetto cigolante delle molle. «Mi sa che questo letto non è il massimo per una prima notte di nozze...» le dissi.

Amy non mi stava ascoltando. «*Semper Amor*. Cosa vuol dire?»

«Amore per sempre. Per sempre amore. È un segno per te e per me. Per noi. Un regalo di nozze.»

Amy non rispose. Le sue dita giocherellavano con il bottone. «Ti dispiace se lo tengo io?»

«Tienilo pure! È tuo.»
«Sì» rispose. «Credo proprio che sia mio.»
Lo trovai strano, ma non commentai.

Quella sera il castello era tutto illuminato. Avevamo ingaggiato una band chiamata *The Deloreans*, dal nome della macchina del tempo di *Ritorno al futuro*. Erano una fantastica formazione di sette elementi con una sezione di ottoni. Tutti ballavano, bevevano, ridevano, nell'atmosfera festosa che precede un matrimonio. Il giorno seguente avrei sposato Amy.

Ma lei dov'era? Non la trovavo e mi sembrava strano.

Avevamo ballato insieme, poi mi era venuta sete, e l'avevo lasciata sulla pista a volteggiare con un paio di nostre amiche. Ora la stavo cercando, senza trovarla, e il nervosismo cresceva. Il nervosismo di chi si deve sposare, niente di più.

La sala da ballo aveva grandi finestre che si aprivano sul cortile, un cortile illuminato da lanterne e fiaccole. Molti degli ospiti erano usciti a prendere una boccata d'aria. Sarà là fuori, pensavo. Quando uscii in cortile, lo vidi di nuovo. Vidi la figura con la giubba rossa lunga fino al ginocchio e gli stivali alti. Era fermo vicino all'arco che conduce fuori dal castello.

E accanto c'era Amy. Lui si voltò. Lei lo seguì. Era qualcuno che conosceva?

Ci sono delle storie che non hanno un lieto fine, vero? Storie di un passato che solo uno della coppia conosce.

Stavamo insieme da appena un anno. Lui era stato con lei quel pomeriggio. Lei lo aveva negato. Mi stavo illudendo? Lei lo amava?

Cominciai a correre per seguirli.

Oltre il cortile, il paesaggio era immerso nel buio. Alle mie spalle c'erano luci, calore, sicurezza. E davanti a me... Cosa c'era? Dovevo fermarmi? Dimenticare?

Riuscivo a vederli chiaramente: non camminavano fianco a fianco. Lui era davanti. Si muoveva così in fretta. Io mantenevo un'andatura costante, vicino abbastanza da non perderli di vista, ma non così tanto da attirare la loro attenzione.

Lui entrò nel mastio. Amy rimase fuori, titubante, incerta sul da farsi. La raggiunsi. Ero sulla difensiva. «Che cosa sta succedendo?»

Scosse la testa e non rispose. Aveva lo sguardo vitreo, come se fosse in trance. Schioccai le dita. «Amy?»

Poi feci una cosa che non avrei mai pensato di fare. La scossi per le spalle. Lei si divincolò, liberandosi. Non disse niente ed entrò nel mastio.

Il mastio era illuminato da torce di sego. Il grasso colava dai muri. Il giovane dalla giubba rossa si guardava intorno con uno sguardo folle. Non sembrava essersi accorto di noi. Venne verso di me. Lo spinsi. Non reagì. Alzò una mano come se una brezza gli avesse sfiorato il viso.

Siamo fantasmi, pensai. Non siamo veramente qui.

Rabbrividii, ma non per il clima e la temperatura bassa.

Sentii un rumore alle mie spalle e una donna minuta, con un cappuccio calato sul viso, corse nel mastio.

«Kate!» Il volto del giovane mutò di espressione quando la vide entrare. L'amava, non c'era dubbio. Si abbracciarono.

«È troppo pericoloso» le disse. «Lasciami andare.»

Kate lo baciò sulla bocca. «Non ti lascerò mai. Se mi ami, combatti per me.»

Lui estrasse un anello e glielo infilò al dito. Si inginocchiarono insieme e iniziarono a recitare i voti nuziali...

Con questo anello, ti sposo. Con il mio corpo, ti onoro...

Guardai Amy. Barcollava lievemente, nei suoi occhi c'era lo stesso sguardo vitreo di prima. Temevo che fosse entrata in uno stato catatonico e che svegliandola avrei corso il rischio di farle del male.

Mi avvicinai a lei. I due giovani continuarono a pronunciare i voti nuziali, e io ebbi la sensazione che fossimo noi i testimoni della loro promessa.

Prima che arrivassero alla fine, una squadra di uomini armati fece irruzione nel mastio. Il ragazzo si affrettò a impugnare la pistola, ma fu subito immobilizzato.

«Scappa!» gridò a Kate. Ma lei non scappò.

Gli uomini gli legarono le mani, sospingendolo verso la scala. Uno dei bruti gli sciolse i capelli, scompigliandoli con le grosse mani. Gli strappò la giubba rossa. Vidi cadere un bottone. Poi gli strappò la camicia, scoprendo il suo petto fasciato.

Gli tolsero le bende. Il grassone fece scorrere le sue mani su quel corpo esile, nudo e tremante.

«Il nostro giovin signore è una bella signorina!»

Con i capelli sciolti e il seno nudo, il ragazzo che era una ragazza sferrò un calcio al suo molestatore, colpendolo in mezzo alle gambe. Lui si piegò in due dal dolore, ma poi si avventò sul viso del ragazzo, spaccandogli il labbro con un pugno. Kate, lanciatasi in avanti, venne risospinta indietro; uno dei bruti le immobilizzò le braccia dietro la schiena mentre la sua amante veniva trascinata su per le scale. Kate gridava: «La morte non ci separerà! L'amore è forte quanto...».

Un solo sparo alla testa. Il ragazzo/ragazza veniva spinto oltre la porta che si apre nel tempo. Sentivo l'odore acre e fumoso della polvere da sparo. «Oltrepassala e non tornare mai più!»

E poi tutto finì. Le fiaccole si spensero e il mastio sprofondò nell'oscurità.

Rimasi immobile, nel buio accecante. «Le avete viste, vero?»

Una voce. Una torcia. Rory, il barista. «Sapevo che le avreste viste.»

Al suono della sua voce, Amy parve riprendersi. Batteva le palpebre e scuoteva la testa, e notai che, nonostante il freddo, aveva la fronte imperlata di sudore. Rory tirò fuori una fiaschetta dalla tasca e ce la passò per farci bere un sorso. Non avevo mai apprezzato tanto quel senso di tepore che il gusto del whisky porta con sé. Finito di bere, mise via la fiaschetta, infilandosi le mani in tasca.

«Non sempre le storie vengono raccontate» disse. «Quel ragazzo, nato ragazza, era fuggito per arruolarsi e nessuno mai aveva scoperto la verità sul suo conto, perché era un soldato coraggioso e audace. Nessuno sospettava nulla, almeno finché non si innamorò di Kate. A Kate non importava. Lo amava. Come la verità venne a galla, io non lo so. Non si è mai saputo. Ma quel che si seppe bastò a rovinarli.»

«Cosa è successo a Kate?» chiese Amy.

«Fu trattenuta qui per tutta la notte, sola, al buio, al freddo, per farla scendere a più miti consigli. Eh, sì, pensavano che la mattina dopo sarebbe stata disposta a comportarsi come si deve. Fu in quella stessa notte che lei incise l'iscrizione con il coltello.»

«Al pub hai raccontato una storia diversa!»

Rory scrollò le spalle. «Al pub racconto la versione ufficiale. Quella che piace ai turisti. Quindi, volete sentire la fine?»

Annuimmo.

«Il giorno seguente, quando gli uomini tornarono, lei sembrava piuttosto tranquilla. Chiese loro di poter guardare il mare per dire addio al suo amore. "Non mi lascerete dirgli addio?"

«Glielo permisero, sì, considerandola una gentile concessione. Lei indugiò in cima alla scala per un momento, poi si gettò giù dal mastio librandosi nell'aria quasi fosse un'uria nera, con i neri capelli sparsi nella sua scia come il mare sotto di lei. Il suo cuore spiccò un balzo per unirsi al suo spirito e il suo corpo s'infranse sulle rocce sottostanti.»

Ascoltammo il suo racconto in silenzio. Poi Amy disse: «Perché noi? Perché è toccato a noi vedere tutto questo?».

Rory alzò di nuovo le spalle. «Voi due vi sposate domani.»

«Ma sono in tanti a sposarsi qui.»

«Sì, è vero. Ma voi siete le prime due donne a sposarvi al castello di Blackdog... Almeno dopo quelle due, che ci provarono nonostante tutto e non ne uscirono vive.»

«Vorrei che si potesse cambiare il passato...» dissi, «ma non sono certo l'unica.»

«Potreste invitarle al vostro matrimonio» suggerì Rory.

«Ma sono morte!»

«Non è un ostacolo insuperabile» concluse lui.

Ci incamminammo per ritornare alla nostra festa. Amy non parlava. Non ricordava di essersene andata per raggiungere il mastio.

«C'è questa teoria sulla memoria» le dissi «secondo cui un ricordo è un'informazione cognitiva impressa nel tessuto neuronale che viene recuperata quando uno stimolo esterno aziona un insieme di neuroni. Un ricordo non è custodito dentro un unico neurone, come un file in una cartella. La memoria è interattiva: è una rete.»

«Che la memoria sia custodita nel mastio? Un luogo infestato che funziona come un deposito di ricordi?» si chiese Amy.

«Forse, ma se avessi ragione la memoria sarebbe ciò che non è, e cioè un'entità statica, che si può riporre in un cassetto. E il luogo infestato sarebbe il cassetto che contiene la memoria.»

«No, ti sbagli» disse Amy. «Non tutti percepiscono il manifestarsi delle presenze, anche nei luoghi più infestati in assoluto. Dipende da chi si trova lì, oltre che dal luogo stesso. Non è un rapporto statico, ci deve essere un'interazione. Come ha detto Rory, è toccato a noi vederle.»

«E ora che facciamo?»

«Le invitiamo al matrimonio?»

«Sì.»

«E come?»

«Come abbiamo invitato tutti gli altri. Glielo chiediamo. Ma lo devi fare tu. Sei tu che sei in contatto con loro.»

La mattina seguente io e Amy ci sposammo.

I nostri amici erano disposti in cerchio attorno a noi, e io e Amy stavamo una di fronte all'altra. Oltre la sua spalla, ritto dietro di lei, vedevo il soldato con la giubba rossa. Stavo quasi per guardarmi alle spalle, quand'ecco che Amy annuì incrociando il mio sguardo, svelandomi quel che già sapevo, ovvero che dietro di me c'era la donna dai lunghi capelli neri, sparsi e ondeggianti come il mare.

Quella notte, io e Amy ci recammo al mastio. Amy si fermò sul limitare della scogliera e gettò il bottone tra le onde.

Più tardi, a letto insieme, sapemmo di essere sole.

JW2: Inspiegabile

Avevo cinque anni quando mia nonna morì.

Dormiva in un letto nel salotto al pianterreno, e io mi alzavo prima di tutti per scendere, arrampicarmi sul suo letto e stare con lei. Non poteva parlare per via del cancro alla gola, così guardavamo insieme i libri illustrati con le storie della Bibbia, e io gliele leggevo. A quell'epoca non andavo ancora a scuola, ma la mamma mi aveva insegnato a leggere in tenera età. Le parole erano mie amiche.

Una mattina, la nonna si alzò dal letto e si avvicinò al grande bovindo affacciato sul giardino. Eravamo a casa del nonno. Ci eravamo trasferiti lì perché era la mamma a prendersi cura di lei, da quando si era ammalata di cancro, e la nostra casa era piccola, una casa a schiera con appena un cortiletto sul retro. C'era molta tensione nell'aria, molta infelicità. Mia madre detestava suo padre e lui detestava che noi occupassimo casa sua. Ma così risparmiava sui costi di un'infermiera, di una cuoca e di una donna di servizio. L'unica cosa che amavamo tutti erano le rose. Rose inglesi, antiche e profumate.

E poi, quella mattina, la nonna parlò. Non poteva parlare, ma parlò. «Guarda che bella la *Queen of Denmark*!»

Saltai giù dal letto e corsi anche io alla finestra. Per un attimo restammo lì insieme, poi lei mi accarezzò la testa e passò attraverso il vetro, entrando in giardino, incamminandosi lungo la siepe di rose *Queen of Denmark*. Mi sembrò tutto così naturale: eccola lì, in giardino, tra i fiori che amava.

Sentii che qualcuno stava scendendo le scale. Era mia madre. Corsi nell'ingresso e le dissi che la nonna era in giardino con la Regina di Danimarca. In quel momento, il telefono sul tavolino dell'ingresso cominciò a squillare. Eravamo negli anni Sessanta, ma quell'apparecchio era un reperto degli anni Venti. Mia mamma era nata nel 1922, e sosteneva di ricordare il momento in cui era stato installato nell'autofficina della sua famiglia. Il modello si chiamava *sit up and beg*, perché la sua forma ricordava quella di un cane dritto sulle zampe per chiedere un biscotto.

Fu lei a sollevare il ricevitore e la base: con quei telefoni, parlare e ascoltare erano due cose distinte.

«Pronto? Casa Woodfield. Pronto?»

Non rispose nessuno. Andammo insieme in salotto. La nonna era nel letto.

La nonna era morta.

I miei genitori avevano vissuto in tempo di guerra. Mio padre aveva partecipato allo sbarco in Normandia, mia madre era stata un'addetta alla sorveglianza aerea. Venticinque anni prima delle esperienze belliche dei miei genitori, mio nonno aveva combattuto nella Prima guerra mondiale. Sono cresciuta insieme a due generazioni di adulti traumatizzati che erano stati educati a prenderla con filosofia e andare avanti. Tutti loro avevano da raccontare storie sui Morti. Tutti loro, come se fosse la cosa più normale del mondo, mi raccontavano di aver ricevuto la visita di un commilitone o di un loro caro, per poi scoprire che quella persona era già morta.

Io credevo a quelle storie, perché i bambini credono alle storie degli adulti. Al tempo stesso avevo (e tutt'ora ho) una fervida immaginazione. Come la maggior parte dei bambini, non facevo distinzioni tra le creature animate e gli oggetti inanimati. Il mio orsetto era importante per me tanto quanto il mio gatto. Il comportamento della nonna nel giorno della sua morte mi sembrò coerente con tutto il resto, un mondo dai confini sfumati, dove ogni cosa si compenetrava. E dunque, cosa successe quel giorno? So che non mi spaventai, e ancora oggi ho un ricordo nitido della scena.

Può essere che, nel passaggio da uno stato all'altro, anche se lo stato successivo è l'oblio, viviamo per un breve periodo un'esperienza extracorporea. Non siamo ancora morti, ma nemmeno vincolati al corpo.

Forse la nonna stava pensando al suo roseto mentre sentiva di abbandonare il proprio corpo, e forse quel suo pensiero fu così potente da trasmettersi a me. I bambini sono straordinariamente ricettivi alle visioni mentali, e magari quelle che "vedono" non sono altro che vivide proiezioni mentali.

O forse l'impronta di una persona può sfuggire al suo involucro mortale per un certo tempo. È quello che credono gli sciamani. Non sono né l'"anima" né lo "spirito" a sfuggire, perché questi termini rimandano a un'idea di immortalità, o almeno a una destinazione successiva. L'"impronta" indica soltanto il momento dell'apparizione, senza lasciar intendere quel che potrebbe accadere dopo.

Ammettendo che i Morti siano presenti, parrebbe che essi entrino in contatto con i vivi nei momenti di grande tensione, vuoi per il singolo individuo o per un intero paese. Nel corso di qualunque guerra, in qualunque luogo del mondo, si registrano innumerevoli avvistamenti di fantasmi, un fenomeno che, ci si creda o no, merita una riflessione. I miei genitori erano religiosi e credevano nell'Aldilà. Non dubitavano che i fantasmi potessero manifestarsi, e forse era Dio stesso a mandarli sulla terra per aiutare i vivi a elaborare il lutto.

Mia madre mi ha raccontato di aver parlato con la nonna

in due occasioni nella settimana successiva alla sua scomparsa, e di averne tratto un gran conforto. L'interpretazione più ovvia è che il suo desiderio di sentirla vicina l'aveva convinta di avere veramente vissuto quell'esperienza. Gli esseri umani tendono a creare degli schemi. Creiamo degli schemi nei rapporti con le persone che fanno parte della nostra vita. Siamo profondamene connessi. E le separazioni disturbano questi schemi. La morte segna la rottura di una relazione e con essa si spezza una parte di noi.

Cosa ne penso, io? In cosa credo? Non lo so, ed è la risposta migliore che posso dare. Quello che so è che cancellare ogni traccia di soprannaturale non ha giovato alla psiche umana. Quando riusciamo a dire "non c'è spiegazione", si apre una valvola di sfogo, si allenta la tensione. Non è un dato antiscientifico, non è superstizione.

Molti di noi sperimentano la telepatia, anche nella sua forma più elementare, quando ci capita di pensare a un amico un attimo prima che ci chiami. Non possiamo spiegarlo, come non riusciamo a spiegare la percezione della presenza di chi ci ha da poco lasciato. Forse, quel che percepiamo non è il fantasma della persona, ma il fantasma dello schema che ci legava a essa.

Queen of Denmark è il nome di una bellissima rosa inglese dal profumo intenso. Dopo la morte della nonna, la mamma riempì la stanza di grandi mazzi di queste rose, che crescevano abbondanti nel suo giardino. Quando ho potuto finalmente farmi un giardino tutto mio, ho acquistato quella varietà di rosa e l'ho piantata. Anche io amo le rose inglesi antiche, e non solo le amo: per me, più di ogni altra cosa, rappresentano il simbolo concreto di un evento che non posso dimenticare e che non posso spiegare. Ciò che mi consola, in questa mia storia, non è la credenza in una vita dopo la morte, ma il fatto che una donna costretta a letto e stremata dalla malattia possa rialzarsi in piedi, ed essere felice.

Se la morte ci libera dalla prigione del sé, anche solo per un momento, prima di andare incontro all'oblio, allora la morte non è solo un fenomeno biologico. Magari non sarà un ponte verso l'altrove, ma forse una benedizione sì.

PERSONE

Una storia di fantasmi senza fantasma

Che storia di fantasmi è se non c'è un fantasma?

Mi avevi promesso, verso la fine della tua vita, che se fosse stato possibile mi avresti mandato un segno, un segno per farmi sapere che, da qualche parte, in quell'altrove, ci sarebbe stata la persona che amo. Una persona in cui avrei saputo riconoscerti.

Sono seduto al tavolo del mio giardino a guardare la notte. Mentre scrivo queste parole spero che la tastiera cominci a premere i tasti da sola, come una tavola Ouija con il wi-fi.

Ogni notte vorrei essere Heathcliff quando Cathy bussa ai vetri della sua finestra. Vorrei essere Amleto sulle mura merlate battute dal vento. Vorrei che l'*Olandese Volante* smettesse di vagare per mare e trovasse finalmente un porto. Vorrei quello che vuole chiunque abbia perso una persona cara: un'apparizione.

Ogni secondo, qualcuno che sta morendo promette di tornare dall'Aldilà. E ogni ora, nell'attesa che accada, qualcuno ancora in vita accumula un'altra ora persa.

Per i Morti, il tempo si ferma. Per i vivi, il tempo rallenta. E ora io vivo al rallentatore. Mi ci vuole il doppio per lavarmi i denti, metà mattina per fare il caffè e lavare la tazza. Quando vado a fare la spesa, dimentico di cosa ho bisogno.

Perché è di te che ho bisogno. Fisso imbambolato il sacchetto di patate, la confezione di pancetta. È assurdo. Meglio tornare a casa.

Come potrei smettere di parlarti? Come potrei non aspettarmi di vederti a fine giornata? La nostra vita insieme era fatta di molte cose, tutte concrete, tangibili, comprensive di bacon, patate, caffè e dentifricio, ma era anche uno schema, il nostro schema, con un suo ritmo, un colore, una consistenza. Eravamo gli artefici e gli esecutori di una vita condivisa da costruire ogni giorno. Ora devo costruirmela da solo. Quel che mi resta sono i ricordi. Il passato. Il presente non è più un *work in progress.*

Poco dopo la tua morte, sono andato da una medium. Madame Sheila. Mi ha chiesto di portarle un tuo oggetto personale, e io le ho portato la tua sciarpa di cashmere preferita, quella con i buchi delle tarme.

«Sì» ha detto Madame Sheila, stringendo la sciarpa tra le mani, «vedo chiaramente il tuo compagno.» (Stava guardando una nostra foto.) «Sta ridendo. Ridevate molto insieme, vero?»

La seduta è andata avanti così per circa un'ora. Solo banalità prevedibili che tu non avresti sopportato. Non ho provato alcun conforto, solo turbamento e delusione.

«Spero di esserti stata d'aiuto» ha detto Madame Sheila mentre riponeva i soldi in un cassetto.

«Non credo nell'Aldilà» ho risposto.

«E allora perché sei venuto da me?»

Non ho detto niente. Mi sono girato per andarmene, detestando la luce fioca della lampada a soffitto e le recensioni lusinghiere appese alle pareti.

«Non dimenticarti la sciarpa!» ha esclamato lei mentre si alzava in piedi e me la porgeva. Poi mi ha stretto la mano. Ha buone intenzioni, o almeno così credo.

Ho preso la sciarpa e sceso lentamente le scale. Accanto al portone d'ingresso dell'edificio, nell'atrio, c'era il cliente successivo, seduto sull'unica sedia dallo schienale rigido, lo sguardo fisso sulle scarpe sopra la moquette. Ha alzato lo sguardo. «Ti è stata d'aiuto? Me ne hanno parlato bene. Non posso permettermela, ma tutti dicono che è brava.»

«Sì» gli ho risposto sorridendo. «Mi è stata di aiuto.»

Il suo volto si è illuminato. «Voglio solo poter parlare ancora con Ann.» Gli ho sfiorato il braccio e me ne sono andato.

Fuori, mentre stavo per attraversare, nella frenesia di una città indifferente alle micro-vite dei suoi cittadini, ero così immerso nei miei pensieri che non mi sono accorto dell'arrivo dell'autobus. L'autista ha iniziato a sbraitarmi contro e io sono rimasto lì, a guardarlo, a guardare la sua bocca spalancata, le sopracciglia aggrottate, la faccia ribollente di rabbia. Non sono riuscito a dirgli quello che volevo dire: non importa. Vivo o morto, non importa.

Mi sono seduto sui gradini di un edificio pubblico, rigirandomi la sciarpa tra le mani. Madame Sheila mi era stata d'aiuto, mettendomi di fronte alla mia stupidità. Non resta nulla, dopo che ce ne siamo andati, o perlomeno nulla che abbia un significato per chi rimane. I Morti sono andati. Eppure, teniamo viva la speranza.

La reverenda che ha celebrato il tuo funerale è venuta a trovarmi. Un po' la conoscevamo, e non dubito della sua sincerità. È una fuori dagli schemi, non come quei pastori che si preoccupano solo delle incombenze da salotto.

In ogni caso, vuole convincermi che Dio si prenderà cura di entrambi, di te lassù e di me quaggiù. Ma chi glielo fa fare, a Dio, che finora non si è mai preso cura di noi, di iniziare proprio adesso? Ha l'aria paziente delle persone impazienti che cercano di sembrare l'opposto, e dice che la gente non si rende conto di quante volte una mano invisibile la guidi e la protegga. Non è un po' prosaico da parte mia, pretendere un segno?

La sua domanda mi offende, ma sono così depresso da non avere la forza di ribattere.

«La vita non è un film» dice «e Dio non è un effetto speciale.»

Ho ancora la lucidità necessaria per ricordarle che nell'Antico Testamento ci sono tantissime storie in cui Dio si esibisce in qualità di Effetto speciale. È il suo pezzo forte. Appare sottoforma di Roveto ardente. Divide il Mar Rosso. Sommerge il mondo con il Diluvio universale. Il Dio che conosco grazie alla Bibbia è stravagante, un po' esibizionista, e non bada a spese. Non che il Nuovo Testamento sia molto più sobrio. Che cos'è un miracolo, se non un effetto speciale?

Non è quello che intende dire. Sembra addolorata. I membri del clero hanno un modo tutto loro di mostrarsi addolorati. E dunque, cosa intendeva dire?

«Ci fidiamo dei nostri sensi e del nostro intelletto. Se la religione ha un valore, quel valore risiede in un'intuizione che le è propria: esiste una modalità di conoscenza extrasensoriale che va oltre la mente razionale, e ciò che conosciamo in quel modo non può essere conosciuto in nessun altro modo.»

«Lei crede ai fantasmi?»

«Non ne ho mai visto uno.»

«Dev'essere un po' frustrante nel suo ambito professionale.»

«Ma mi è capitato molte volte di percepire delle presenze.»

«Una pia illusione.»

«Come ho già detto, bisogna andare oltre i sensi, oltre la mente.»

«Troppo mistico per i miei gusti.»

«Cosa può spingere i Morti a restare per noi?»

«Ha ragione. Se ne vanno e basta.»

«Non ho detto questo» ribatte lei.

Poi mi lascia, e io sento il rumore della sua auto affievolirsi fino a scomparire. Sono davvero così prosaico? Devi per forza bussare ai vetri della finestra o camminare sulle mura merlate per essere qui? Per farmi credere che sei qui? Io sono tridimensionale. Tu no. È questo il problema? Poi, mentre me ne sto lì seduto, in preda ai sensi di colpa e ai dubbi su me stesso, penso alla Resurrezione. La pietra angolare della Chiesa cristiana. Quella reverenda ha un bel coraggio.

Perché prendersi la briga di resuscitare dalla morte, con il proprio corpo, se gli esseri umani, con tutta la loro titubanza e inadeguatezza, non hanno bisogno di prove concrete per comprendere che la morte non è la fine della storia?

La morte è la fine della storia. Tu sei morto e io no. La mia mente gira in tondo come un cane in trappola. Non c'è via di uscita.

Zuppa per uno, stasera. Di nuovo.

Voglio che tu torni da me nel tuo corpo forte e sicuro. Voglio sdraiarmi con te senza la paura di svegliarmi da solo. Voglio addormentarmi dandoti le spalle. Voglio sentire la tua mano sulle mie scapole nel calore avvolgente del nostro letto.

Il nostro letto. Un mio amico dice che dovrei comprare un materasso nuovo.

So che l'universo è un sistema chiuso e che l'energia non può essere né creata né distrutta. È la prima legge della termodinamica, e la gente la applica impropriamente per convincersi che i Morti abbiano solo cambiato forma. Essere vivi significa resistere all'aumento dell'entropia, nel tentativo di contrastare l'inevitabile disordine della morte. La morte è disordinata e, se anche potessi percepire la tua energia, sarebbe come ascoltare una radio mal sintonizzata, bloccata tra due stazioni.

(Meglio scaldare una zuppa al pomodoro o una zuppa ai funghi?)

Non sentirò più la tua voce. Non vedrò più il tuo volto. Eppure, quando mi sveglio, è il tuo volto che vedo aprendo gli occhi, ed è come se fosse la tua voce a dirmi: «Forza, alzati!». E io mi alzo, nella lievità di un sole tenue che m'infonde speranza, prima che il senso opprimente della perdita mi attanagli la gola. Sedersi sul bordo del letto. Respirare. Un altro giorno. Il sole è scomparso. Il mattino si rapprende sul muro.

Zuppa ai funghi. Piatto fondo. Cucchiaio. L'assaggio. È fredda. Oh!

La seconda legge della termodinamica introduce il concetto di calore. In sintesi: non si può trasferire calore da un corpo più freddo a un corpo più caldo. Il calore c'è sempre, tanto che perfino un iceberg genera un po' di energia termica, anche se non potrà mai scaldarti le mani.

Il tuo corpo ora è freddo, e non mi scalderà.

Devo riscaldare la zuppa.

Ti ricordi quando ci siamo incontrati? Quando un amico comune ci ha presentati, convinto che ci saremmo piaciuti? Quando, qualche giorno dopo il nostro primo incontro, abbiamo deciso di andare a fare una passeggiata perché, durante la cena con l'amico, eravamo tutti e due troppo timidi per parlarci? Continuavo a guardarti di sfuggita: le sopracciglia, le ciglia, gli zigomi pronunciati, le labbra carnose, morbide, esitanti. Esitanti perché non sei a tuo agio in compagnia e parli poco. Le tue lunghe braccia forti appoggiate sul tavolo. Le dita da pianista. Capivo, dal modo in cui spezzavi il pane, che quelle dita sarebbero state abili anche in molte altre cose.

Non so se anche tu mi guardavi.

Durante la nostra passeggiata insieme, abbiamo sperimentato il fenomeno che gli amanti non ancora amanti sanno riconoscere: non ci toccavamo, eppure avvertivamo la tensione. Lo spazio tra di noi era carico di energia. Sentivamo la scintilla. La danza. Il movimento. L'onda e la particella che sono ovunque e in nessun luogo, perché nient'altro esiste. La stranezza di quel primo tempo insieme è al tempo stesso frequente e rara. Non ha senso ostinarsi a ricercarla. Accade, forse, perché non siamo solidi. Il corpo ci libera dal corpo.

Se avvicino la mia mano al tuo viso, ne sento il calore, percepisco il tuo campo. Sei molto di più della tua presenza materiale. Sto ripensando al nostro primo incontro perché desidero quello che è successo dopo tra di noi, anche se era solo un'illusione: la lunga sensazione della tua pelle.

Toccarti. Lasciati toccare. La cosa strana è che non lo facevo mai, non perché fossimo casti o germofobici, ma perché la solidità è un'illusione. Siamo fatti di atomi e gli atomi non sono vivaci palline che cozzano tra loro su un tavolo da biliardo scadente. Non sono "unità". È meglio descriverli come sfere di probabilità: un insieme turbolento di elettroni, neutroni e protoni. Gli elettroni sono al tempo stesso particelle (eccomi qui!) e onde (prova a prendermi, se riesci). La mia nube di elettroni non può toccare la tua nube di elettroni perché non ci sono contorni netti.

Gli atomi, che non hanno spazio tra i loro contorni sfumati – dei contorni che non sono veri contorni –, diventano parte della stessa molecola. Eppure, continuano a non toccarsi perché sono diventati la stessa cosa. È questo che succede quando due persone si fondono l'una con l'altra? È questo che è successo anche a noi?

Molto tempo dopo, quando la familiarità e la quotidianità sono entrate a fare parte del nostro schema, non abbiamo avvertito una perdita, solo un cambiamento. Lo schema era cambiato perché l'avevamo cambiato noi. L'energia utilizzabile rimaneva costante.

Ma questa volta lo schema è cambiato perché l'hai cambiato tu. Non hai avuto scelta. La morte mette fine alla possibilità di scegliere. Eppure, tu eri pronto a morire (così stanco e patito), mentre io non ero pronto alla tua morte. Per la prima volta, da molto tempo, non eravamo in sintonia. È stato un trauma. Mi è venuto il mal di schiena.

Non è che mi dispiaccia stare da solo. Mi piace la solitudine. Ciò che mi dispiace è non essere con te. Mi pesano come macigni i giorni che ci separano – o meglio, che mi separano – dal primo anniversario della tua morte.

Mi chiedo come possa essere stato così facile dirti addio per due anni quando hai accettato quel lavoro all'estero, sapendo che ci saremmo scritti delle lettere e sentiti per telefono, ma visti di rado: era molto prima di Zoom e le e-mail erano webmail, con un'interfaccia che sembrava un testo ritagliato e inviato da uno stalker che odia la punteggiatura. Scoprimmo che le telefonate ci intristivano e non sapevamo mai cosa dire, perché ognuno di noi viveva una vita che l'altro non poteva condividere; così smettemmo di telefonarci, decidendo di comune accordo di scriverci soltanto delle lettere.

Era frequente, prima dei viaggi aerei, separarsi dai propri cari per mesi o addirittura per anni. Trasferimenti all'estero, servizio militare, opere missionarie, avventura, marina mercantile, emigrazione. Un debito impossibile da saldare poteva costringere un uomo alla fuga, a salire di corsa sul treno diretto al porto. Un cuore spezzato era il pretesto per partire all'istante. Ci si diceva addio, senza sapere quando o se ci si sarebbe rivisti.

Non mi riferisco alla guerra, né alla paura che porta con sé, ma alla vita di tutti i giorni. Più torniamo indietro nel tempo, più aumentano le distanze. Nel 1700, il viaggio più rapido da Plymouth, in Inghilterra, a Sydney, in Australia, durava cento giorni. Con il maltempo, poteva protrarsi fino a quattro mesi. Arrivare. Scrivere una lettera. Mesi dopo, la lettera arrivava a casa. Quanto tempo era passato dall'ultima notizia? Quasi un anno, o forse più.

Quando la *Mayflower* partì da Plymouth nel 1620, alla ricerca di una nuova vita nel Nuovo mondo, i viaggiatori sopportarono per dieci settimane i sermoni quotidiani, il mal di mare e i biscotti salati prima che Cape Cod apparisse all'orizzonte.

Le persone che non vivevano a lungo quanto noi – spesso si moriva intorno ai cinquant'anni – avevano una percezione della distanza e della separazione molto diversa dalla nostra. Ogni viaggio è un viaggio nel tempo.

Così, cerco di pensare alla tua assenza come a una lunga separazione. Devo prendermi cura della casa e del giardino, e sto facendo del mio meglio. Tu amavi l'ordine e l'eleganza. Prendermi cura di me stesso è più difficile. Il bucato, le docce, i pasti. Perché preoccuparsene? Ho quasi esaurito la riserva di abiti puliti.

Una separazione. Eppure, non voglio immaginare che ci riuniremo. Sarebbe anche un po' imbarazzante se accadesse, non credi? Non sono l'unico che hai amato. Non ridere della mia gelosia. Sul serio, non mi importa del tuo passato movimentato. In realtà, è giusto così. La vita è fatta per essere vissuta, dicevi sempre quando mettevo il broncio. Ma ora dimmi: in quanti sono destinati a riunirsi? L'Aldilà è poliamoroso?

E se ci fosse davvero un Aldilà, o una qualche forma di continuazione, o perfino un nuovo inizio, i Morti non finirebbero per stringere altri legami? Perché mai non dovrebbero? L'affetto è solo una questione biologica? Non può essere vero. Non può essere vero, perché tra poco arriveranno le macchine senzienti, e non saranno entità biologiche. E nonostante questo ci relazioneremo con loro e ci saranno connessioni tra i circuiti, tra la mia scheda elettronica, perché anch'io sono elettrico, e la scheda della macchina. La tanto agognata "scintilla" assumerà un senso molto più preciso.

Dai, ascoltami: perché non potrebbe essere vero? Se c'è una vita dopo la morte, forse incontrerai qualcun altro.

È un pensiero che all'inizio mi turba. Eppure, voglio che tu sia felice.

Non ci siamo lasciati. Te ne sei andato perché l'unica cosa

potente quanto l'amore è venuta a prenderti: l'Angelo della Morte. La morte è definitiva.

No, non è definitiva. Ti amo al di là della tua morte.

Vorrei una tazza di tè. Ho finito il latte. Vado al supermercato. Giro tra gli scaffali, ma perché devono sempre spostare tutto? La vita è già abbastanza difficile senza dover andare in cerca del latte. Assurdo che gli scaffali vengano riforniti ogni giorno, quando invece tu non tornerai mai più.

«Non andartene!»

«Come?»

«Scusi, stavo parlando da solo.»

«Si sente bene?»

«Sì, ma sono in lutto.»

«Le porgo le mie condoglianze.»

La donna alla cassa è originaria dei Caraibi, e il mio comportamento non la imbarazza. È gentile, e questo mi è di aiuto. L'uomo in giacca e cravatta, in fila dietro di me, fissa ansiosamente il suo carrellino della spesa, come se le patatine, i cereali, un curry preconfezionato da scaldare al microonde e quella bottiglia di birra potessero salvarlo da un incontro problematico con un essere umano.

Non ha nulla di cui preoccuparsi. Non sono interessato a incontrare altri esseri umani. La mia mente è ritornata indietro nel tempo, tutto lì, perché la mente ha solo una debole presa sul presente, o, forse, solo un debole interesse per il presente. Non facciamo altro che aggirarci nel passato o nel futuro. Il presente è un luogo difficile in cui vivere.

Esco dal supermercato. Ho provviste sufficienti per una persona sola. Il tuo passaporto è stato cancellato. I tuoi conti bancari sono stati chiusi. Altre persone indossano i tuoi vestiti (quasi tutti). Ho venduto la tua macchina: odio le automatiche. L'altro giorno ho dovuto scrivere DECEDUTO su una lettera. E così l'ho rimandata al mittente. A che serviva? Non hai bisogno di richiedere una nuova carta di credito.

Eppure, la mia mente è piena di te. Se tu non fossi mai esistito, e la mia mente fosse comunque piena di te – una figura della mia immaginazione con cui sto avendo un'intensa relazione personale –, mi manderebbero in terapia. Mi ricovererebbero, direbbero che soffro di allucinazioni. Ma per come stanno le cose, sì, è solo una fonte di imbarazzo.

Era tutto più semplice quando si portava la fascia nera al braccio. Era un segno per dire: sono un po' strano. Lasciatemi stare. Datemi tempo. Il dolore richiede tempo.

Sto vivendo un lutto. Scopro che essere in lutto significa vivere con qualcuno che non c'è più.

Il rombo di una moto. Un'auto con i finestrini abbassati, la radio a tutto volume. Bambini in bicicletta che gridano. Un cane che abbaia a uno scoiattolo. Il *bip bip* del camion delle consegne in retromarcia. Tutti con i loro smartphone, gli auricolari nelle orecchie, persi nel loro mondo alternativo. Mentre torno a casa, vedo che un altro negozio della via sta chiudendo. FUORI TUTTO.

Va bene così. Tutto fuori, tutto via. Via le macchine, la gente, la merce in vendita. Che resti solo la terra sotto i miei piedi e il cielo sopra la mia testa. Spegnete la colonna sonora. Fate partire una dissolvenza. Niente più si frapponga tra noi. Ti vedrò venirmi incontro alla fine della giornata come facevi sempre, come facevamo entrambi, quando tornavamo a casa dal lavoro? Ehi, sono andato a prendere il latte! Alzavo lo sguardo e ci vedevamo, prima da lontano, poi vicini. La tua andatura. La curva delle tue spalle. La cura con cui portavi la borsa da lavoro, come se fosse piena d'acqua. La tua energia in forma umana. La forma atomica del tuo amore.

SVENDITA PER CHIUSURA. FUORI TUTTO.

Non c'è già più niente.

A casa, di sera, la luna è piena e luminosa. Cammino sul mercurio, un sentiero argenteo che si muove con me, un liquido scivoloso che si comporta come un solido. Un metallo fluido.

Avevamo comprato insieme questa vecchia casa. Zappando nel giardino, avevi dissotterrato una grande pompa industriale di ghisa con una valvola che galleggiava nel mercurio. Avevamo travasato il mercurio in un barattolo di vetro. A volte ci giocavamo. Era pericoloso, senza dubbio, per nulla salutare, dannoso, anzi, ma eravamo affascinati dal suo splendore, e stavamo attenti a non respirarne i vapori.

Il mercurio si amalgama con altri metalli, come l'oro e l'argento, lo stagno e il rame, e con loro si trasforma, fondendosi in qualcosa di nuovo. È un tipo sfuggente. Un tempo lo chiamavano argento vivo. Ambito da alchimisti e dentisti per le sue qualità, può essere utilizzato per estrarre l'oro dai minerali ferrosi e per legarsi all'argento con cui si riempiono le cavità dei denti. Tossico e seducente.

Ed è anche il messaggero degli dei. È il pianeta più veloce, capace di sfrecciare attorno al sole a 107.000 miglia all'ora.

Mercurio governa le relazioni turbolente, quelle che non sono tutte rose e fiori, croce e delizia di chi se le trova. Non eravamo persone facili, noi due. Tu eri un piantagrane, io sono complicato. Tu eri volubile, io sono stabile. Dicevi di aver trovato l'oro incontrandomi, ma preferivi i legami che possono rompersi (l'oro si dissolve nel mercurio proprio come il sale si dissolve nell'acqua), eppure, in realtà, nulla va mai perduto.

La morte, però, è un'altra realtà. Tu ti sei dissolto. In cosa? Nel tempo, nello spazio, in me che sono un contenitore permeabile, destinato a mia volta a dissolvermi nel tempo e nello spazio. Numero 80 nella tavola periodica, sei scomparso. Ma prima che indossi le vesti del dolente inconsolabile – il sopravvissuto con la fede d'oro al dito che c'è sempre stato e sempre ci sarà – una cosa va detta: il mercurio permette di estrarre l'oro dai minerali di qualità inferiore, e tu hai tirato fuori il meglio di me.

Stasera, entrando in casa, con l'occhio della mente ti ho visto in cucina, intento a preparare il pane tostato. Ti piaceva tanto. Ti sei girato e me ne hai offerto una fetta, spalmata con burro e formaggio di capra.

«Sì, William, ti prego. Ho una fame tremenda.»

«Non stai mangiando abbastanza. Metti a bollire l'acqua per la pasta.» Ho eseguito, riempiendo di acqua la pentola grande. La settimana scorsa avevo fatto il pesto, perché lo facevamo sempre verso la fine dell'estate, quando le piante di basilico cominciavano a piegarsi sotto il loro stesso peso e provavano a fiorire. Tu staccavi quelle piccole infiorescenze ricoperte di peluria con le tue lunghe dita, separando le foglie in mucchietti ordinati, mentre io pestavo i pinoli. Ti sorrido dall'altra parte della cucina. Indossi quella camicia di lino pesante senza colletto che conservo ancora nell'armadio. Hai un bell'aspetto, non sei magro ed esausto, prossimo alla fine. Sì, berrei volentieri un bicchiere di vino. Non ho bevuto niente da quando sei morto. Non voglio diventare un alcolizzato.

«Oh, per l'amor del Cielo, Simon!»

«È lì che sei? In Cielo?»

«Apri una bottiglia di rosso e grattugia il parmigiano.»

So che non sei qui, in cucina. So che questa conversazione non sta avvenendo, ma qualcosa sta comunque avvenendo. La luna brilla attraverso i lucernari come per osservare quel che succede, e io metterò un po' di musica. Nei miei giorni silenziosi non ho sentito altro che il ticchettio dell'orologio.

Devo tenere in ordine la casa e il giardino. Ma non posso esistere per tutti e due. Devo lasciarti andare. Ti sto supplicando di restare con me, di essere vero, di essere presente, ti supplico come non avrei mai fatto se tu mi avessi lasciato per un altro. Sono io che vivo come se fossi morto: non mangio, non bevo, non dormo, non lavoro. Quando hanno sollevato il tuo corpo dal catafalco, me ne sono andato con te, ho seppellito il mio cuore con il tuo.

Mi metto la mano sul cuore. Batte ancora. «Sai» dico, «ho pensato di uccidermi. Ho tenuto da parte un po' di morfina, anche se all'ospedale ho detto di averla finita. Morire mi sembra più semplice, più dolce, il modo migliore per smettere di vivere in questa casa visitata dalla tua presenza.»

«Non c'è nessuna presenza» hai detto. «Io non sono qui. Non andare incontro alla morte come se fosse un'auto in corsa.»

Come sei ordinato. Come sei perfetto. L'entropia misura il disordine, ma tra noi due il disordinato sono io. Ho la camicia sporca di zuppa.

Amore mio, non sopporteresti di vedermi in questo stato.

Butto gli spaghetti nella pentola, una pentola speciale con il cestello forato che si solleva per scolare l'acqua. In cucina facevi sul serio. E prendere sul serio qualcosa, per te, comportava avere il meglio che ci si può permettere. Da ragazzo, avevi risparmiato per comprarti un coltello professionale. È ancora affilato.

C'è tempo per una doccia mentre la pasta cuoce. Acqua calda. Camicia pulita. Ne è rimasta una sola ed è la tua. È quella che indossi, o che indosseresti se fossi un fantasma. Ma perché i fantasmi indossano dei vestiti, se non hanno un corpo? Forse per permetterci di vederli?

«Simon! Non c'è nessun fantasma. Io non sono qui.»

«Va bene, William, non preoccuparti. Non apparecchierò la tavola per due, solo per uno. Vedi? Stasera niente zuppa col piatto sulle ginocchia.»

Non andrò avanti. Non voglio superarti. Non sei una recinzione alta e appuntita che mi impedisce di vivere la vita che mi resta da vivere; piuttosto, è il contrario: è questa la vita che mi resta da vivere, ed è la cosa più preziosa che ho. L'avrei data volentieri al posto della tua, ma non faceva parte dell'accordo. Onorarti significa vivere. Amarti significa vivere.

Ecco la pasta che fuma nel piatto. Il mio primo vero pasto caldo da settimane che preferisco non contare.

Mi avevi promesso che se fosse stato possibile mi avresti mandato un segno, e ogni giorno ho pensato alla tua promessa, cercandolo, e dimenticando la promessa che ti avevo fatto io, con i tuoi occhi nei miei e la luce nei tuoi che svaniva come le stelle al sorgere del giorno.

Ti avevo promesso che avrei vissuto. Non una vita a metà, non una vita tormentata, non una vita nell'ombra.

Sto dicendo tutto questo ad alta voce, come se tu fossi qui con me in cucina, proprio come prima. La musica. Metterò un po' di musica. Cosa ti piacerebbe sentire?

Mentre cerco un disco di Rickie Lee Jones, la radio comincia a emettere un bagliore. È un vecchio amplificatore a valvole che ho restaurato con le mie mani. So che i circuiti elettrici fanno i capricci, a volte, ma io non l'ho accesa. Eppure, si sta riscaldando. Comincia a ronzare. Che ore sono? È passata la mezzanotte. È da così tanto tempo che parlo con te?

Mi sento come se io e te abitassimo lo stesso corpo.

La falla, in quelle utilissime leggi della termodinamica, è che non tengono conto dell'amore. Tu non puoi trasferirmi energia – io sono caldo e tu sei freddo –, ma le valvole sono accese e le mie mani sono tese davanti al loro tepore come davanti a un fuoco.

Non me lo spiego. Ripeto il tuo nome, ancora e ancora, fino a quando si fonde con il bollettino del mare alla radio, come se tu fossi un luogo lontano, con un tuo clima. Un'isola immaginaria. Una coordinata per me.

E più tardi, a letto, mentre guardo il lampione fuori dalla finestra che m'illumina come un faro, sento gli occhi chiudersi nel sonno. È la tua mano sulla mia fronte? Non può essere vero. Eppure, lo è.

Il paese inesplorato

"Depressione atlantica prevista 200 miglia a ovest di Rockall meridionale, 972 entro mezzanotte."

Simon e io stavamo ascoltando il bollettino del mare. Non potevo parlare, ma riuscivo ancora a sentire le parole. *"Sole. Lundy. Fastnet. Mare d'Irlanda."*

Mi tenevi la mano, il tuo calore intenso sulla mia pelle. Mentre ascoltavo quel che conoscevo così bene, la radio che intonava il nostro rituale notturno, le parole hanno iniziato a dissolversi. Non erano più parole, ma suoni. Poi, con la tua mano forte nella mia, come se stessi cercando di tirarmi fuori dall'acqua, anche i suoni si sono affievoliti, ed è rimasto soltanto il profondo sussurro del mare, come quando avvicini una conchiglia all'orecchio.

Io ero disteso sul fondo del mare, al di sotto del bollettino marittimo.

«William? William?»

Né luci, né angeli, né trombe, né tunnel, né parenti, né amici che avanzano fluttuando per darmi il benvenuto. Il mio nome. L'ultimo residuo di umanità che mi rimaneva.

Ho sentito che tu mi chiudevi gli occhi.

Sono un cadavere. Una zona speciale. Un habitat protetto per insetti necrofagi. Come scrisse Carlo Linneo nel 1776:

"Tre mosche potrebbero consumare il cadavere di un cavallo con la stessa rapidità di un leone".

Sono felice che sia inverno.

Abbiamo deciso insieme che sarei stato sepolto. Se non c'è una bara, la sepoltura giova al terreno. Ogni chilo secco della mia massa corporea restituirà 32 grammi di azoto, 10 grammi di fosforo, 4 grammi di potassio e 1 grammo di magnesio a Madre Terra. È il minimo che possa fare: è stata buona con me. Sarò deposto in una bara di vimini che si decomporrà più velocemente del mio cadavere.

I becchini hanno abbassato la bara con le cinghie. Simon ha gettato nella fossa l'ultima rosa dell'inverno.

Mi vedi, con i vestiti ricoperti di muffa, il corpo che brulica di una vita che non è più mia?

Non importa. Io non ci sono più. Fine dello spettacolo. Poiché sono stato un attore, ci si aspetterebbe che mi vada bene così. Lasciatemi dire una cosa: la morte richiede spirito di adattamento, sia per i Morti sia per i vivi.

Eppure, non mi aspettavo che Simon si rivolgesse a una medium. L'ha trovata su Internet. Su Trustpilot aveva cinque stelle. Madame Sheila.

Gli ha detto che ora sono un essere di luce.

Simon è un ingegnere elettronico. Ha l'hobby di aggiustare le radio preesistenti all'era dei transistor, quelle con le valvole di vetro che si accendono ed emettono un bagliore. Sa che il corpo umano è un circuito elettrico, e sa cosa accade quando si interrompe l'alimentazione

Lo sappiamo tutti. A riposo, l'essere umano funziona in media con 100 watt di elettricità. In teoria, siamo la lampadina di noi stessi.

Io mi sono spento.

E, a luci spente, Simon resta seduto per tante sere a guardare fuori dalla finestra il sole che tramonta. D'inverno tramonta molto presto e lui rimane lì, stringendo tra le ginocchia un piatto colmo di zuppa che quasi non tocca. Vorrei potergli dire che la vita è tutto ciò che abbiamo. Accendi la luce! Mangia la zuppa!

Detto questo, la zuppa non mi è mai piaciuta. Ma Madame Sheila?

Non è propriamente una truffatrice. Crede davvero di ricevere messaggi dall'Aldilà e di essere in contatto con una guida spirituale, il Colonnello Boot.

Naturalmente non è vero, ma è brava a raccontare storie. Del resto, facciamo tutti come lei: raccontiamo storie sulle nostre vite. Invenzioni sincere.

Il problema sono i bugiardi.

Madame Sheila non è una bugiarda. Non ordisce inganni per un suo tornaconto personale. Quindi, non posso giudicarla per aver raccontato una storia basata su un'altra storia e così via, indietro nel tempo, all'infinito. A quanto pare, il Colonnello Boot militava nell'esercito dell'Unione durante la Guerra civile americana. Ma Madame Sheila non sa spiegare come mai avrebbe deciso di andare a vivere con lei in un appartamento con la moquette sopra i binari del treno.

Oh, Simon, non essere triste. Ti vedo seduto sui gradini di pietra di quell'edificio comunale, mentre ti rigiri la mia sciarpa tra le mani, quella sciarpa che ormai ha più buchi che lana. Gran parte della verità si annida negli spazi vuoti: è questo ciò che le storie ci insegnano? Ci offrono un modo per guardare oltre?

Mi piacevano le sculture di pietra di Barbara Hepworth, quelle con un foro al centro. In realtà, è la pietra a essere modellata attorno al foro, ed è il foro il fulcro dell'opera: circondato dalla pietra, diventa visibile. E noi possiamo vedere quello che vede Dio. Lo stupore del nulla.

Il nulla non è fatto di nulla. Il vuoto è pieno.

Che cosa mi sta accadendo ora?

Posso ancora esprimermi così? Le cose accadono nel tempo, e io sono fuori dal tempo.

Per quel che riesco a capire, mi sto disgregando. Sono un assemblaggio. Un contenitore di cose disparate. Un puzzle rovesciato, con le tessere sparse sul pavimento. Non parlo del mio corpo; siamo tutti consapevoli di ciò che accade laggiù, sottoterra. No, non del mio corpo. E nemmeno della mia personalità o della trama della mia vita. È che mi sto condensando in paragrafi, frasi, lettere. Lettere singole.

Ogni alfabeto di cui si avvalgono gli esseri umani risale all'alfabeto fenicio. La particolarità degli alfabeti è che sono adattabili. Ventidue lettere, com'era in principio, e pensate a cosa siamo riusciti a fare con ventidue lettere.

Dissolvendomi, ritorno al mio stato alfabetico.

Significa forse che verrò riciclato? Non mi rincarnerò, ma magari ciò che di buono c'è/c'era in me potrà trovare una nuova casa. Non tutto, di me, spetta alla discarica.

"Sono nato nell'anno 1632, nella città di York, da una buona famiglia, ma non del paese; mio padre era uno straniero di Brema che si era stabilito in un primo tempo a Hull."

No, non sono io: è Robinson Crusoe. Un personaggio fittizio. Io non sono un personaggio, nemmeno fittizio, perché non sono più una storia che si possa continuare a raccontare. Se la coscienza è una proprietà emergente della mente, un risultato del suo funzionamento, allora la coscienza deve svanire quando la mente svanisce. Non ricordo quando sono nato, né il nome dei miei genitori, che, secondo il mito, dovrebbero essere lì, l'uno accanto all'altra, pronti a darmi il benvenuto, entrambi di nuovo nel fiore degli anni.

Mia madre era beona e mio padre una bestia. Questo lo ricordo. Con i cubi di legno, un bambino piccolo forma parole semplici.

ME è una parola semplice, ma ci vuole una vita intera per trovare le parole adatte ad accompagnarla. Avevo una visione libresca di me stesso, una copia rilegata in buone condizioni di un ME che il pubblico poteva prendere in prestito e leggere. E allora erano convinti di conoscermi, e io mi sentivo al sicuro.

Altrove, in un cassetto, c'era il ME di cui stavo scrivendo, in silenzio e in solitudine. Non era un racconto molto avventuroso, il mio, eppure era un mistero, perché cosa c'è di più misterioso, per noi, se non noi stessi?

Più avanti, baciato da una fortuna che non meritavo, ho incontrato Simon. Gli raccontavo delle belle storie, lo intrattenevo, costruendo un personaggio che pensavo gli sarebbe piaciuto, finché lui non mi ha detto: «Mi piaci, ma non posso amarti finché non scopro chi sei veramente».

«Sono il paese inesplorato» ho risposto, imbarazzato, cercando di guadagnare tempo.

Mi faceva sentire un uomo che cela la sua vera natura. Un impostore. È difficile mostrarsi per quello che si è.

«Ti ho colto di sorpresa» ha detto. «Cominciamo a sorprenderci.»

Poi ha preso una penna e scritto la parola SORPRESA, chiedendomi quale avrebbe dovuto essere la successiva.

Ho preso la penna e scritto TIMIDO. E poi, sempre tenendo la penna, ho aggiunto NERVOSO. Altre parole erano meno ovvie: PESCE ROSSO.

Ma forse avevo nuotato in tondo già abbastanza a lungo nella mia boccia. O forse mi sentivo sotto osservazione. O forse stavo emergendo in superficie per raggiungere le tue mani.

«O forse vuoi che ti dia da mangiare?» ha chiesto Simon. Siamo scoppiati a ridere, e poi da capo: FIDUCIA.

Rinunciare alla coerenza era difficile. Qualsiasi storia è meglio di nessuna storia. Per un po', ero rimasto a corto di storie. Quella raccontata a Simon aveva un che di teatrale, ma era inutilizzabile. Ne iniziammo una migliore, migliore perché sembrava vera.

E ora, a quanto pare, mi trovo di nuovo in quella confusione. Dimentico, disfaccio, lascio andare. Un uomo senza una storia da raccontare.

Una storia senza un uomo che la racconti?

Nell'*Epopea di Gilgamesh*, Gilgamesh va alla ricerca del suo amato amico Enkidu, dopo che Enkidu è morto. Quando entrambi erano vivi, erano inseparabili. Ogni notte, nella foresta dei cedri, Enkidu costruiva una casetta dove Gilgamesh potesse coricarsi, mentre lui, Enkidu, "come una rete si stendeva sulla soglia".

Una rete è fatta soprattutto di buchi. Guarda come è ridotto il mio corpo. Comincio ad assomigliare alla mia sciarpa.

Ma il mio stato solido era un'illusione. Simon, da scienziato qual era, preferendo i fatti al pensiero magico, mi aveva detto che il corpo umano contiene in media circa 6,5 ottilioni di atomi. (Un numero con ventisette zeri; grazie, Simon.)

E gli atomi sono perlopiù uno spazio vuoto, uno spazio vuoto che brulica di energia, ma pur sempre vuoto. Non sono mai stato un tipo solido.

Ma ero vivo. Cioè, avevo una certezza biologica.

Ora che mi sto disgregando, ricordo meno, so meno, esisto meno, la mia vita non mi balugina davanti agli occhi, sta svanendo. Sono una luce in mare aperto. Sono una stella che scompare all'alba. Sto cercando di seguire me stesso e non ci riesco. Di chiaro c'è questo: qualunque cosa sia la morte, non è a continuazione del sé, del me stesso che ero, così come credevo di avere vissuto. Il sé non sembra altro che un vestito da indossare per le riunioni di lavoro. Non mi serve più, adesso.

Forse, dopotutto, la coscienza non è una proprietà emergente della mente/cervello.

Forse la coscienza esiste, come esiste lo spettro della luce. Pensiamo alla coscienza come a una parte dello spettro della realtà, non come a un'entità unica o separata. A quanto pare, sono ancora cosciente, anche se ciò di cui sono cosciente sta cambiando.

Quello che non è cambiato è il mio amore per te, Simon. Ma a cosa ti serve ora?

Simon ha il cuore spezzato: lì da solo, al buio, con un piatto ricolmo di zuppa, perché io non sono più un oggetto permanente. Tutti conoscono questa verità. Nessuno riesce ad accettarla.

L'amore richiede un oggetto. Abbiamo tutti bisogno di qualcuno da amare. E alla fine, prima o poi, arriva la morte.

Ora sono un'icona cancellata. Ma non sono finito nel cestino.

Non sono nemmeno entrato nell'infinito. Dove diavolo sono?

Nessuna traccia dell'Inferno. Incrocerei le dita, se ancora le avessi.

Se mai posso essere da qualche parte, sono con Simon. L'ho seguito per tutta la città, impedendogli di farsi investire da un autobus, accompagnandolo a fare la spesa. La cassiera è stata gentile con lui. Gli è stata di conforto.

Ora siamo in cucina e voglio attirare la sua attenzione, ma qualunque cosa io faccia non influisce minimamente. Com'è possibile che un sacco di utenti su Internet vedano i fantasmi, e Simon non veda me?

Forse è perché non crede ai fantasmi?

Resto con lui fino a mezzanotte, la sua mezzanotte. Adesso siamo in fusi orari diversi ma so che la mezzanotte dovrebbe essere la "mia" ora.

L'ora in cui i fantasmi appaiono.

Mi apposto ai piedi della scala. Lui mi attraversa, e mentre lo fa si passa una mano tra i capelli, come se avvertisse qualcosa. Gli tocco il viso. È bagnato. Sta piangendo.

In camera da letto si spoglia, con gli stessi gesti di sempre. Prima si toglie i pantaloni, poi si sfila la camicia ancora abbottonata, sollevandola sopra la testa, come fanno i bambini. Ho amato il suo corpo liscio ed esile dalla prima volta che l'ho visto e lo amo ancora.

Simon, sdraiati, non aver paura. Sono qui.

Non si sdraia. Attraversa la stanza e va nella camera degli ospiti. È lì che sono morto. Sarebbe stato troppo traumatizzante se, al momento della fine, mi fossi trovato nel letto che avevamo condiviso per così tanto tempo. Su questo concordavamo. Lui si merita ricordi migliori. Simon, ricordi quando sono venuto qui la prima volta? Quando mi sono trasferito da te? Quando hai acconsentito a scambiare posto nel letto perché dovevo per forza dormire sul lato sinistro? Ricordi quando ti cingevo con il braccio?

Apre la porta della stanza della morte. Mi chiama per nome. Gli rispondo. Non mi sente.

Non ci sono lenzuola sul letto. Le tende sono tirate. La sedia accanto al comodino ora è spinta contro il muro. I libri che avevamo disseminato qua e là, leggendoli insieme, sono ora ordinatamente impilati. Il termosifone è spento. Lui trema. Lo spingo delicatamente fuori dalla stanza. Gli prendo la mano e lui alza lo sguardo. «Sei tu, William?»

«Sì.»

Non può sentirmi. Dice: «Ogni notte penso che tu verrai».

«Sono qui.»

«Vorrei tanto parlarti.»

«Mi stai parlando.»

«So che siamo arrivati all'ultima pagina. Perché la giro ancora?»

Si infila nel suo letto con le ginocchia raggomitolate, le braccia sulle ginocchia, la testa sulle braccia. Piange.

Sono così vicino. Sono così lontano.

Le ore della notte si raccolgono come pioggia in un secchio. È così lento a sgocciolare, il tempo. Simon dorme un sonno agitato e controlla l'orologio ogni volta che si sveglia. Di tanto in tanto, si gira verso di me e io mi chiedo se non sono più vicino a lui nel sonno di quanto non lo sia nella veglia. Il corpo dormiente imita la morte. La quiete strana e immemore della notte. Veglierò su di te. Non posso proteggerti, ma sono qui.

Il giorno dopo dice a un'amica: «Ho sognato William la scorsa notte. Ho sognato che era con me».

L'amica è una buona amica. Eppure, è imbarazzata. Gli dice che è in lutto, e che per elaborarlo deve lasciarmi andare. Ha ragione, ma il fatto è che Simon mi ha sognato perché ero con lui.

Imperterrito, affida alla penna il suo pensiero. Scrive: "Dormirei tutto il giorno se pensassi di poter essere con lui". E aggiunge: "Nel sogno non è successo nulla, se non che eravamo insieme".

Cerco di incontrarlo alla luce del giorno, ma le forze della vita sono troppo potenti. Il giorno è luminoso, indaffarato, frenetico e travolgente. Scopro che il momento più propizio per stare insieme si presenta quando lui dorme un sonno leggero, nelle prime ore del mattino, nella fase REM dove nascono i sogni. È allora che posso entrare in lui, come in una stanza con una finestra aperta, una finestra aperta sulla notte dove il traffico tra i vivi e i Morti scorre senza ostacoli. Non è della notte che i fantasmi hanno bisogno, ma dell'allentarsi della coscienza che porta con sé. La mente è indifesa.

Il medico gli prescrive dei sonniferi che, in realtà, sono anestetici sottoforma di pillole. L'Ambien lo tramortisce, gli fa perdere i sensi. Non sogna. Si sveglia angosciato per la mancanza di sogni, per non aver sognato me.

Gli amici sono preoccupati. Sta perdendo la testa? Io sono morto e la decomposizione ha divorato il mio corpo. Nel frattempo, Simon mangia pochissimo.

Un giorno, durante una passeggiata, vede un ragazzo

con un gatto appollaiato sulla spalla. Per la prima volta da molto tempo è incuriosito, e per qualche istante si dimentica di me.

Simon e il ragazzo si siedono su una panchina e Simon accarezza il gatto. Il gatto ricambia le sue attenzioni e gli strofina il muso sulla mano, e lui sembra sorpreso che la sua mano abbia toccato un punto che non è fatto di dolore.

Il ragazzo gli spiega che il gatto è un animale di supporto. Prima del gatto, prendeva gli antidepressivi. I due se ne vanno, e Simon li guarda, sovrappensiero, accarezzandosi la mano. Cerco di toccarlo, ma lui sente solo una brezza sul collo. Chissà se esistono i fantasmi di supporto.

Quella notte, non prende il sonnifero. Fa fatica a addormentarsi, ma alla fine ci riesce, e più tardi, durante le ore piccole, così chiamate perché il mondo si raggomitola in una palla, la sua mente si apre e io m'infilo in quel varco.

Al mattino ricomincia a fare colazione.

E questa diventa la nostra nuova routine. Il sogno è sempre lo stesso. Mi sdraio e lo cingo con il braccio. Sono il corpo forte che lui ricorda. Ed è strano, perché io non lo ricordo più. Ricordo Simon che si ricorda di me. Lui è il canale limpido. Il ricordo che ho di me si affievolisce sempre più. Sento di scomparire. Sono qui perché lo amo. Resto qui perché lui mi ama. Ma non può durare.

Cosa dici, Simon?

In questo letto intriso di notte, accanto a te, cerco il coraggio per affrontare il giorno, per volgermi verso la luce, quando verrà. Niente di più facile. Niente di più difficile. E, la mattina, ci vestiremo insieme e andremo.

È la nostra ultima notte. Sono debole. Sono l'ultima fila di lettere sulla tavola optometrica. Riesco a malapena a vedermi.

Simon è in cucina e perlomeno stasera mangia un po' di pane con la zuppa. Sono un groviglio di scosse elettriche.

Un cortocircuito. Questa consapevolezza mi ispira l'ultima idea che avrò e le mie ultime parole per Simon. La radio a valvole che ha restaurato è sul bancone della cucina. La farò crepitare avvolgendomici attorno, come quando si fa ripartire una vecchia auto con i cavi della batteria.

Un accenno di bagliore e l'apparecchio prende vita. Comincia a vibrare. Se l'amore ha bisogno di un oggetto, eccolo. Simon, girati! Lascia perdere la zuppa.

L'apparecchio è sincronizzato su BBC Radio4. Sono le 00.48. *"Ed ecco il bollettino marittimo dell'ufficio meteorologico per conto della Maritime and Coastguard Agency alle 00.48."*

Simon guarda la radio.

Quando eravamo a casa insieme, ascoltavamo sempre il bollettino del mare prima di andare a dormire. La ninna nanna del linguaggio.

"Viking. North Utsire. South Utsire. Forties. Cromarty. Forth. Tyne. Dogger. Fisher. German Bight..."

Trentuno aree marittime. Non più di 380 parole.

Simon si avvicina all'apparecchio e tende le mani verso le valvole, ora calde e illuminate. Vibrano come la corda di un violoncello.

"Rockall. Malin. Ebridi. Vento da sudovest forza 8 in aumento fino a burrasca forza 10, in rotazione a ovest, burrasca violenta da forza 9 a forza 11. Pioggia seguita da rovesci temporaleschi. Visibilità da scarsa a moderata."

L'intonazione è uniforme e modulata, il linguaggio runico. *"Depressione atlantica 988 prevista su Faroer 975 entro la mezzanotte di stasera."*

È una poesia modernista a uso quotidiano. È un canto mutevole. A letto, di notte, con le luci soffuse, il mondo ci appare stabile e ordinato, e la sua mutevolezza solo un aspetto della sua prevedibilità, e allora ci aspettiamo che continui così, per sempre. Saremo qui, stanotte, domani notte, con le luci soffuse, ad ascoltare il bollettino del mare.

Simon resta fermo davanti alla radio, quasi si sentisse chiamare da lontano. Ha inclinato la testa, come un cane che capta il suono di una voce familiare.

Tende le mani, scaldandole al tepore delle valvole, ora completamente illuminate, come se la luce, il calore e il suono fluissero nel suo corpo. Nella cucina buia le sue mani brillano.

Sono accanto a lui, o meglio, sono accanto a lui in una forma che non riconosco. Ma è una forma? Se lo fosse, vorrebbe dire avere una dimensione, che io non ho. Quella che sembrava una perdita di memoria, una sorta di demenza astrale, è passata. Sta arrivando qualcosa di nuovo, ma non so cosa sarà... Ma sentitemi, continuo a usare la grammatica convenzionale – passato, presente e futuro – quando, in realtà, è solo un insieme di regole empiriche, misurabili in pollici (a proposito, io i pollici non li ho più), solo un modo per gestire l'insensatezza del tempo.

Ma Simon, il tempo è reale per te, e ora tu lo attraversi senza di me. Non ti aspetterò sull'altra riva, perché scopro che non c'è un'altra riva, e non c'è un altro sé, e in questo *paese inesplorato dalla cui frontiera nessun viaggiatore fa ritorno* non ci sono confini; è un mondo senza fine, e forse quel qualcosa che ero io e quel qualcosa che eri tu accadrà di nuovo – accadere è il verbo più adatto che mi viene in mente –, sì, forse accadremo di nuovo nell'alienità di... L'alienità di cosa? Non riesco a dare una definizione più precisa. Dovremmo chiamarla semplicemente alienità?

Nell'Alienità, nulla è come ci aspettavamo che fosse, come ci era stato detto di aspettarci, non c'è oblio, né gloria. Nessuna casa e nessun inferno. L'Alienità ha una sorta di forza elettromagnetica, potente quanto lo era la gravità, e mi sta attirando, verso quale meta ancora non so. Ma so che mi porta lontano.

Lontano da te.

Sono qui perché ti amo e quest'amore non è dimenticato,

non è perso, non è diminuito, non è indebolito, non è svanito. Non ha bisogno di punteggiatura, né di spiegazioni.

L'amore non mi abbandona, ma io sto abbandonando me stesso e sto abbandonando te. Mi dispiace.

Nel bagliore affievolito della radio spenta, sono così vicino a Simon da essere dentro di lui, nel suo polso, nel battito del suo cuore, nel suo sangue, nel suo sudore. Posso attraversarlo perché non è solido. Nei suoi *quirks* e nei suoi quark, nei suoi vezzi e nelle sue particelle, è come sono io: spazi vuoti e punti di luce. Non è poi così diverso essere morti. Essere morti significa rendersi conto del paradosso della solidità, dell'illusione della solidità. La storia cambia, ma non finisce.

Non ho più ricordi. I miei traguardi sono svaniti. La felicità e la perdita appartengono al passato. L'ultima parte di me legata alla terra si sta dissolvendo in un riflesso cristallino. L'immagine più chiara che posso offrirti è una costellazione. Non una sola cosa, una sola stella, ma un insieme di luci in movimento.

Simon mi sta parlando. Non capisco cosa sta dicendo perché non comprendo più le parole.

Vedo che gesticola e si dà delle risposte; è su di giri e sta cucinando. La cucina è piena di vapore e lui sta per aprire una bottiglia di vino. Vedo quanto è dimagrito, quanto è affamato. Parla con la radio, o meglio, con il retro della radio, con le valvole che si illuminano e ronzano. È la prima notte in cui è di nuovo sé stesso.

Più tardi, quando è ora di andare a letto, Simon sale al piano di sopra, avvolgendosi dentro di me come dentro a una rete di salvataggio. Mi avvolgo attorno a lui, non lo lascerò cadere. Quando si sdraia, a occhi aperti, guarda il lampione della strada. Gli chiudo delicatamente le palpebre, come lui ha delicatamente chiuso le mie. Lo ricopro con il poco che resta di me, lo amo e lui si addormenta.

Canterville e Cock

Da bambino, la mia attrazione preferita al luna park era il treno fantasma.

Ve lo ricordate? Quello di una volta? La facciata nera dipinta con fantasmi e ragni. L'uomo con il mantello funebre e il cilindro che strappava i biglietti, la fila di barche a forma di bara che fungevano da vagoni. E subito dopo, il rintocco di una risata diabolica tra porte che si spalancavano e pipistrelli che ti svolazzavano attorno alla testa. Grida, che aspetti!

La giostra che amavo partiva con un sussulto tremendo, svoltando un angolo buio dove un fantasma fosforescente alzava il suo braccio ossuto.

L'aria si riempiva di nebbia e, con un tuffo spaventoso, la nostra barca da morto precipitava nell'acqua oscura, illuminata dal basso da volti ghignanti, filando tra streghe e spettri, castelli infestati sulle cui torri baluginavano i lampi, lapidi scheggiate e gocciolanti, e una mano che si protendeva dalla tomba per afferrare la prua.

Ma ancora più spaventosi erano i drappi di ragnatele che avvolgevano all'improvviso la barca. Il fiato gelido sul viso e l'inaspettata inversione di marcia in quell'attimo di silenzio sospeso, proprio quando speravi di oltrepassare le scricchiolanti porte di legno e riemergere finalmente nella benedetta luce del giorno.

Chi mai ha desiderato così tanto la luce del giorno?

Da bambino intagliavo le lanterne di zucca per Halloween. Dolcetto o scherzetto, e il più spaventato ero sempre io.

Da teenager, ero un vero goth: dormivo in lenzuola nere e mi aggiravo alla luce delle candele. Di sera leggevo storie di fantasmi.

Da studente, capii che si potevano fare soldi accompagnando i visitatori in luoghi inquietanti e raccontando agghiaccianti storie di omicidi e vendette dall'Aldilà. Nessuno ci crede davvero ma tutti vogliono crederci.

È così che ho fondato la Canterville e Cock, Illusionisti. Un'apparizione è un'illusione, ma un'illusione convincente. All'epoca era più facile trovare vecchi edifici in attesa di essere ristrutturati, e presto ho imparato a mettere in scena spettacoli pop-up, sfruttando al massimo il degrado e il clima gelido dell'ambientazione. È incredibile quello che si riesce a fare con lenzuola, manichini, un attore dotato di una parrucca e una candela, e una colonna sonora ben studiata.

Ora organizzo soprattutto weekend *live-action* immersivi. Un promotore affitta un castello (o una grande dimora) che ha la fama di essere infestato, e gli ospiti pagano per mangiare, bere, dormire, anche se poco, e vivere la nostra versione del treno fantasma, a piedi di notte attorno al castello o alla dimora. Spaventarsi a morte e spassarsela un mondo. Ci procuriamo una tavola Ouija con un magnete nascosto, in modo tale che io possa muovere il bicchiere con un cavo durante la seduta spiritica. Dopo cena, il mio socio dalla voce profonda legge racconti di M.R. James accanto al fuoco.

Per vivere a fondo l'esperienza, gli ospiti devono indossare abiti d'epoca. Niente jeans e scarpe da ginnastica, ma vestiti per le signore e completi per i signori, in uno stile che rispecchia il tema del weekend.

Questo weekend ci troviamo in una lussuosa residenza del diciassettesimo secolo, che durante l'estate diventa teatro di feste lussuose per chi desidera sperimentare la bella vita. Una sorta di Downton Abbey per commercialisti. In inverno, invece, i proprietari, snob ma squattrinati, si sono messi in testa di organizzare weekend con il fantasma.

L'unico problema è che non hanno un fantasma.

Naturalmente ci pensiamo noi a procurarlo, è il nostro lavoro, ma è sempre meglio avere una vera storia di fantasmi da cui partire. Cerchiamo antenati murati vivi, mogli tradite in cerca di vendetta, bambini pallidi che trascinano un orsetto, uno zio ubriaco che, cadendo, ha incontrato la sua fine.

Purtroppo, in questa famiglia sembrano essere tutti morti nel sonno.

Io, però, sono un professionista, e la mancanza di un vero fantasma è un'opportunità per inventarne uno; dopotutto, non sono forse i fantasmi stessi un'invenzione? Una delle mie storie di fantasmi preferite è quella del fantasma di Cock Lane. Nel 1762, il pubblico si metteva in fila, notte dopo notte, per entrare in una squallida pensione vicino al mercato della carne di Smithfield, a Londra, e vivere un'esperienza di puro terrore. La storia racconta di una bambina posseduta e di una stanza infestata, diventata tristemente famosa per i colpi e gli scricchiolii misteriosi. Si scoprì poi che si era trattato unicamente di una messinscena elaborata, ma comunque in grado di affascinare le folle, duchi e idraulici compresi, e fornire il modello perfetto per truffatori come me.

In ogni caso, mentre i proprietari si dilungavano raccontando dei loro antenati defunti, tutti personaggi miti e innocui, è saltato fuori che un piccolo scandalo in famiglia c'era effettivamente stato: nel 1962 un'americana di nome Pamela era fuggita con uno dei figli. Lui era tornato a casa un anno dopo, aveva sposato una brava ragazza inglese e la faccenda si era conclusa lì.

Comunque, ho pensato, un weekend a tema anni Sessanta potrebbe essere divertente. Hot dog e cocktail, cravatte sottili e mocassini. Un episodio della serie *Mad Men*.

E, in più, un fantasma.

«E chi sarebbe il fantasma?» ha chiesto la famiglia.

«Lei! Pamela.»

Ho deciso di inventare una storia con una protagonista sul modello di Miss Havisham: una donna abbandonata dall'uomo che amava, una donna che non era riuscita a superare l'abbandono. Si era tolta la vita gettandosi dal ponte di Brooklyn. Ora il suo fantasma infesta l'Ala Est.

«Ma perché mai Pamela dovrebbe di sobbarcarsi il lungo viaggio da Brooklyn fino al Berkshire?»

Mi è toccato spiegargli che le distanze sono irrilevanti per i fantasmi.

Non ne sono del tutto sicuro, ovviamente, ed è pur vero che le storie di fantasmi tendono a collocare il fantasma nei pressi di quella che era la sua casa. Ma perché non espandere il concetto?

«Pamela aveva una sua stanza qui nella casa?»

«Ogni tanto alloggiava in una delle stanze degli ospiti, ma perlopiù se ne stava sulla terrazza, a ordire i suoi piani e a fumare.»

«Useremo la terrazza, allora, e il fumo.»

«Il fantasma può fumare, i visitatori no.»

Mi sono dichiarato d'accordo e ci siamo messi al lavoro per ricreare la stanza di Pamela. Non doveva essere per forza autentica, bastava che evocasse l'atmosfera giusta.

Valigie di pelle spessa con cinghie ed etichette, qualche tailleur nell'armadio, un bicchiere da cocktail pieno di Martini sul comodino. Alla fine, abbiamo scelto una stanza proprio sopra la sala da pranzo, per poter battere dei colpi sul pavimento durante la cena, prima del tour notturno.

Ho reclutato una delle attrici del nostro giro per interpretare Pamela come doveva essere stata negli anni Sessanta.

Abbiamo optato per un look alla Jackie Kennedy: cappellino a tamburello, guanti bianchi, tailleur rosa. Era fantastica. Pamela era bionda, ma la nostra attrice non voleva tingersi i capelli. Pazienza! I fantasmi possono pure avere i capelli scuri.

La nostra prima serata è un vero successo. Dieci coppie, entusiaste e vestite a tema, e tra loro c'è anche chi prova a imitare l'accento americano con risultati improbabili. Hanno letto tutti sul nostro sito della storia d'amore destinata al fallimento.

I camerieri, vestiti in abiti retrò come in un diner americano, servono ai nostri ospiti pomodorini ripieni di tonno, cocktail di gamberetti e Martini, seguiti da pollo alla King e insalata Walford. Il *fudge* al cioccolato sarà servito dopo il tour. È fondamentale che siano già tutti piuttosto ubriachi prima che cominci il divertimento vero e proprio, e così c'è vino in abbondanza.

Verso la fine della cena, il mio complice produce una serie di tonfi impressionanti nella stanza di Pamela.

«È ora di evocare i Morti» annuncia.

(Qualunque sia il tema della serata, io mi vesto sempre in frac nero e cravatta bianca, perché sono il Cerimoniere.)

Dopo aver ingollato i loro drink, gli ospiti si siedono alla tavola Ouija, uno dei miei attrezzi di scena favoriti. Sulla tavola sono incise delle lettere nere, disposte in cerchio, con al centro l'immagine di un carro funebre trainato da cavalli che evoca l'atmosfera giusta.

Faccio abbassare le luci verdastre, che utilizzo appositamente perché conferiscono una tonalità spettrale anche all'incarnato più sano. Gli ospiti, già un po' nervosi, cominciano a scambiarsi delle occhiate.

Ordino a ciascuno di tenersi per mano e di chiudere gli occhi. Una delle donne si mette a ridacchiare.

Con voce solenne, chiedo: «C'È QUALCUNO QUI?».

«Eccomi» dice uno degli ospiti. Un altro scoppio di risa.

Di nuovo: «Batti un colpo per "Sì". Due colpi per "No"».

Immediatamente si ode un colpo. Lo produco con un pedale, come quello di una grancassa.

Ora hanno tutti il fiato sospeso: sono in mio potere. «Ci dirai il tuo nome?»

TOC!

Sulla tavola scende il silenzio. Invito due delle donne presenti a mettere gli indici sulla parte superiore del bicchiere capovolto. Poi posiziono il mio filo magnetico, e il bicchiere comincia a compitare P.A.M.E.L.A.

«OMMIODDIO! OMMIODDIO! Posso andare a prendermi un drink?»

Sono inflessibile. «Nessuno può allontanarsi dal tavolo durante la seduta spiritica.»

«Pamela! Stai parlando dall'Aldilà?» chiedo.

TOC!

«Puoi mandarci un segno per dimostrare che stai parlando dall'Aldilà?»

La radio sul carrello dei drink si accende all'improvviso, e dalle casse esplode a tutto volume *Where Did Our Love Go* (1964) delle Supremes.

«È incredibile!» esclama una delle donne, quella vestita come Elisabeth Moss.

Colgo l'occasione. «Hai qualcosa da dirci, Pamela?»

Questa volta mi rivolgo a due degli uomini presenti, invitandoli a mettere le mani sul bicchiere. Gli uomini sono più scettici quando si tratta di apparizioni. Con uno scatto, il bicchiere si muove tra le lettere, compitando C.U.O.R.E.S.P.E.Z.Z.A.T. O.

«Oh, è così triste! Come possiamo tirarti su il morale, Pamela?» dice un'altra donna, quella vestita come Cher ai tempi di Sonny.

D.R.I.N.K risponde la tavola, il che è strano, perché non sto usando il magnete. Temo che quei due mi stiano prendendo in giro, e che la situazione possa degenerare. Bisogna riacquisire il Controllo.

«Prendetevi tutti per mano e lasciate che il bicchiere si muova da solo» ordino. Usando il magnete, compongo poi le parole C.A.M.E.R.A.D.A.L.E.T.T.O.

«Donna fatale!» esclama il tizio vestito da Don Draper.

Mi tocca precisare che non si tratta di un invito, ma di un ordine.

«Signore e signori! Guidati dal nostro spirito visitatore, propongo di iniziare il Pamela Tour.»

In quello stesso istante le luci soffuse sopra la tavola Ouija si spengono del tutto, lasciandoci al buio. Nessuno dei presenti osa muoversi. Uno dei miei assistenti, silenzioso e invisibile, sprigiona il profumo dalla fiala. Chanel n°5.

A quel punto, con il viso coperto di cerone bianco, fa il suo ingresso un altro membro del mio team vestito da becchino, portando un vassoio pieno di candele accese da distribuire a tutti i partecipanti. Precedendoli, dal piano terra li guido su per la scala di quercia avvolta nell'ombra.

Ho piazzato un altro dei miei uomini dentro una grande armatura. Al momento giusto, la visiera dell'elmo si solleva, emettendo una fumata rossa.

Le signore, terrorizzate, si mettono a gridare. «Lo ammetto, tutto questo è pensato per il vostro divertimento» dico. «Ma riuscite a distinguere l'illusione dalla realtà?»

«E tu ci riesci?» chiede l'uomo vestito da dottor Stranamore.

Li guido verso la stanza da letto di Pamela per la strada più lunga, passando davanti a un orologio dal ticchettio assordante che serve solo a sottolineare il silenzio. Fuori dalla stanza, mi fermo. «Ecco la stanza di Pamela. Potete entrare.»

È come se Pamela l'avesse appena lasciata: il copriletto tirato indietro, un romanzo abbandonato sul letto, un Martini con ghiaccio nel bicchiere da cocktail e una Sobraine Black Russian, mezza fumata, nel portacenere. A una sedia è appeso un paio di calze. E, per la seconda volta, veniamo avvolti da una nuvola di Chanel. Sul tavolo da toletta è posato un vaporizzatore di profumo.

Sopra la cassettiera abbiamo posizionato un giradischi Dansette azzurro polvere, dal design squadrato, la cui puntina sta graffiando inutilmente i solchi vuoti alla fine del disco che presumibilmente Pamela ha appena ascoltato.

Mentre il gruppo si accalca nella stanza, le tende alle finestre iniziano a muoversi da sole, gonfiandosi leggermente verso l'interno. È uno dei nostri trucchi preferiti, realizzato con un ventilatore nascosto.

«Ma guarda un po'! CASPITA!» Sono riuscito a impressionare la donna che credeva di essere vestita come Marilyn Monroe.

«Pamela ci sta chiedendo di guardare fuori dalla finestra» dico, per poi scostare le tende con un gesto teatrale, studiato per nascondere i piccoli ventilatori.

Alcuni degli ospiti si sono avvicinati alla finestra e guardano giù verso la terrazza del giardino. «Vedete qualcosa?»

«No, niente.»

Un orologio suona l'ora.

Come da copione, si leva un urlo potente. «La vedo. È Pamela.»

Tutti si accalcano alla finestra, e a nessuno passa per la testa di cercare un ventilatore. La mia attrice cammina avanti e indietro, fumando una sigaretta. Una coltre di foschia (in realtà ghiaccio secco) la avvolge.

«È incredibile!»

«Può sentirci? Ehi, Pamela!»

Ovviamente dal giardino non arriva nessuna risposta, e l'attrice continua a camminare avanti e indietro. Peccato che non tenga la testa sotto il braccio; è un trucco di grande effetto, ma riservato agli spettacoli ambientati in epoca Tudor.

Prima che qualcuno cominci a fare troppe domande, il mio aiutante travestito da becchino bussa alla porta per annunciare che il dolce è servito.

Felici e ubriachi, i miei ospiti lo seguono davanti al caminetto per ascoltare le storie di fantasmi e mangiare il *fudge* al cioccolato. Io chiudo la fila fino all'imbocco della scala (non posso lasciarli liberi di allontanarsi) e auguro loro la buonanotte. Ho delle cose da sistemare.

Canticchiando, raggiungo la stanza di Pamela.

Seduta a gambe incrociate sul letto c'è una donna bionda che indossa dei pinocchietti e una camicetta bianca. È scalza.

«Chi è lei?»

«Potrei farti la stessa domanda.»

«Sono Paul, di Canterville e Cock, Illusionisti.»

«Sei tu l'artefice di tutto questo?» Indica con un gesto la stanza. «E anche di quello che succede là fuori?» Si alza e guarda fuori dalla finestra.

«Se allude al Pamela Tour...»

«Io sono Pamela.»

«Non è possibile, Pamela è morta.»

«Certo che è morta. L'ha uccisa lui.»

«Lui chi?»

«Quel rampollo viziato e inutile con cui sono scappata. Hugo, il figlio minore, il cocco di famiglia. Ci credi che è ancora vivo e sta in un bungalow a Bournemouth? Sono andata a fargli visita e gli ho combinato un po' di cose: apparizioni di ectoplasmi, guasti elettrici, rumori terrificanti nella notte. Ma lui è così stupido che non si accorge di nulla. Ben presto morirà, e allora gli renderò la vita un inferno.»

Non so cosa dire, così non dico nulla.

Pamela fa partire il disco sul Dansette. O meglio, vedo la puntina sollevarsi e abbassarsi, e Pamela se ne sta lì accanto, ma non è stata lei ad alzare il braccio del giradischi, perché proprio quando è parsa sul punto di toccarlo la sua mano è svanita nell'aria rarefatta. (Avete notato che solo nei racconti di fantasmi l'aria diventa "rarefatta"?)

«Se sei morta, cosa ci fai qui?» le chiedo, mentre comincia a muoversi a ritmo di musica.

«Sei stato tu a evocarmi.»

«Non credo proprio!»

«Quell'idea che hai avuto su Pamela, sono stata io a sussurrartela. Ti ho seguito per giorni.»

(Non è un pensiero rassicurante.)

«Quando sei venuto a conoscenza della mia storia, be', è stato fantastico! Sono riuscita a... visibilizzarmi.»

«Visibilizzarti?»

«Come lo definiresti tu?»

«La definirei un'illusione. Le illusioni sono il mio mestiere.»

«Che tu ci creda o no, Paul, io sono Pamela. E in cambio del tuo invito per il weekend interpreterò Pamela per te; cioè sarò me stessa, per il resto del tour.»

«Oh, ma è una follia. Sei un membro della famiglia?»

«Avrei dovuto, e lo sarei diventata, se quel fannullone squilibrato non mi avesse buttata giù dal balcone a Miami.»

«Mi hanno detto che eri scappata con un venditore di auto del New Jersey.»

«È stata solo un'avventura. Volevo una Corvette. Ma non credevo che a Hugo avrebbe dato fastidio. Chi poteva immaginare che fosse geloso. E poi non era mica così grave da giustificare la mia morte. In ogni caso, aveva già conosciuto l'inglesina, una tipetta vivace quanto una doppia dose di Valium.»

«Anche lei sta a Bournemouth?»

«Oh, no. È dispersa in mare, o almeno quel che ne resta. Me ne sono occupata io.»

«L'hai uccisa tu?»

«L'ho solo guidata nella direzione giusta. Sul bordo di una scogliera.»

Penso che è il momento giusto per andare a bere un drink.

«Muoio dalla voglia di bere un drink» dice Pamela, e poi, leggendomi nel pensiero, aggiunge: «Sono stata io a comporre DRINK sulla tua stupida tavola Ouija, lo sai che sono stata io.»

Per la prima volta nel corso della nostra conversazione, mi sento a disagio.

Lascio Pamela che balla sulle note di *Strangers in the Night* (1966). Acquistando i vinili da 45 giri su eBay per il Dansette, avevo supposto che Pamela fosse ancora viva all'epoca, presumibilmente in giro per il New Jersey con la sua Corvette. Ora, però, sembra che nel 1964 fosse già morta. Ma di cosa sto parlando? Quella donna non è Pamela. Quella donna non è un fantasma.

Scendo di corsa al piano di sotto. Sento Joe che legge storie spaventose con la sua voce tonante. Ho tempo per mangiare una fetta di torta e bermi un brandy.

Mentre mi consolo con la torta, Melvin, il padrone di casa, mi raggiunge per congratularsi con me della splendida serata. Lo ringrazio e gli chiedo come fa a sapere che Pamela è scappata con un venditore di auto.

«Be', lo racconta Hugo nelle lettere che scriveva a sua madre. Frivola e spregiudicata, ecco com'era in realtà quella donna.»

Sto per fargli notare che è sempre sconsigliabile parlare di una signora in quei termini, quand'ecco che una grande zuppiera cade dalla credenza alle sue spalle. Melvin si alza di scatto, inciampando nella sedia. «Che accidenti succede? Sei stato tu, Paul?»

Non sono stato io. È stata Pamela. Eccola lì, in equilibrio sul cassettone, con i suoi pinocchietti e i piedi nudi. È però un po' più piccola rispetto a prima, in camera da letto. Le dimensioni sono approssimative per i fantasmi? Cioè: chi te lo fa fare, dopo la morte, di accontentarti per sempre di un metro e cinquantasette?

Assorto nei miei pensieri, non rispondo a Melvin, che se ne è rimasto lì a fissarmi furioso, saltellando da un piede all'altro. Devo riprendermi.

«Melvin, ti chiedo scusa, ma ti assicuro che la zuppiera non è uno dei miei effetti speciali.»

«Dannazione, spero proprio di no» borbotta Melvin, scolandosi un bicchiere abbondante di brandy. «Bene, ci vediamo domattina. Se riesco a camminare.» E se ne va zoppicando.

Pamela è venuta a sedersi accanto a me. «È un viscido.

So con certezza che ha una tresca. Sono tutti uguali, in questa famiglia.»

«Come fai a saperlo?»

«L'ho visto montare a cavallo per andare a incontrare una donna. L'hanno fatto in piedi.»

«Preferisco non saperlo.»

«Una donna non si diverte mica a farlo in piedi. Non c'è attrito.»

«Pamela!»

Lei ride. «Perlomeno mi hai chiamata per nome. Ora mi credi?»

Non rispondo. «Vedo che hai riacquistato la tua dimensione.»

«Oh, sì. La gravità. Non è un problema, di questi tempi. Posso allungarmi...» e si allunga, tanto che i suoi riccioli biondi ondeggiano sotto la luce del soffitto, «... e posso rimpicciolirmi.» Si rimpicciolisce. «Se tu fossi nello spazio, Paul, il tuo corpo si allungherebbe all'infinito.»

«Sì, ma non si rimpicciolirebbe. Si disferebbe e basta.»

«Forse è qualcos'altro, non la gravità. Ma quando fluttuo» e fluttua, «direi proprio che è questione di gravità.»

«I fantasmi non sono soggetti alle leggi della gravità?»

«Proprio così. Non abbiamo massa.»

«Ti sei presa il disturbo di approfondire l'argomento» osservo.

«Faccio ricerche sul campo da sette anni. E poi, da morti, si incontrano molte persone interessanti. Studiosi di fisica, per esempio. Ho conosciuto Robert Oppenheimer.»

«Quello della bomba atomica?»

«Proprio lui.»

«E Einstein?»

«No, lui no! Non lo sai? Dovrebbe essere il tuo lavoro e non sai niente. Noi fantasmi abbiamo avuto una morte violenta. Omicidio, suicidio, guerra, esecuzione, un incidente spaventoso, a volte una malattia. Robert Oppenheimer aveva il cancro alla gola. Sigarette. Bomba. Siamo noi quelli che restano in giro.»

«Per quanto tempo?»

«Fin quando siamo liberi di andarcene.»

Sono io quello che vorrebbe andarsene. Sento che la serata attorno al fuoco sta volgendo al termine. «Pamela, devo andare a dormire.»

«Ci vediamo domani, Paul.» E scompare.

Metto la mano nello spazio che lei ha occupato. "Occupato" è la parola giusta, per chi non ha più un corpo? Qualunque sia la parola, quello spazio da poco vuoto è davvero vuoto, e gelido come il ghiaccio.

A letto fisso il soffitto. Perché teniamo gli occhi aperti pur sapendo che non possiamo vedere nulla?

C'erano solo due opzioni: A) avevo perso il senno; B) Pamela era un fantasma.

Il giorno seguente mi alzo presto, molto prima dei miei ospiti, per montare la passerella con cui realizzeremo la spettacolare levitazione della serata. La stretta piattaforma in acciaio inossidabile è assemblata in più parti, e stasera si estenderà per tutta la lunghezza della balconata. Pamela, cioè la mia attrice Pamela, sembrerà camminare nell'aria. Il ghiaccio secco nasconderà il semplice trucco di scena che si cela dietro l'illusione. Oggi la balconata sarà chiusa e non sarà visibile né dalla casa né dal giardino.

Stasera è la serata barbecue. Hot dog, hamburger e pannocchie grigliate. Caraffe di Negroni, birra con ghiaccio e, più tardi, omelette norvegese. Poi, quando gli ospiti avranno bevuto abbastanza da perdere un po' di lucidità, la seduta spiritica avrà inizio. Stasera, "Pamela" guiderà gli ospiti sul prato. Subito dopo la sua levitazione, i fuochi di artificio ci permetteranno di rimuovere rapidamente ogni traccia della passerella.

Quando arriverà il momento delle storie attorno al fuoco e del brandy, Pamela non ci sarà più. Una Pamela sarà sul treno per Londra; l'altra, spero, si sarà dematerializzata.

Sì, è la parola giusta. I fantasmi si materializzano e si dematerializzano. Non si visibilizzano. Deve avere preso l'abitudine di trasformare aggettivi e sostantivi in verbi da qualche ragazzetto. Un ragazzetto morto.

Fintanto che Pamela si de-visibilizza, posso perdonarle gli errori di grammatica.

La giornata è passata senza che la vedessi. Comincio a pensare che sia stata risucchiata indietro attraverso il portale del tempo, come una versione bionda e trans di Don Giovanni alla fine dell'opera.

I morti hanno il controllo delle proprie apparizioni e sparizioni?

Pamela ha detto di non essere riuscita materializzarsi fino a quando, in qualche modo, io non l'ho reso possibile. Ma se sono stato io a renderlo possibile, potrei anche depossibilizzarlo?

Questo pensiero ottimista mi tiene su di morale fino all'ora di accendere i barbecue. Abbiamo noleggiato un fantastico Rock-Ola, un jukebox americano, con duecento successi degli anni Sessanta. Sono di spalle, intento a scaldare i panini nel mini-forno, quando la musica esplode sulla terrazza. I Beatles, *Cant't Buy Me Love* (1964).

Mi giro di scatto: il Rock-Ola lampeggia con le sue luci al neon e Pamela, sospesa a mezz'aria, sta studiando l'elenco delle canzoni.

«Ciao, Pamela! Non eri già morta quando è uscito *A Hard Day's Night*?» Lei si gira verso di me, sorridendo dolcemente. Stavolta posso attraversarla con lo sguardo e vedere il jukebox dall'altra parte.

«Pamela, oggi sembri un po' più trasparente...»

«Lo so, caro. Ho poca energia.»

Sembra che le manchi un braccio. «Voi fantasmi soffrite per la mancanza di energia?»

«Oh, sì. E ci vuole molta energia per visibilizzarsi.»

«La parola giusta è "materializzarsi".»

«Non fare il noioso, Paul. Ce la sto mettendo tutta.»

Prendo la palla al balzo. «Se ce la stai mettendo tutta, perché non sparisci? Non c'è bisogno che resti qui, ti pare?»

«Ho un piano» dice Pamela. «E dal momento che sono qui, tanto vale che ne approfitti. Non hai idea di quanto ci si annoi a essere morti.»

Melvin sta zoppicando per il cortile. «Buongiorno, Paul. Sbaglio, o parli ancora da solo?»

«Come va il piede?»

«È gonfio. E stamattina dovevo andare a cavallo. Con un'amica.»

«Te l'ho detto che ha una tresca» commenta Pamela.

«Vuoi tacere?»

«Come, scusa?» dice Melvin, avvampando di un rossore più rosso del solito.

«Non stavo parlando con te, Melvin. Scusa.»

«Sei sicuro di stare bene, Paul? Forse tutto questo illusionismo ti sta dando alla testa.»

(Illusionismo?)

Pamela vola dietro Melvin e piazza la testa sopra la sua. Si mette a fare smorfie buffe. Io scoppio a ridere. Melvin non ci trova niente di divertente. «La sai una cosa? Mi sa che dovresti farti vedere da un dottore» dice.

«Può essere» rispondo, e poi (cosa mi è saltato in mente?): «Melvin, hai una tresca?».

Gli leggo la risposta in viso. La sua espressione è mutata velocemente come il tempo su un'isola: incredulità, choc, orrore, e infine indignazione.

«Chi è stato a spettegolare? La cameriera? La licenzio!»

«Me l'ha detto Pamela.»

«Pamela! Non dire sciocchezze, Paul. Non credo ai fantasmi, ma credo che tu sia un ficcanaso. Un subdolo ficcanaso» dice Melvin. «E se solo provi a dire una parola a mia moglie...»

«Lo sa...» dice Pamela.

«Lo sa...» ripeto io.

Salvato dal Negroni. In quel momento, alcuni degli ospiti si avvicinano, tenendo i cocktail in una mano e salutandomi con l'altra. Tutti amano i prestigiatori. Melvin si sforza di sorridere. Dopotutto, sono loro a pagare. Mentre si allontana zoppicando, punta il dito tozzo e macchiato contro di me. «Te ne pentirai.»

«Che uomo orribile!» dice Pamela. «Che famiglia orribile. Ma non preoccuparti, caro. Ricordati che ho un piano.»

«Hai pensato di andare in visita a Bournemouth?»

«C'è tutto il tempo.»

E immagino che su questo abbia ragione.

Il barbecue è stato un successo. Cibo, bevande, e nessuna materializzazione ultraterrena. Be', una sì, a dire il vero. Sono seduto, esausto, su una panchina, digiuno dall'ora di pranzo, quando un hot dog comincia a fluttuare nell'aria, puntando dritto verso la mia bocca come un siluro. Nessun segno di Pamela. Poi sento la sua voce: «Sto risparmiando energia, Paul. Ora mangia, forza!».

Do un bel morso. Mastico. Il pezzo restante si avvicina di più. «Un altro morso.»

Non ero più stato imboccato da quando avevo circa quattro anni. Finito di mangiare, Pamela mi ripulisce la bocca con un tovagliolo di carta.

Sta calando il buio. «È arrivato il momento della tavola Ouija» dice. «Non vedo l'ora.»

Gli ospiti si siedono attorno alla tavola. Le lampade verdi sono accese, l'atmosfera carica di aspettativa. Ho posizionato il filo magnetico, ma credo proprio che non servirà.

«Pamela!» dico. «Hai qualcosa da dirci?»

TOC!

«Due persone tra di voi, due a caso, potrebbero per favore posare gli indici sul bicchiere, così che lo spirito di Pamela possa parlarci?»

Immediatamente, il bicchiere comincia a girare vorticosamente attorno alle lettere. Temo che stia per incendiare la tavola.

M.E.R.D.E.

«MERDE a chi?» chiede la donna vestita da Brigitte Bardot.

«Aspettate! Si sta muovendo di nuovo. Mi sta staccando il braccio!»

M.U.R.D.E.

M.U.R.D.E.R.

Silenzio.

Non so che forza mi stia guidando. (In realtà, lo so.) «*Murder* vuol dire "omicidio"... Pamela! Chi è stato ucciso?»

I.O.

Un mormorio attraversa la tavola. Un'intera orchestra e un coro di OMMIODDIO! OMMIODDIO! OMMIODDIO! OMMIODDIO!»

«Chi ti ha ucciso, Pamela?»

H.U.G.O.

Orrore tra gli ospiti.

«Ma nel dépliant c'è scritto che è stata Pamela a lasciare Hugo!»

«Ogni famiglia ha i suoi segreti» dico. «Pamela! Dov'è Hugo, adesso?»

Sento la sua voce sussurrarmi all'orecchio: «Come si scrive Bournemouth?».

Prima di poterci spingere oltre, Melvin si precipita nella stanza e accende le luci al neon. «Adesso basta! Ne ho abbastanza! Più che abbastanza! Non ho assunto dei ciarlatani come voi per diffamare il nome della mia famiglia! Pamela era un'arrampicatrice sociale e una sgualdrina. Il mio prozio Hugo è un santo. Un santo che vive pacificamente in un bungalow all'interno di una struttura per anziani autosufficienti vicino al mare. Come osate?»

Gli ospiti, scioccati, non proferiscono parola.

«Penso che sia ora di uscire sul prato» dico. «Forse stasera Pamela camminerà di nuovo sulla terrazza.»

Mentre gli ospiti, sollevati, si alzano per uscire, prendo Melvin da parte. «Se vuoi che ti chiedano di essere rimborsati, continua pure a comportarti così.»

Mi sembra sorpreso. Ci sono uomini a questo mondo che immaginano di poter dire e fare tutto quello che vogliono senza pagarne le conseguenze. Melvin è uno di loro.

«Faremo i conti dopo» dice.

Esco. I miei assistenti hanno riempito la terrazza con il ghiaccio secco, e l'attrice "Pamela" sta "levitando" magnificamente. Uno degli ospiti viene a consolarmi. «È uno spettacolo fantastico. Un weekend fantastico. Trovo che il tema del delitto di stasera sia stato un colpo da maestro!»

«Grazie» rispondo. «Melvin prende tutto alla lettera. Non ha immaginazione.»

Un'esclamazione di stupore tra gli spettatori: Pamela, l'attrice, stava interpretando bene la sua parte, ma ora il suo cappello ha preso il volo e levita da solo circa un metro sopra la sua testa. Ma no, non è da solo che si è sollevato, è stata l'altra Pamela, che però resta invisibile, perfino a me. La mia attrice l'ha presa bene. Il copione prevedeva che il ghiaccio secco l'avvolgesse mentre si avvicinava all'estremità della passerella, così da poter scendere la scala e sparire all'interno. Poi, dal retro del giardino, avremmo fatto partire i fuochi di artificio, per spingere gli ospiti a girarsi. Però, quando la mia "Pamela" si volta per lanciare il suo ultimo raggelante sguardo, lancia invece un raggelante grido. L'altra Pamela l'ha fulminata con una scarica elettrica. Un lampo le è schizzato fuori dalla testa.

Attraverso di corsa il prato e salto il muretto basso, facendomi strada tra il ghiaccio secco, in preda alla tosse. Pamela l'attrice si è messa a sedere, pallida come un cencio, l'aspetto che si ha quando si viene fulminati. Il viso è coperto di fuliggine e il corpo fuma. Senza pensarci, prendo il tubo per l'irrigazione del giardino e indirizzo il getto d'acqua verso di lei. Si mette a sfrigolare.

L'aiuto a rimettersi lentamente in piedi e la porto in casa. Fuori stanno esplodendo i fuochi di artificio.

«Ti pagherò il doppio» dico.

Si sta toccando i capelli. «C'è qualcosa che non va.»

È vero. Il suo caschetto liscio e castano si è trasformato in una permanente in stile barboncino.

«Ti pagherò il parrucchiere.»

«Questa è l'ultima volta, Paul. Lo so, te l'ho detto anche quando mi hai infilata in quella coda da sirena cucendomela addosso e abbiamo dovuto andare all'ospedale per toglierla. Ma ora basta, sono seria.»

«Mi dispiace tanto.»

Ai suoi piedi si stanno formando delle pozzanghere nere.

Purtroppo, Melvin ricompare, e mi tocca affidarla al mio assistente. Poi Melvin fa cenno di avvicinarmi con un'espressione poco amichevole. «Cock, voglio dirti due parole.»

«Io sono Canterville...»

«Canterville o Cock, poco importa! Sei nei guai!»

Melvin mi guida per un corridoio deserto, o meglio, un corridoio che dovrebbe essere deserto; in realtà, una luce spettrale attesta la Presenza di Pamela. So che è lei.

Il corridoio conduce a un cortiletto interno. Alte pareti di pietra mi circondano e, dall'alto, piccole finestre ci occhieggiano dalle loro sbarre. Melvin ha staccato dalla parete un paio di buffi guantoni da box. Imbottiti, di un rosso acceso. Se li infila e comincia a colpirsi il palmo della mano destra con il pugno sinistro.

«Ti darò una lezione, Cock.»

«Canterville.»

Un passo avanti e mi centra. *Smack!* Così, di colpo. Vacillo. Si fa di nuovo avanti con un gancio sinistro. *Bam!* Temo che mi abbia rotto la mascella.

«Paul!» grida Pamela. «Riprenditi! Segui me! Segui i miei piedi!»

Appaiono due piedi nudi e luminosi. Melvin sta avanzando verso di me, urlando insulti. Colpisce di nuovo, mancando il bersaglio, poi ci ha riprova, ma senza fortuna. Barcollando, mi afferra per una spalla.

«Paul! Stai attento! Più veloce. A sinistra! Sinistra! Sinistra!»

Continuo a seguire i suoi piedi. Pamela è stata un'allenatrice di box, nella vita precedente? Esasperato dai colpi andati a vuoto, Melvin si lancia contro di me gridando, pronto a darmi una testata. Chiudo gli occhi. Dopodiché si ode un urlo terrificante, un urlo lungo, troppo lungo, ma che diventa via via più flebile, come se Melvin si stesse allontanando. Ed è proprio così.

Splash! Come quando un sasso cade in un pozzo.

Apro gli occhi. È proprio un pozzo. Sto guardando giù per un condotto stretto. Un buco nero.

«Per favore, Paul, rimetti il coperchio» dice Pamela. «Ecco perché non sono stata visibile tutto il giorno. Ho dovuto usare tutte le mie energie per spostare quel coperchio. È di ghisa.»

«Non dovremmo chiamare aiuto?»

«Perché? È morto.»

«Sei sicura?»

«Se non lo so io!»

Come darle torto? Trascino il coperchio sopra il pozzo.

«Ma perché hai ucciso Melvin e non Hugo?»

«Oh, Hugo morirà presto comunque. Sono passata da Bournemouth mentre voi vi godevate il barbecue e ho nascosto il salvavita che porta al collo. Poi gli ho fatto uno sgambetto mentre usciva per dar da mangiare agli uccelli. Ora giace inerme dietro la porta di vetro che si apre sul giardino.»

«Senti, andiamo a bere qualcosa?»

Torniamo in cucina. Preparo due Martini e li metto uno accanto all'altro.

«Sai, avrei potuto lasciare che Melvin ti uccidesse. Ci avevo pensato.»
«Uccidermi?»
«Sì, così avrei potuto averti tutto per me.»
Pamela è seduta a gambe incrociate sul tavolo della cucina.
«Invece, Paul, ho deciso di dare un po' di tregua alla sua povera moglie. Non si merita Melvin. E poi...»
«Poi cosa?»
«Ora questa casa può vantare sul serio una storia di fantasmi. Un pozzo infestato.»
«Melvin tornerà?»
«Oh, sicuramente. È furioso.»
«Spero che non ti dia del filo da torcere.»
«So come trattare gli uomini come lui.»
Annuisco, sorseggiando il mio Martini.
«Sai, Paul, non sono il tipo di ragazza che vive di rimpianti. Non mi rammarico neanche di quel balcone a Miami. Ma vorrei che ci fossimo incontrati prima. Quand'ero viva.»
«Io non ero ancora nato.»
«Già. È questo il problema del tempo. Niente accade mai quando dovrebbe accadere. Che pasticcio. È l'unico vantaggio che hanno i morti. Non devono più pensare a come gestire il tempo.»
Mi sorride. Un sorriso bellissimo, radioso. E poi, a poco a poco, inizia a scomparire, a partire dai piedi.
«Dove stai andando, Pamela?»
«Sembra proprio che me ne stia andando, vero?»
Ora è invisibile dalla vita in giù.
«Ti rivedrò?»
«Non credo, Paul, ma resterò in giro.»
Ora vedo solo la testa e il collo.
«Pamela, anch'io avrei voluto che ci fossimo incontrati prima.»
Quel sorriso radioso. «Tornerò per te. Quando sarà il tuo momento.»

«E se morissi tranquillamente nel mio letto?»

Sento gli ospiti che stanno raggiungendo la cucina per prendere dei biscotti. Tutto ciò che resta di Pamela è il suo sorriso.

«Farò in modo che non accada. Ciao, Paul, a presto!»

Mi chino per baciarla. Avverto un formicolio sulle labbra, una piccola scossa elettrica. Gli ospiti sono già entrati in cucina.

Pamela è scomparsa.

JW3: Tutti i fantasmi che non possiamo vedere

Ho già raccontato, in questo libro, che quando ero piccola vidi lo spirito di mia nonna lasciare questo mondo.

Poco dopo che era stata decorosamente sepolta, ma prima che fosse decorosamente compianta, mio nonno portò a casa la sua amante.

Progettavano di sposarsi, cosa che non era di alcun conforto per mia madre, e, poiché vivevamo tutti sotto lo stesso tetto, il clima era teso. Oggi mi rendo conto che a traumatizzarmi, della mia vita con i Winterson, non sono stati tanto gli choc improvvisi, quanto la quotidianità della nostra follia.

Alice, l'amante del nonno, di sera lavorava in un pub: era una barista bionda con un'acconciatura a nido d'ape e gli stivali di ordinanza, in puro stile anni Sessanta. Stranamente, portava anche degli occhiali dalla montatura spessa, foggia anni Cinquanta, che le conferivano un'aria stramba, una via di mezzo tra una Brigitte Bardot casereccia e Austin Powers.

Se già il lavoro al pub era difficile da mandare giù per Mrs Winterson, che era astemia, la seconda attività di Alice non faceva che peggiorare le cose. Ciò che pubblicizzava, infatti, erano i suoi servizi come medium. Si proponeva da intermediaria per entrare in contatto i Morti.

Mia madre credeva negli spiriti, ma non credeva che si potessero contattare. Se si manifestavano, be', tu che colpa ne avevi? Evocare gli spiriti, però, era proibito, e quando succedeva le cose non andavano mai secondo i piani. Si veda la storia della strega di Endor, nel primo libro di Samuele.

Alice non si preoccupava dei sentimenti di Mrs Winterson. Passava il tempo libero a evocare parenti defunti, pronti a rispondere in squadra, come in un quiz televisivo, a qualsiasi domanda su qualsiasi argomento, ma soprattutto a sottolineare quanto lei fosse perfetta per il nonno, e ad augurare loro ogni bene per la loro nuova vita insieme.

Ma questo copione era prevedibile; le cose strane erano ben altre.

Le finestre che si aprivano e si chiudevano da sole. I colpi e i tonfi che risuonavano nei momenti più insoliti, senza un intervento umano evidente. Il profumo di fiori che aleggiava nelle stanze, un sentore che non era di rosa, ma di mimosa, ossia il Fiore-più-detestato-da-Mrs-Winterson.

La manifestazione più strana era un rumore di strofinamento, simile a quello che produce una persona inginocchiata a terra a lavare il pavimento con un secchio e una spazzola. Lo udivo spesso quando entravo in cucina al mattino. Avevo l'abitudine di scavalcare le sbarre del mio lettino per esplorare la casa in totale solitudine. Ancora oggi, al mattino presto, mi piace stare da sola.

Ben presto, Mrs Winterson si stancò dei profumi, dei colpi e degli strofinii, ma soprattutto delle esortazioni alla felicità, uno stato d'animo di cui non si fidava affatto. Decise che Alice sarebbe stata in grado di occuparsi autonomamente del nonno – della cucina, della pulizia della casa, del bucato – e così ce ne andammo da quella casa, una costruzione indipendente con i suoi tre giardini e alle spalle una valle stretta e scoscesa, per tornare nel nostro angusto terratetto a schiera, su una lunga strada che partiva da una collina e arrivava fino in città.

Con ogni probabilità, era ciò che Alice si augurava accadesse. Non sarebbe stata certo la prima a sfruttare un'invasione di fantasmi, vera o inventata, per riorganizzare una casa.

A casa nostra mancava il bagno: il gabinetto era in un gabbiotto nel cortile, accanto alla legnaia. Entrambi i bugigattoli erano pieni di ragni neri, anche se il colore naturale dei ragni non era il nero. Ma negli anni Sessanta il carbone imbrattava ogni cosa.

Nella nostra cucina c'era un lavandino di pietra sormontato da uno scaldabagno, un forno a gas che non cuoceva la carne o la bruciava fino a farla diventare nera e una capiente dispensa. Non avevamo il frigorifero. Non potevamo permettercelo, ma in realtà in cucina faceva un freddo tale che non se ne sentiva il bisogno.

Oltre ai ragni, c'erano i topi. Un sacco di topi. Secondo Mrs Winterson, i topi si trovavano nelle case della povera gente (come la nostra), ma lei non si sentiva povera, e dunque si rifiutava di ammettere che ci fossero i topi. Ogni qualvolta vedevo un'ombra grigia sfrecciare dietro la dispensa, esclamava: «Ectoplasma!».

La vita della nostra famiglia era tutta concentrata nello sforzo di chiamare le cose con altri nomi. Finché non venivano chiamate con il nome giusto, non erano vere. Conosciamo tutti quelle fiabe in cui dare un nome alle cose significa esercitare su di esse un potere. Scopri il nome di quel nanetto ultraterreno, e il suo potere diventerà il tuo. Tremotino. Tutta quella paglia. Tutto quell'oro.

Spesso, nella vita, ci sforziamo di non sapere, di non nominare, o di rinominare e s-nominare. Non sono topi (abbiamo freddo, siamo poveri e sporchi). È un ectoplasma. Siamo gente speciale.

L'ectoplasma, nella biologia cellulare, è lo strato esterno del citoplasma, e di certo non era citoplasma quello che scorrazzava nella nostra cucina. Alla fine del diciannovesimo secolo, i medium avevano cominciato a definire "ectoplasma" la manifestazione fisica dell'energia spettrale. Spesso li vomitavano, questi ectoplasmi – non era proprio un bel vedere –, ma potevano apparire un po' ovunque.

Mrs Winterson attribuiva loro qualsiasi malfunzionamento domestico, dallo scarico intasato allo sfarfallio delle immagini in televisione.

Vivendo così, in una povertà degradante e con un orgoglio smisurato, avvolti in una fede che faceva affidamento sul soprannaturale come pietra angolare della verità, cos'altro potevamo fare se non aspettarci incontri ultraterreni?

Mio padre mi ha raccontato che, da giovane soldato partito per la Seconda guerra mondiale, nel 1941 era tornato in licenza per fare visita a sua madre a Liverpool. Arrivato troppo tardi per l'ultimo autobus e troppo stanco per proseguire a piedi, aveva cercato riparo in una fila di case a schiera, evacuate per motivi di sicurezza. Un soldato che non conosceva gli si era avvicinato e gliene aveva indicata una vuota. Erano entrati insieme. Mio padre aveva staccato una tenda polverosa per avvolgercisi e si era addormentato su un divano sfondato. Ricordava che quell'uomo gli aveva fatto un cenno di assenso, sorridendo. Aveva detto di chiamarsi Stephen.

La mattina seguente, mio padre era stato svegliato da un poliziotto. Tutte le case della fila erano state bombardate, tranne la sua. Era così stanco che non si era accorto di niente. Ci aveva fatto l'abitudine a dormire sotto il fragore delle bombe e dei proiettili. Era andato a cercare Stephen, ma di lui nessuna traccia.

Più tardi, al pub, aveva chiesto informazioni sul suo conto. Stephen? Sì, era sua la casa dove mio padre aveva dormito, ma Stephen era morto in guerra nel 1940.

Come interpretare tutto questo? Da bambina ho vissuto una vita proiettata su più piani, piani così vividi che adesso non riesco a districare i fili della realtà da quelli dell'immaginazione. Non sono sicura che realtà e immaginazione siano separate; non lo sarebbero, se prendessimo per vero che realtà e coscienza sono fatte della stessa sostanza. I nostri antenati accettavano che la realtà fosse stratificata, visibile e invisibile al tempo stesso. Chi crede in un dio continua a sperimentare la realtà su livelli diversi, o, perlomeno, è ciò di cui si convince.

Gli esseri umani riescono a vedere meno dell'1% dello spettro elettromagnetico, una piccola parte di luce che definiamo "luce visibile". Non possiamo vedere le onde radio, i raggi gamma, i raggi X, la luce ultravioletta. Eppure, ce la caviamo benissimo; il nostro unico errore è ostinarci a rinominare la luce visibile – ciò che possiamo vedere – chiamandola "realtà".

C'è molto di più, nel vasto mondo, di quello che i nostri occhi possono vedere.

VISITAZIONI

Aria rarefatta

Nell'Oberland Bernese, in Svizzera, si trova la famosa località sciistica di Mürren. Mürren non è raggiungibile in auto. Si deve arrivare in treno a Lauterbrunnen, e da lì prendere la funivia per raggiungere il paese.

Tre cime ti scrutano dall'alto: l'Eiger, il Mönch e la Jungfrau. Gli inglesi cominciarono a frequentare Mürren nel 1912.

In quello stesso anno, il Capitano Scott morì al Polo Sud. Si era parlato molto di lui, del suo eroismo e del suo sacrificio, e di come ai britannici toccasse farsi carico del fardello dell'Impero, con metà della mappa del mondo colorata di rosa come una scatola di salmone.

Poi arrivò la guerra.

Quando i britannici tornarono numerosi a Mürren, era il 1924. Arnold Lunn vi tornò con suo padre, Sir Henry, un pastore che, non essendo riuscito a convertire gli indiani di Calcutta al metodismo, aveva deciso di annunciare ai britannici la gloria delle Alpi.

Fu il giovane Arnold a innamorarsi dello sci alpino e a farlo diventare uno sport competitivo. Prima di lui, non era altro che il modo più veloce per scendere a valle.

Nel 1928, Arnold e i suoi amici scalarono la cima dello Schilthorn, sopra Mürren, e scesero per quattordici chilometri fino a Lauterbrunnen: una discesa mozzafiato, da far rizzare i capelli, inarcare le sopracciglia, contorcere le budella, distruggere le ginocchia, spezzare le gambe, intorpidire la mente e far battere il cuore. Si divertirono così tanto che la rifecero. Più e più volte, gareggiando tra loro. E chiamarono quella pista "l'Inferno".

E da allora, ogni anno, il mondo torna qui per rifarla.

Io e i miei amici non siamo tipi da affrontare una discesa come l'Inferno. Piuttosto, all'inizio di ogni nuovo anno, ci accordiamo per incontrarci e ricordare i vecchi tempi, lasciandoci alle spalle le nostre vite sparse per il mondo. Siamo stati colleghi, o studenti nello stesso college, o vicini di casa, finché uno di noi non si è trasferito altrove. Mariti e mogli non sono ammessi al viaggio. Il nostro è un club di soli amici. Non è Meta, non è TikTok. Non postiamo su Instagram e non carichiamo foto. E, durante l'anno, non ci teniamo molto in contatto.

Ma se siamo vivi, ogni fine anno, ci ritroviamo qui, a Mürren. Alloggiamo al Palace Hotel e organizziamo la nostra prima cena insieme il 3 gennaio.

Fu dopo una buona cena a base di trota e patate, seduti davanti a un fuoco scoppiettante al momento del caffè, del brandy o di entrambi, che uno di noi, Mike, propose di raccontare storie di fantasmi, storie vere, esperienze soprannaturali vissute in prima persona.

Mike era fatto così, era un tipo esuberante che aveva sempre voglia di sperimentare cose nuove. Dall'anno prima, così ci disse, aveva cominciato a fare ricerche sul paranormale.

Quando gli domandammo perché, affermò che tutto aveva avuto inizio lì a Mürren. Ok, ma perché non ce l'aveva detto prima?

«Non ero sicuro di cosa fosse successo. E temevo che mi avreste preso in giro.»

In effetti, lo stavamo prendendo in giro. Chi crede ai fantasmi oltre ai bambini e alle vecchie signore? Mike si protese, alzando la mano per fermare il flusso di battute e commenti sugli acchiappafantasmi e sugli effetti delle troppe bevute.

«Non ero ubriaco. Era giorno. Voi eravate tutti sulle seggiovie per lo slalom. Io avevo deciso di sciare fuori pista, per schiarirmi le idee. Come ben sapete, l'anno scorso il mio matrimonio era in crisi.»

All'improvviso si fece serio. Noi eravamo tutt'orecchi.

Mike continuò: «Ero da solo e sciavo piuttosto veloce, ma poi, sul passo sopra di me, ho visto un altro sciatore, spaventosamente in alto, come se stesse sciando su una corda tesa. Mi sono fermato, gli ho fatto un cenno con la mano e ho gridato, ma la figura ha proseguito. Era come se fosse sospeso in aria. Ho ripreso a sciare, pensando che più tardi, al bar, avrei cercato di capire chi fosse quel tipo che sciava nell'aria rarefatta. Poi, circa un'ora dopo, non lontano da qui, l'ho rivisto. Sembrava cercare qualcosa. L'ho raggiunto con gli sci per aiutarlo. Gli ho chiesto: "Hai perso qualcosa, amico?"

«Lui mi ha guardato dritto negli occhi – non dimenticherò mai quello sguardo; occhi azzurro-latte, come l'azzurro del sole sulla neve al mattino. Mi ha chiesto l'ora. Gliel'ho detta. Mi ha spiegato che aveva perso la piccozza. Allora ho pensato che magari era un geologo. Aveva uno zaino con gli scomparti per gli attrezzi, avete presente?

«Era vestito in modo davvero strano. Come se fosse uscito così com'era e poi si fosse infilato gli sci. Un maglione spesso da marinaio, quelli a trecce, capito quali? Niente microfibra fluorescente. Indossava gli scarponi da sci, ma erano scarponi in cuoio di altri tempi, con quei lunghi lacci che si avvolgono attorno alla caviglia, come si usava in passato. E i suoi sci, non sto scherzando, credetemi, i suoi sci erano di legno.

«Ma c'era dell'altro. Avevo la sensazione di guardargli attraverso. Come se fosse una lastra di vetro o di ghiaccio. Non sembrava sentire il freddo, ma faceva sentire freddo a me. Tremavo tutto. La mia impressione era che non desiderasse la mia compagnia, così mi sono allontanato un po' con gli sci, per poi girarmi a guardarlo. Non c'era più».

L'avevamo ascoltato in silenzio. Quando ebbe finito, intervenimmo tutti insieme. Ognuno di noi aveva la sua spiegazione da offrire: a volte all'hotel si organizzano delle manifestazioni a tema sci d'epoca, con gli sci di legno, l'abbigliamento pesante e via dicendo. E Mike aveva ammesso che era stanco e un po' stressato. L'aria lì fa quest'effetto.

Le nostre obiezioni escludevano l'ipotesi di un fantasma. Mike scuoteva la testa. «Vi dico che ho visto qualcosa. Per tutto l'anno ho cercato di darmi una spiegazione. Ma non c'è una spiegazione. Un uomo appare dal nulla e torna nel nulla.»

Mentre stavamo discutendo si avvicinò Fabrice, uno dei manager dell'albergo, offrendoci da bere a spese della casa e chiedendoci se poteva unirsi a noi. «È la notte dei fantasmi, Fabrice» gli disse Mike. «Hai mai sentito una storia simile da queste parti?»

E Mike cominciò a ripeterla, come un ubriaco in un bar che piagnucola per la sua ragazza. Certo, era ubriaco, ma vedevo che era anche agitato. Sentivo il bisogno di un po' di tranquillità, così mi scusai e me ne andai. Volevo prendere un po' d'aria. Quando si arriva qui, serve un po' di tempo per abituarsi. Il calore del fuoco e il brandy mi avevano fatto venire sonno, ma non volevo ancora andare a letto. Uscii, con l'intenzione di fare un giro attorno all'hotel.

Mi piace guardare dentro le stanze piene di gente. È come guardare un film muto. Lo facevo sempre quand'ero bambina: osservavo i miei genitori e le mie sorelle, sapendo che non potevano vedermi. Ora, nell'aria frizzante e stellata, guardavo dentro l'hotel e vedevo la mia compagnia, i miei amici, tutti a ridere e pieni di vita. Sorrisi tra me. Ecco cosa vuol dire avere degli amici, percepire quell'armonia, quella serenità.

Poi, mentre guardavo, un altro ospite entrò nella biblioteca. Non lo conoscevo. Con il tempo impari a conoscere i volti degli ospiti abituali. Era giovane e forte, a suo agio nel proprio corpo. A giudicare dagli abiti, era britannico. Indossava pantaloni di lana, una camicia color kaki e una cravatta corta infilata dentro una giacca di tweed aderente. Quel look senza tempo che i britannici sanno bene interpretare. Non degnò nemmeno di un'occhiata il nostro gruppo; prese un libro da uno scaffale e scomparve dentro una porta nascosta nel pannello della parete. La biblioteca ricalca lo stile di un club per gentiluomini di circa cent'anni fa, quando l'hotel fu inaugurato. Poltrone di pelle, mobili in legno, un'atmosfera calda con dipinti di animali, vecchie foto incorniciate, giornali.

Rientrai; gli altri si stavano divertendo, ma io non mi sentivo ancora dell'umore giusto. D'istinto seguii lo sconosciuto. L'hotel aveva fatto dei lavori di ampliamento. Oltre quella porta, doveva esserci la nuova ala.

Ma quando la oltrepassai, seguendolo, mi resi conto di essere nella parte più vecchia. Doveva trattarsi dell'area adibita ai servizi, perché non ci ero mai stata prima.

Riuscii a vedere le gambe dell'uomo scomparire su per una scala stretta. Perché lo seguii? Non di certo per rimorchiarlo. Eppure, quando arrivo in quel posto, mi sento libera e temeraria. È un effetto dell'aria. Sì. L'aria lì è radiosa; è come respirare luce.

Dalla porticina di una stanzetta incastonata sotto il tetto spiovente, in cima alle scale, proveniva un fioco bagliore. La stanzetta pareva un'aggiunta successiva, il frutto di un ripensamento. Ebbi un attimo di esitazione. Attraverso la porta socchiusa lo vidi, seduto di spalle, intento a sfogliare un libro. Bussai. Lui si voltò. Spinsi la porta.

«Ha portato l'acqua calda?» chiese. Poi si rese conto dell'errore.

«Non si scusi, sono io che la disturbo. Faccio parte della compagnia rumorosa che sta al piano di sotto.»

Il giovane sembrò confuso. Aveva le spalle larghe, il fisico asciutto di un vogatore o di un alpinista. Si era tolto la giacca di tweed. I pantaloni erano tenuti su dalle bretelle.

Se ne stava lì, in camicia e cravatta, con quell'aria formale e al tempo stesso teneramente vulnerabile che solo gli inglesi riescono a trasmettere.

«Stavo per mettermi a leggere questo libro sull'Everest» disse. «Ci andrò più tardi, quest'anno. Prego, entri. Non vuole entrare?»

Entrai. La stanza non sembrava affatto una camera d'albergo. Un fuoco basso ardeva nel camino e un divano era accostato alla parete.

Su un comodino si trovavano una brocca per l'acqua e una bacinella. In mezzo alla stanza c'era un baule di pelle disfatto a metà, con sopra un pigiama spiegazzato. Due candele sgocciolavano sul camino. Una lampada a olio illuminava la scrivania accanto alla finestra. Una sedia dallo schienale rigido era abbinata alla scrivania, e una poltrona di velluto rosa era stata avvicinata al fuoco. Non sembrava esserci elettricità.

Lui seguiva il mio sguardo. «Non sono ricco. Le altre stanze sono più accoglienti. Be', sono sicuro che lo sa. Ma questa è più intima. Vuole sedersi? La poltrona è comoda. Prego, Miss...?»

«Piacere, mi chiamo Molly. Diamoci del tu» dissi, porgendogli la mano.

«Io sono Sandy» rispose. «Devi essere americana.»

«Perché?»

«Non hai l'accento americano, ma sembri molto sicura di te.»

Risi. «Lo sapevo, sto disturbando... Me ne vado.»

«No! Dico sul serio, davvero... e scusa la mia maleducazione. Siediti accanto al fuoco. Dai, te ne prego.»

Frugò nel suo zaino, che sembrava fatto di tela e pelle, con un sacco di tasche, e ne estrasse una fiaschetta. «Vuoi del brandy?» Versò due dosi generose negli unici bicchieri disponibili, che usava per lo spazzolino e il dentifricio.

«Non ero mai stata in quest'ala dell'hotel. È molto pittoresca. Immagino che non l'abbiano mai restaurata. Fa parte della ricostruzione storica dell'epoca?»

Sandy sembrava di nuovo confuso. «Ricostruzione?»

«Hai presente quando fanno vedere come si sciava ai tempi di Arnold Lunn?»

«Conosci Arnold Lunn?»

«Ne ho sentito parlare, come tutti quelli che alloggiano qui, del resto.»

«Sì, è davvero un personaggio, non ti sembra? Lo sapevi che la sua storia si intreccia con quella Sherlock Holmes?»

Non ne sapevo nulla, ed era palese che lui non vedeva l'ora di raccontarmelo.

Sembrava così entusiasta, quasi impaziente. Si sporse in avanti, tirandosi su le maniche. La sua pelle era bianchissima.

«Il vecchio Sir Henry, il padre di Arnold, adorava le avventure di Sherlock Holmes. Le leggeva di sera ad alta voce davanti al fuoco. Diceva sempre che erano fatte per essere lette ad alta voce, e io sono d'accordo con lui. Comunque, Conan Doyle si trovava nell'Oberland Bernese con Sir Henry, in uno dei suoi tour sulle Alpi. Era apatico e abbattuto, perché voleva uccidere Sherlock Holmes per potersi dedicare agli studi sul paranormale, ma non sapeva bene come fare. Da non crederci, vero? Voleva fare ricerche sul paranormale e smettere di scrivere quei dannati romanzi gialli.»

Sandy faceva sì con la testa, ridendo fra sé. Bevve un gran sorso di brandy e ne versò dell'altro a entrambi. Aveva mani grandi e forti, le mani più bianche che avessi mai visto in un uomo.

«È piacevole avere compagnia» disse. Gli sorrisi. Era davvero molto attraente.

«Non sapevo che Arthur Conan Doyle credesse nel soprannaturale.»

«Oh, sì. Si era convertito allo Spiritismo e ci credeva fermamente. E Sir Henry, benché fosse dispiaciuto di dover dire addio a Sherlock Holmes, voleva aiutare il suo amico.

Così gli disse: "Fai precipitare Holmes nelle cascate del Reichenbach". Conan Doyle non ne aveva mai sentito parlare e non aveva idea di dove si trovassero. Sir Henry, grande esperto delle Alpi, lo portò alle cascate, e in quel momento Conan Doyle capì di aver trovato la soluzione. E fu così che Holmes e Moriarty morirono. Mi è piaciuta tanto quella storia, *Il problema finale*.»

Dissi: «Se bisogna andarsene, tanto vale farlo in modo spettacolare. E magari mettere in scena un ritorno in grande stile».

Il suo viso mutò d'espressione: dolore e paura. Si alzò di scatto. Sembrava stesse parlando con qualcuno. «Aggrappati alla corda! Mi senti? Tieniti forte!»

Ero confusa. «Scusami, Sandy, cosa stai dicendo?»

Sandy si passò una mano sulla fronte. «Perdonami, sto farneticando. Quello che volevo dire è che gli inglesi preferiscono vivere bene piuttosto che vivere a lungo.»

«Sul serio?»

«Ci sono stati così tanti ragazzi, troppo giovani per combattere in guerra, che non si sono mai perdonati di non aver compiuto l'estremo sacrificio. Avrebbero affrontato qualsiasi pericolo, sarebbero andati ovunque, avrebbero fatto di tutto.»

«Perché rischiare inutilmente la propria vita?»

«Per la gloria! Perché non rischiarla? È il massimo che un uomo possa fare.» Poi si fermò a riflettere. «Sicuramente per voi donne è diverso.»

«Perché partoriamo i figli?»

«Qualcuno deve prendersi cura dei bambini. Anche se, ora che le donne hanno il diritto di voto, mi chiedo cosa succederà.»

«Esercitare i propri diritti democratici non impedisce di prendersi cura dei bambini!»

«Suppongo di no. Non ho mai considerato le cose dal punto di vista di una donna.»

Di norma, a quel punto, mi sarei offesa, ma c'era qualcosa in lui, qualcosa di vero e sincero, che gli impediva di risultare offensivo.

Guardò il fuoco. «Ti andrebbe di venire a sciare con me domani? Conosco dei percorsi impegnativi. Secondo me tu potresti affrontarli.»

Sorrisi. «Lo prendo come un complimento. Sì, perché no? Mi farebbe piacere. Solo una cosa, Sandy, quando tu parli della guerra, intendi...»

«La Grande guerra.»

«È stata una guerra spietata. Ma è successo molto tempo fa.»

Si rabbuiò. Poi annuì lentamente, fissandomi con quei suoi occhi azzurri, penetranti come laser. «Credi nell'Aldilà?»

«Affatto. E tu?»

Rimase in silenzio. Apprezzavo la sua serietà. Non aveva guardato il telefono nemmeno una volta. E leggeva libri. Vecchi libri. Vedevo quello che aveva preso in prestito, aperto sul piccolo scrittoio dove era stato posato.

«Non è una questione di fede» disse alla fine. «Quello che crediamo, o non crediamo, non fa alcuna differenza. Alla fine, le cose sono come sono.»

Non avevo intenzione di avventurarmi in un dibattito sulla vita dopo la morte, quindi cambiai argomento.

«Hai detto che stai per scalare l'Everest?»

Il suo viso brillava alla luce del fuoco. Annuì con entusiasmo.

«Sì, è una spedizione ufficiale britannica. Sono responsabile delle bombole di ossigeno, niente di eroico. Non credo che arriverò in cima, ma è un onore essere stato scelto. Tutti gli altri sono molto più esperti di me. Sono sempre stato affascinato dalla montagna e dalla natura selvaggia, dai ghiacciai e dalle gelide terre inesplorate.

«Quand'ero un ragazzo, divoravo tutto quello che potevo trovare sul conto del Capitano Scott e sull'Antartide... e su quell'imbroglione di Amundsen.»

Alzai la mano per fermarlo. «Be'! Amundsen usava le slitte trainate dai cani, non dai pony. Ecco perché è arrivato per primo. Non stava barando.»

Sandy bevve il suo brandy tutto d'un fiato. «Tanto per cominciare, Amundsen non avrebbe mai dovuto competere con Scott. La nostra era una spedizione scientifica. Amundsen cercava solo la gloria.»

Scrollai le spalle. «Benvenuto nel mondo moderno.»

«È stato un colpo basso. Io non voglio scendere così in basso.»

«Perché vuoi scalare l'Everest?»

«Mallory l'ha detto meglio di come lo possa dire io: "Perché è lì". Non lo sai...? Spero che tu lo sappia, che tu capisca: quando arriva la chiamata, non devi mai rifiutarla.»

Sandy guardava fuori dalla finestra. Sembrava bianco, distante e monumentale come una statua di marmo.

Rabbrividii. Forse era per via del fuoco che si stava spegnendo, o forse perché il mio viso si era prima arrossato e poi raffreddato quando l'alcol aveva smesso di fare effetto, o magari c'entrava il chiarore della luna che risplendeva attraverso la finestra spoglia e luminosa. Lo guardai, guardai le sue dita lunghe e sottili, la mascella squadrata come una testa d'ascia. Era come se l'avessero scolpito nella roccia lunare, quel ragazzo.

«Quanti anni hai, Sandy?»

«Ventuno. Non posso farti la stessa domanda perché non si chiede l'età a una signora.»

«Ne ho quaranta.»

Sandy scosse la testa. «Sei troppo attraente per avere quarant'anni. Spero che non ti dispiaccia se ti definisco attraente. Preferisco attraente a bella.»

Non mi dispiaceva affatto.

«Parto per l'Himalaya in aprile. Passerò dal Darjeeling. Poi andrò in un monastero ai piedi della montagna. Rongbuk. Ci fermeremo lì. I monaci credono che la montagna, l'Everest, canti. Che la musica sia troppo acuta per essere udita da noi, ma che certi maestri buddisti possano sentirla.»

«È una teoria un po' troppo mistica per i miei gusti.»

«Davvero? Quando sei qui a Mürren, non ti senti come se fossi più leggera?»

Annuii. «Be', un po' sì, ma è per via della rarefazione dell'aria. È una questione fisiologica. È...»

Sandy mi interruppe. «In montagna ci si sente leggeri perché il mondo solido si smaterializza. Non siamo gli oggetti dimensionali che crediamo di essere.»

«Sei buddista?»

Sandy, spazientito, scosse la testa. Capii che lo stavo deludendo. Ci provò di nuovo, guardandomi dritto negli occhi. Quegli occhi... Si accovacciò sui talloni, il suo viso sotto il mio. «Quando scalo una montagna, capisco che è la gravità a proteggerci dalla leggerezza del nostro stesso essere, così come il tempo ci fa da scudo contro l'eternità.»

Mentre parlava, il brivido che mi aveva attraversato si trasformò in gelo. In me era penetrato qualcosa di freddo. La temperatura stava scendendo. Avevo le mani intorpidite. Poi vidi che c'era uno strato di ghiaccio sul vetro interno della finestra.

Sandy guardava nel vuoto, oltre me, come se si fosse dimenticato della mia presenza. Fu allora che notai qualcosa di strano nei suoi occhi: non batteva le palpebre.

Quando parlò di nuovo, nella sua voce c'era una disperazione incontrollabile. «Non ho mai cercato di sfuggire ai fuochi travolgenti dell'esistenza. Non è la morte che dobbiamo temere. È l'eternità. Capisci?»

«Temo di non capire, Sandy.»

«La morte... è una via d'uscita, vero? Non importa quanto profondamente la si tema, sapere che ci sarà una via d'uscita è pur sempre un sollievo, no?»

«Non ho mai pensato alla morte.»

Si alzò di scatto e andò alla finestra. «E se ti dicessi che morire non è una via d'uscita?»

Mi alzai anch'io. Avevo bisogno di muovermi per riscaldarmi. Dissi: «Non sono religiosa».

«Lo scoprirai. Quando arriverà il momento, lo scoprirai da sola.»

Mi sembrò che fosse ormai notte inoltrata. Quante ore erano passate? Non c'era un orologio nella stanza. Guardai il mio. Il vetro si era rotto.

«Si è rotto, vero?» La sua voce mi giungeva lontana, come se stesse parlando con qualcun altro. «Dovresti mettertelo in tasca.»

«Devo averlo urtato.»

«Questa maledetta roccia friabile! La montagna è marcia.»

«Quale montagna? L'Eiger?»

«No, non l'Eiger! L'Everest! Non è una beffa che si chiami così? *Ever Rest*, "riposo eterno". E invece niente riposo, mai. Non su quella roccia spietata e implacabile. Nessuna pausa, niente sonno, e, se sei sfortunato, venti a centocinquanta miglia all'ora, e sei sempre sfortunato... E i britannici l'hanno chiamato *Ever Rest*. Secondo te lui pensava ai Morti?»

«Lui chi, Sandy? Chi stava pensando ai Morti?»

«Sir George Everest. Non crederai che una montagna dell'Himalaya sia stata chiamata Everest dai tibetani o dai nepalesi, vero? È stata la Royal Geographical Society, nel 1865, a chiamarla così, in onore di Sir Everest, Ispettore generale dell'India. Va detto, a suo merito, che lui si oppose, dicendo che quella parola non poteva essere scritta o pronunciata in hindi. Per loro, l'Everest sarà sempre la Sacra Madre.»

«Che razza di madre, quella che uccide tanti suoi figli!» dissi.

«Ci sono luoghi sacri. Luoghi dove non si dovrebbe andare. Non lo sapevo finché non siamo stati al monastero di Rongbuk.»

«Ci sei già stato? Pensavo dovessi andarci adesso.»

Si passò la mano tra i capelli. «Sì, sì, giusto. Che ora è? Il sole è tramontato.»

Sembrava confuso. Decisi di continuare la conversazione, facendo finta di niente, alla maniera dei britannici. «Mi sbaglio o durante la Rivoluzione culturale, nel '74, i cinesi hanno distrutto il monastero originario di Rongbuk, quello fondato nel 1902?»

Sandy non mi stava ascoltando. Frugava nello zaino, il suo corpo grande chinato su di esso come quello di un bambino. Parlava con voce stanca, disperata. «Ho perso la piccozza.»

Sapevo che dovevo andarmene. Mi alzai per mettermi il cappotto, ma i miei piedi si muovevano a fatica. Ero paralizzata dal freddo. La stanza si stava lentamente pietrificando.

Tutto sbiancava. Le tonalità calde del legno lucido si erano sbiadite, come un osso al sole, come un cadavere sul fianco di una montagna. Il fuoco si era spento in un inutile cumulo grigio, simile anch'esso a una montagnetta. Le tende incorniciavano come lastre di ghiaccio la finestra gelata.

Cosa stava succedendo? Mi toccai la nuca: era bagnata. Fredda e bagnata. La poltrona di velluto rosa si stava riempiendo di chiazze di umidità. Mentre Sandy restava in ginocchio, in una posa che era insieme supplice e disperata, vidi che sulla sua camicia color kaki si erano depositati dei fiocchi di neve. Una visione tanto spaventosa quanto bellissima. Come potevano convivere quelle due sensazioni? Bellissima e spaventosa, era mai possibile?

Nella stanza aveva cominciato a nevicare.

«Sandy! Prendi la giacca. Forza! Vieni con me!» L'azzurro chiaro dei suoi occhi mi abbagliava.

Il vento si alzò e, come la neve, penetrò nella stanza, sollevando e abbassando il coperchio del baule di pelle sul pavimento. Tutto l'ambiente vibrava, tanto che si spensero le candele sul camino. La lampada a olio era ancora accesa, ma la sua fiamma chiara vacillava e il paralume di vetro si stava appannando per l'anidride carbonica. L'aria nella stanza era troppo rarefatta, e anche se il vento soffiava mancava il respiro.

Sandy era immobile accanto alla finestra.

«Sandy! Andiamocene!»

«Posso baciarti?»

Che assurdità. Stavamo per morire e lui voleva baciarmi. Non so perché, ma mi avvicinai. Gli misi la mano sul petto e mi alzai in punta di piedi mentre lui chinava la testa. Non dimenticherò mai la sensazione delle sue labbra sulle mie, quel freddo bruciante. Quando socchiusi la bocca, lui inspirò l'aria nella sua, come se fossi una bombola a ossigeno: è questa l'immagine che mi balenò nella mente.

Dunque inspirò, e io sentii i polmoni contrarsi e l'aria che di colpo fuoriusciva dal mio corpo. La sua mano sul mio fianco, così lieve, così fredda. Fredda. E ora anche le mie labbra bruciavano.

Mi allontanai di scatto, ansimando, con i polmoni che si gonfiavano per lo sforzo. Ora lui era meno pallido e un accenno di rossore gli colorava le guance. Lanciò un grido disperato: «Aggrappati alla corda!».

Mi ritrovai davanti alla porta. Dovetti fare forza con entrambe le mani per aprirla, bloccata com'era da un cumulo di neve. Corsi giù per quella scala ripida, rischiando di cadere a ogni passo, inciampando nel buio. Non so come, riuscii a tornare nella parte principale dell'hotel. Dovevo chiedere aiuto.

Il bar era chiuso. La biblioteca, dove avevamo trascorso la serata dopo cena, era ora deserta, il fuoco spento da tempo. Attraversai di corsa la hall. Il portiere di notte, alla reception, sembrò sorpreso di vedermi. Gli chiesi: «Dove sono andati tutti gli altri?».

Lui inarcò le sopracciglia e allargò le braccia. «Sono le quattro e quaranta del mattino, signora. Gli ospiti sono andati a dormire.»

Non era possibile che mi fossi assentata così a lungo. Ma non era il momento di discutere. «Il giovane che alloggia nella parte vecchia dell'hotel... Nella sua stanza sta entrando la neve. Rischia di morire congelato.»

«Non c'è nessuno nella parte vecchia dell'hotel, signora.»

«E invece sì! Si passa dalla porta in fondo alla biblioteca, le mostro io come arrivarci.»

Il portiere di notte prese le sue chiavi e la torcia e mi seguì. Tornammo in biblioteca fino alla porta intagliata nel rivestimento di legno. Girai il pomello, inutilmente; continuai a scuoterla, ma la porta non si apriva. «La apra! La apra!»

Il portiere mi posò delicatamente una mano sul braccio.

«Non è una vera porta, signora, è solo decorativa.»

«Ma c'è una scala dall'altra parte. E una stanza, glielo assicuro! Ci sono stata.»

Il portiere scosse la testa, sorridendo. «Magari domani torniamo a dare un'occhiata. Posso accompagnarla nella sua stanza?»

Credeva che fossi ubriaca. Credeva che fossi pazza.

Andai nella mia stanza. Le cinque di mattina. Rimasi sdraiata e sveglia a lungo, poi dormii un sonno agitato fino a tardi. Al risveglio, il sole mi batteva in faccia attraverso le persiane aperte. Fuori sentivo il baccano e il trambusto dei gruppi di sciatori. E io ero a pezzi. Mi portai le dita alla bocca, mi alzai, andai in bagno, mi guardai allo specchio. Le mie labbra erano viola, tutte screpolate.

Congelate dal freddo.

Passò un'altra ora prima che mi sentissi pronta a scendere. Mi sedetti a trascrivere gli eventi della sera precedente, per me così inequivocabili. Dovevo tornare in quella stanza. Dovevo sapere la verità.

Feci una doccia, mi cambiai, mi spalmai la vaselina sulle labbra e scesi alla reception, dove trovai alcuni dei miei amici, già in tenuta da sci.

«Ehi! Dov'eri finita ieri sera? Sei sparita! Ti abbiamo mandato dei messaggi! Hai incontrato qualcuno?» (Risate.)

Tra di loro c'era anche Mike. «Hai visto un fantasma?»

Altre risate. «Ho passato la serata con un uomo...»

«L'avevamo immaginato. È ricco? Di bell'aspetto?»

«Mike? Verresti con me? Sono passata per quella porta. Quella laggiù.»

Insieme raggiungemmo la porta intagliata nel pannello di legno e, ancora una volta, cercai di aprirla. Il pomello girava. Doveva essere chiusa a chiave.

Mike mi posò la mano sul braccio. «Calmati! Non è una porta, è solo decorativa, serve a dare un'aria di altri tempi alla biblioteca.»

Sapevo che aveva ragione, così lo convinsi a seguirmi fuori, sul retro dell'albergo, dove si sarebbe dovuta vedere la finestra della stanza.

Ma non c'era nessuna finestra. Nessuna stanza. Solo un muro. Farfugliavo come un'idiota. Il bacio. La corda. L'Everest. Il ragazzo sarebbe andato a scalare l'Everest. Fu allora che Mike cambiò espressione. Disse: «Vieni a parlare con Fabrice».

Fabrice era nel suo ufficio, circondato da scartoffie e tazze di caffè. Terminò una telefonata e ascoltò attentamente la mia storia, senza mostrarsi mai sorpreso. Quando ebbi finito, dopo avergli fatto notare le mie labbra screpolate, lui annuì, prima guardando Mike, poi guardandomi dritto negli occhi.

«Non è la prima volta che questo giovane viene avvistato sulla montagna, ma è la prima volta che succede nell'hotel. La stanza che descrive... Sì, esisteva, più di cent'anni fa, ed è evidente che lei non dovrebbe saperlo. Ora le mostro le fotografie.»

Fabrice prese un volume rilegato in pelle dagli scaffali dietro la scrivania. Su ogni pagina c'era una fotografia, scrupolosamente inserita negli angoli di cartone.

«Come può vedere, questo è il Palace Hotel all'epoca dei

primi tour nelle Alpi.» Un gruppo di uomini con gli sci di legno in mano era schierato sotto le gronde innevate. Fabrice li indicò uno per uno con la sua penna. «Sir Henry Lunn. Suo figlio, Arnold Lunn...»

Lo interruppi. «È lui! Quello è Sandy!»

«*Voilà*» disse Fabrice. «Questo è Mr Andrew Irvine. Lo chiamavano Sandy. Forse l'avete sentito nominare?» Scossi la testa.

Con voce bassa e tremante, Mike chiese: «Andrew Irvine? Il ragazzo che scalò l'Everest con George Mallory?».

«Proprio lui. Era giovane. Solo un ragazzo. Mallory tentò un'ultima volta di raggiungere la vetta con Irvine; partirono l'8 giugno del 1924 e non fecero più ritorno. Il corpo di Mallory fu ritrovato, ma quello di Irvine no.»

«Irvine ha alloggiato qui» dissi.

«Come può ben vedere. Stava in una stanza di terza classe. Era un giovane straordinario, un meccanico e un ingegnere di talento, nato nel 1902. Si narra che Mallory l'avesse scelto come compagno per l'ultima fatale scalata perché solo Irvine era capace di riparare le bombole a ossigeno.»

«Come è morto?»

«Nessuno lo sa. Il corpo di Mallory è stato ritrovato solo nel 1999. Aveva ancora la corda legata attorno alla vita.»

All'improvviso, vedo Sandy nella tormenta. Sento la mia voce che dice: «Aggrappati alla corda!».

«Come, scusa?» disse Fabrice.

Restammo in silenzio. Tutti e tre. Fissando la fotografia.

Poi Fabrice parlò: «La piccozza di Irvine è stata trovata sulla cresta della montagna nel 1933. Da allora, non si è più saputo nulla di lui. Ma se un giorno dovessero ritrovare il suo corpo – e magari accadrà, con il riscaldamento globale – ritroverebbero anche la macchina fotografica che portava al collo, e alla Kodak dicono che probabilmente il rullino si può ancora sviluppare. E chissà, potremmo scoprire che Mallory e Irvine hanno raggiunto la vetta dell'Everest.»

Che cosa aveva detto Sandy? "Non rifiutare mai la chiamata".

Rispondere voleva dire vivere nell'aria rarefatta. Fare un passo nel vuoto, andare e non tornare più.

M'infilai le mani in tasca, tastando la superficie ruvida del vetro scheggiato del mio orologio. Lo estrassi e lo posai sulla scrivania. «Che strano!» disse Fabrice. «Nella tasca di Mallory hanno trovato il suo orologio, rotto. Fermo, forse, al momento in cui il tempo per lui ha smesso di scorrere.»

«Guarda cosa ho trovato» disse Mike. «Leggilo.» Mi passò il suo iPad.

E la gioia è, dopotutto, il fine della vita. Non viviamo per mangiare e fare soldi. Mangiamo e facciamo soldi per poter godere della vita. Questo è il significato della vita, e il suo fine.

GEORGE MALLORY, New York City, 1923

La neve cade intorno a loro. Il cielo è un lenzuolo teso sui loro volti. Negli occhi di entrambi, le antiche stelle brillano fredde e spente in cieli diversi.

Fontana con leoni

Quell'inverno regnava una nebbia simile al vapore.

La pioggia era incessante. Il freddo che si riscaldava e il caldo che si raffreddava consegnavano la città a una versione inquietante e spettrale di sé stessa. Gli edifici si stagliavano sinistri, emergendo dalla coltre di nebbia. Per strada, i passanti si materializzavano dal nulla, troppo vicini e senza preavviso, i loro corpi ingombranti avvolti in abiti invernali come mummie in viaggio, per poi sparire altrettanto rapidamente, disfacendosi – così pareva – in grigie spirali di nebbia. Ti voltavi a guardarli e non c'erano più.

I suoni erano ovattati e inaspettati: una sirena, un cane che abbaiava, un bambino che gridava, senza alcun indizio visivo; provenivano dal nulla e nel nulla ritornavano.

Anche se conoscevi la strada, finivi per mancare la svolta. Le arterie principali si trasformavano in strade di nuvole. Le strade laterali erano sigillate dalla nebbia, come se fossero sorvegliate da spettri. La nebbia vorticosa trascinava tutto con sé, in una coreografia di entità mobili e statiche.

Oltre la vetrina del caffè, la griglia dell'aria condizionata faceva salire da sotto la strada un ribollire di nebbia simile a latte grigio. Nella nebbia si distinguevano dei motivi, spirali che sembravano voler trasmettere un messaggio e subito venivano spazzate via. Quella grafia spettrale aveva in sé una nota di desolazione, come se i Morti stessero cercando di dirci qualcosa che non riuscivano a dire, come se il linguaggio fosse volato lontano dal significato, lasciando nella sua scia solo segni, sussurri, gesti.

Judith scrisse il suo nome sulla vetrina e pagò il caffè, poi uscì per tornare a casa. Guardando la vetrina dal di fuori vide il suo nome scritto al contrario, come lettere in uno specchio magico. Ma forse era la vita stessa a essersi capovolta, pensò, nel senso che in quella nebbia nulla sembrava progredire. La città era un immenso mare bianco, e tutto ciò che conteneva galleggiava immobile.

Era andata al lavoro in bicicletta, come al solito. Le luci accese e il giubbotto fluorescente non la rendevano del tutto visibile, ma forse un po' meno invisibile. Si era mantenuta al passo con altri ciclisti finché non aveva svoltato a sinistra per raggiungere la sua destinazione.

Quel pomeriggio era uscita prima dall'ufficio per tornare a casa a piedi. La sua bici aveva una gomma forata. Avrebbe attraversato il parco, cosa che non faceva di solito perché le biciclette non erano ammesse.

La nebbia aveva restituito al parco la monumentalità formale delle sue origini ottocentesche. Statue di grandi uomini, da tempo dimenticati, acquisivano una nuova importanza come punti di riferimento. Girò a destra presso Lord Palmerston. Un padiglione per concerti, ormai in disuso, si riconosceva subito per via della sua banderuola segnavento, un gallo di ghisa che sembrava librarsi nell'aria, posato su un trespolo invisibile. La meridiana dei dodici apostoli indicava l'uscita orientale.

Progettato con vialetti e aiuole di arbusti, il parco aveva assolto in passato alla funzione di introdurre all'esercizio fisico i poveri meritevoli, ma negli ultimi tempi vi si respirava un'atmosfera più amena, grazie anche all'aggiunta di un'area giochi per bambini e una per i cani, una pista da skateboard, panchine colorate e un baretto. Ma ogni cosa si perdeva in quella nebbia bassa e fitta, e quel giorno s'intravedevano soltanto i primi piani degli abeti e le severe inferriate che circondavano il giardino delle rose, innalzate per scoraggiare chiunque dal coglierne una, o anche solo dal pensarlo. Judith si fermò a guardare i boccioli sopravvissuti all'inverno, tutti bianchi e luminosi in quella foschia, o almeno così le parve. Judith andava in quel parco sin da quando era bambina, con sua mamma. Si fermavano sempre a guardare le rose e poi proseguivano verso la fontana.

Il cuore trionfale del parco era una fontana ornamentale, in pietra lavorata e piombo, il cui zampillio risuonava nella nebbia, metallico e lontano.

Judith s'incamminò sul viale centrale, fiancheggiato da abeti schierati come soldati. Mentre il rumore dello zampillo aumentava d'intensità, la nebbia si diradò un poco, e Judith riuscì a vedere la fontana, con i suoi maestosi leoni in stile impero che sputavano getti d'acqua nella vasca grande e profonda.

Nella piazzetta dove si trovava la fontana non c'era nessuno, tranne una donna con un lungo cappotto grigio, lo stesso colore delle decorazioni in piombo. Era alta e le dava le spalle. Immobile, fissava l'acqua.

È mia madre, pensò Judith, con il cuore che palpitava, i battiti che acceleravano come il suo passo, il volto illuminato da un sorriso. Gridò: «Ciao! Ciao!».

La donna non si voltò.

Judith si fermò, a pochi passi di distanza; il sudore freddo della confusione le colava sotto gli strati di vestiti. Si ricordò, come avrebbe potuto non ricordarlo, che sua madre era morta.

Si alzò un vortice di nebbia e, quando Judith raggiunse il punto dove si trovava la donna, lei non c'era più. Guardò oltre, ma non riusciva bene a vedere attraverso i torrenti d'acqua che sgorgavano dai leoni. Abbassò il cappuccio e lasciò che la nebbia umida le avvolgesse la testa. Non aveva senso sforzarsi di vedere ciò che non poteva essere visto.

Riprese il cammino, con quelle sue lunghe gambe, il cappuccio abbassato, i capelli che si inumidivano, appiccicandosi in ciocche sottili alle orecchie e alla bocca. Si chiese se avrebbe raggiunto la donna che non era sua madre.

Vialetti deserti si diramavano da entrambi i lati, ma l'unica persona che ora intravedeva era un uomo diretto verso di lei con un terrier invisibile che abbaiava alle sue invisibili caviglie. Il rumore del traffico le suggerì che presto avrebbe raggiunto la strada principale, oltre i maestosi cancelli in ferro battuto del parco.

Eccola di nuovo nel mondo reale, con i suoi fast food e i suoi negozi, e la fila degli autobus, tenacemente fermi uno dietro l'altro ai semafori. Salì sul 36 e in poco tempo raggiunse casa sua.

La porta di ingresso. Sollievo? Paura? Piacere? Quasi mai una porta è solo una porta.

La porta d'ingresso di Judith, che conduceva al suo appartamento nel seminterrato, le trasmetteva un senso di conforto. Il suo spazio. Le sue regole. Per la prima volta nella vita non condivideva la casa con amici che non le piacevano o con un amante che non amava. Sua madre le aveva lasciato un po' di soldi. Era come essere tornata dentro di lei, quei nove mesi lontani in cui la vita è al sicuro e la porta all'inizio del tempo è ancora chiusa. Nel grembo materno il tempo non esiste.

E non esiste nemmeno nella tomba, pensò Judith, entrando in casa. Sua madre era morta da nove mesi. Nel fine settimana le avrebbe portato dei fiori.

Doveva essere stata un'allucinazione. È facile vedere quel che non c'è. Ma cosa aveva visto? Una donna alta con un cappotto grigio. Sua madre non era l'unica donna alta a vestirsi di grigio. Eppure, succedeva spesso che se ne stesse lì ferma a guardare i getti che si infrangevano sulla superficie. Amava osservare le cose: le aveva insegnato a restare immobile in un mondo che si muoveva troppo velocemente. «Non siamo topi» diceva. «Non c'è bisogno di correre di qua e di là.»

E ora non c'era più.

Entrata in casa, aveva attraversato il corridoio per andare in cucina. Era esattamente come l'aveva lasciata: i resti della colazione ancora sul tavolo, la posta da aprire. Offerte speciali per cose che non erano speciali e non erano nemmeno vere offerte.

Crociere, coperte elettriche, un cric a carrello accanto all'immagine di un uomo sorridente con l'elmetto. Una lettera dell'assicurazione. Poteva aspettare.

Arrivata in soggiorno si fermò, sorpresa. Buttati sul tavolino da caffè c'erano il suo giubbotto fluorescente e la sua borsa da lavoro. Era sicura di averli lasciati in ufficio, quando si era resa conto di non poter riparare la bicicletta. Il cerchione si era stortato nell'impatto con una buca.

Cosa ci facevano lì? Come ci erano arrivati?

Si sedette sul divano, fissando giubbotto e borsa. Stava perdendo la testa? Li aveva presi e portati a casa, come un fagotto, e poi se n'era dimenticata, distratta dall'apparizione di sua madre?

Il sudore freddo sulla pelle; aveva disperatamente desiderato che fosse lei, così tanto da crederci.

Uno choc, e proprio quando pensava di essersi ripresa dalla sua morte. I colleghi erano stati pazienti e gentili, ma non erano loro ad aver perso una madre, e poi, dopo un paio di mesi, la vita doveva andare avanti. Così Judith si comportava nel modo più normale possibile, custodendo il suo dolore come un segreto.

Al lavoro era molto apprezzata per la sua diligenza e sapeva fare squadra, ma non aveva amici fidati. In un'altra epoca sarebbe stata una donna anonima, una donna sola.

Come le chiamavano quelle come lei? Zitelle? Una donna sola. Miss Puntini Puntini. Anonima. Lasciata al suo destino. Rispettata. Forse un'insegnante o una missionaria. Oggi, invece, bisogna per forza avere un gruppo di amici per preservare la propria salute mentale e un partner per non perdere l'autostima. Lei era un tipo solitario.

Tuttavia, c'era qualcuno che poteva chiamare: Emma, una collega che viveva vicino a lei e che aveva una copia delle sue chiavi di casa. Che cosa le avrebbe detto? *Ho creduto di aver visto mia madre morta*?

Non trovò il telefono nella tasca del cappotto. Attraversò le consuete fasi del panico, le mani che frugavano ovunque come in un cartone animato per poi tornare a infilarsi nelle tasche già controllate tre volte, finché non le venne in mente di guardare nella borsa da lavoro che non ricordava di avere portato a casa. E lì lo trovò. Spento, con lo schermo scheggiato.

Doveva essere successo quando aveva preso la buca. Sì, ora ricordava. Aveva sterzato all'improvviso per cercare di evitarla, e la borsa era andata a finire contro un muro. Ma il sollievo che provava era offuscato dalla consapevolezza di avere riportato a casa le sue cose dall'ufficio senza averne alcun ricordo.

Per un attimo ebbe paura. Chiamò Emma.

«Pronto? Pronto?»

Nessuna risposta. Al secondo tentativo partì la segreteria.

Decise di andare a prendere del cibo da asporto. Non aveva fame, ma era irrequieta. Uscendo dalla porta di casa, vide un mazzo di fiori sui gradini di ingresso. Non c'era quando era rientrata, ne era assolutamente certa. Lo raccolse da terra, un mazzo sciolto di rose bianche. Pensò subito alle rose del parco; anche quelle erano rose inglesi, non fiori importati dall'Africa e acquistati al supermercato. Nessun biglietto, nessun nome.

Le portò in casa e le infilò nella caffettiera riempita di acqua del lavandino. Le avrebbe sistemate più tardi in un vaso.

Che cos'era quello strano *bip*? Quel suono basso, monotono? Forse il rilevatore di fumo con la batteria scarica. Anche di questo si sarebbe occupata in un secondo momento.

C'era uno specchio in cucina, così che potesse togliersi i residui di uovo sodo dal mento o gli sbaffi di caffè: l'ultimo controllo al volo prima di andare al lavoro. Nello specchio, Judith vide il suo viso, i capelli ancora bagnati dalla camminata sotto la pioggia. Ma fu il taglio sulla fronte a lasciarla di stucco. Profondo. Ampio. Provò a toccarlo. Non le faceva male. C'era del sangue secco ai due lati della ferita. La caduta? Sì, la caduta, ma al lavoro perché non le avevano dato un cerotto? Perché non ricordava cosa fosse successo dopo? Aveva una commozione cerebrale? Doveva farsi controllare, ma si sentiva rincuorata: la visione di sua madre, la borsa e il giubbotto in salotto erano solo la conseguenza del danno temporaneo che aveva evidentemente subito. Un lieve trauma cranico. Meglio farsi controllare, per evitare rischi. Sarebbe andata in ospedale.

Aveva sempre camminato in fretta: da bambina, per stare al passo con sua madre, che procedeva spedita davanti a lei, e poi, quando le gambe si erano allungate, per assecondare il suo passo naturale. In un'altra vita, lei, Miss Puntini Puntini, avrebbe potuto essere un'esploratrice. Come Isabella Bird, l'unica donna ricordata nel parco; non con una statua, ma con una targa che commemorava il suo lavoro missionario in India.

Sua madre le aveva raccontato tutto di Isabella Bird. Ma adesso che era sera Judith non poteva attraversare il parco, che a quell'ora era chiuso, e così procedette dritta, con un passo più veloce del solito, o almeno così le parve, fino ad arrivare davanti all'ospedale.

Non ci aveva più messo piede dalla morte di sua madre. Quella notte, dopo aver lasciato lì il suo corpo, il lenzuolo tirato sul viso consunto, si era fermata nel portico davanti all'ingresso principale. Un portico che offriva riparo, ma non conforto.

Moderno, impersonale, con una tettoia, sopra le porte automatiche in vetro, che non arginava gli spifferi. Per quanto tempo era rimasta lì, ad aspettare? Non lo sapeva. Un paramedico le aveva offerto una tazza di tè. Non lo aveva bevuto, ma aveva tenuto la tazza tra le mani per scaldarsi, un calore che era a poco a poco svanito, proprio come aveva sentito svanire il calore dalla mano di sua madre, sempre più fredda, poi gelida, fino a quando un'infermiera non le aveva gentilmente chiesto di andarsene. Il corpo doveva essere rimosso.

Rimosso. Quel che conta non c'è più. Il corpo diventa un'effigie. Come è difficile lasciarlo andare. Avrebbe voluto che sua madre fosse morta a casa. Nel cottage di campagna, lontano dal paese. Troppo rischioso, troppo isolato. Era stato suo fratello a decidere. E i medici lo avevano ascoltato. Lui era autorevole. Come le statue del parco. Non c'era all'ospedale, quando mamma era morta.

Il cottage era stato venduto. Metà per uno.

Judith entrò in ospedale. Banco della reception. Una fila di persone in attesa di registrarsi. Ebbe un attimo di esitazione. Nessuno sembrava notarla. Si portò una mano alla fronte per controllare la ferita. Tutto a posto, nessuna confusione. La sua mente era chiara e limpida come il sole sulla neve.

Entrò nella toilette. Davanti allo specchio, si scostò i capelli dalla fronte. Non c'era alcun taglio. Nessuna traccia di sangue. Era di nuovo sé stessa: anche i capelli parevano ormai asciutti. Era stato tutto un abbaglio, complici le luci fioche della cucina e qualche sbavatura di sangue: non c'era bisogno di farne un dramma. Certo, aveva subito uno choc, ma ora era tutto sotto controllo. Sarebbe tornata a casa, e il mattino dopo sarebbe andata al lavoro e avrebbe recuperato la sua bici.

Uscì bruscamente dalla toilette e oltrepassò le porte automatiche, inoltrandosi nella notte. Mentre si allontanava dalle luci fredde dell'ospedale, incamminandosi sulla strada principale che costeggiava il parco, notò che i cancelli erano aperti.

Perché non attraversarlo? Forse a quell'ora era pericoloso, ma lei si sentiva invincibile. E anche felice. Sì, felice era la parola giusta. Felice.

Il parco era deserto. Accelerò il passo lungo il viale principale e oltrepassò il giardino delle rose dirigendosi verso la fontana, con i leoni ora silenziosi e imbronciati, il loro getto interrotto per la notte.

Si fermò per un momento, fissando l'acqua profonda e immota, uno specchio scuro in cui non si riflettevano le stelle. Non riusciva nemmeno a scorgere il suo volto. Solo l'acqua. Allungò una mano per infrangerne la superficie, ma poi si limitò a sfiorarla, domandandosi se avrebbe potuto camminarci sopra. Gli esseri umani hanno bisogno della gravità per camminare. Ogni passo è un atto di resistenza che ci fa andare avanti.

Judith alzò lo sguardo. Il cancello del parco si stava chiudendo. Lentamente, inesorabilmente, come se fosse regolato da un timer. Doveva sbrigarsi.

Poco dopo era a casa.

Appena varcata la porta d'ingresso ebbe la sensazione di non essere sola, che ci fosse qualcuno nell'appartamento. Avrebbe dovuto provare paura, ma non ne aveva.

Dopo un attimo di esitazione, esclamò: «C'è qualcuno? C'è qualcuno?».

Non ci fu risposta. Nessun suono. Lasciò la porta aperta ed entrò in soggiorno.

Sua madre era seduta sul divano.

Si guardarono. Sua madre, con il lungo cappotto grigio. Judith l'aveva sepolta con quel cappotto, il suo preferito. Costava parecchio, quando l'aveva comprato anni addietro. L'aveva indossato ogni giorno e si era consumato, come si era consumata lei. Ma era elegante, dalle linee morbide.

Anche adesso, il cappotto appariva consunto, ma sua madre non lo era più. Sembrava in salute. Sorrise a Judith, poi si alzò e, fluttuando, scivolò fuori dalla stanza. Non erano passi, i suoi, ma un movimento breve, continuo, come un unico suono sulla tastiera. La porta d'ingresso si chiuse con uno scatto sommesso.

Judith corse alla porta, poi in strada. Non c'era nessuno. Era tardi. Che ora era? Si accorse di non avere l'orologio.

Quello della cucina segnava quasi la mezzanotte.

Era già mezzanotte? Dove va a finire il tempo? Dove va il tempo quando ce ne siamo liberati?

Dormì? Non lo sapeva. Non sognò. Sentiva un suono ostinato ma intermittente, un *bip* regolare e basso. Lo stramaledetto rilevatore di fumo.

Più che svegliarsi tornò in sé, terrorizzata perché non riusciva a respirare. Spalancò la bocca nel tentativo di buttare giù un po' d'aria, poi il panico si dissolse e ritrovò la calma.

Al mattino, con gli stessi vestiti del giorno prima, s'incamminò per andare al lavoro. La nebbia si era diradata, non c'era più. Il cielo era di una limpidezza alpina. Ecco perché sentiva tanto freddo. Era intorpidita, talmente faceva freddo. Aveva le dita bianche.

Nel parco, le persone si salutavano allegramente. L'acqua della fontana era piena di uccelli che facevano il bagno. Judith proseguì, e sporgendosi dalle inferriate del roseto colse una rosa bianca. La portò fino alla targa che ricordava il lavoro missionario di Isabella Bird e la lasciò lì per lei. Sua madre avrebbe apprezzato. Sua madre. Dov'era adesso?

La sera prima, la visione di sua madre l'aveva riempita di ansia, l'aveva disorientata. Ora le sembrava naturale. Nonostante il freddo che l'attanagliava, si sentiva molto meglio: era una bella giornata.

Arrivò negli uffici dove lavorava, ma la bicicletta non era legata alla rastrelliera dove la lasciava sempre.

L'avevano rubata? Fece un giro lì attorno. Nessuna traccia.

Sul retro dell'edificio, però, c'era un cassonetto. Judith vide una ruota sporgere oltre il bordo, con un'angolazione innaturale. Chi aveva buttato la sua bici tra i rifiuti? Una Peugeot vintage. Era abbastanza alta per riuscire ad allungare le mani e tirarla fuori. Il vantaggio di una bici leggera.

La appoggiò al muro. Entrambe le ruote erano piegate e il telaio era spezzato in due. Solo i pedali e la sella parevano intatti. E tutto questo per una buca? Non c'era da stupirsi che l'avessero buttata via. Chi l'aveva buttata via? E lei dov'era, in quel momento?

Istintivamente si toccò la fronte. Sentiva una protuberanza sotto la pelle. Cominciò a esplorare la geografia della sua testa. Sulla nuca tastò un'ammaccatura, una specie di solco. Non l'aveva notato prima.

C'era del sangue sulle sue mani, una sostanza gelatinosa e appiccicosa. Sentiva delle voci, ma non distingueva le parole.

Poi ricordò quel che era successo.

Pedalando diligentemente dietro la fila di macchine, senza superare, senza andare troppo veloce, Judith aveva atteso al semaforo dove doveva svoltare a sinistra. Accanto a lei c'era un camion che rombava, le ruote alte quanto il suo manubrio. Non importava. I veicoli dovevano per forza tirare dritto. Solo le biciclette potevano svoltare a sinistra.

Il semaforo, che non avrebbe visto se non si fosse trovata proprio lì sotto, era diventato verde. Quando aveva girato, il camion aveva fatto lo stesso, prima la cabina e poi il rimorchio.

Aveva alzato lo sguardo verso la cabina che s'infilava nella svolta, pedalando più forte per lasciarsela alle spalle. Non c'era abbastanza spazio. L'autista non poteva vederla, e non l'aveva vista, non aveva percepito l'urto lieve sotto le doppie ruote, mentre il camion eseguiva la manovra vietata in tutta la sua imponenza.

Schiacciando Judith contro il muro.

Non c'era spazio per cadere a terra. Non era caduta. Il camion avanzava lentamente e la gente gridava, perché la strada era stretta, finché non si era bloccato.

Judith aveva sentito che le slacciavano il cinturino del caschetto da ciclista, spezzato in due. Poi più nulla.

Ora si stava allontanando dal cassonetto, per girare attorno all'edificio e raggiungere l'ingresso degli uffici. Vide uscire Emma, che parlava al cellulare. Contenta di vederla, le si avvicinò. «Ehi, ciao!»

Emma non le prestò attenzione. Era concentrata sulla sua conversazione telefonica. All'improvviso, si sedette su un gradino. Judith riuscì solo a cogliere qualcosa riguardo a un *quando*. Pensò tra sé: "Quando cosa?".

Vide che Emma piangeva.

Stava per consolarla, ma poi sentì una mano sulla spalla. Si voltò. Era sua madre. Cosa ci faceva lì?

«Dovrei farti io la stessa domanda» disse sua madre. Le sorrideva. Emma si alzò, terminò la telefonata e rientrò negli uffici.

«Che cosa è successo?» chiese Judith a sua madre.

«Un'emorragia cerebrale.»

«Chi l'ha avuta?»

«Tu.»

«Sono andata all'ospedale ieri sera» obiettò Judith. «Andava tutto bene.»

«Ti hanno portata in ospedale ieri mattina in ambulanza, dopo l'incidente» disse sua madre. «Sei in coma. Stanno cercando di salvarti.»

«Impossibile! Ieri sera sono tornata a casa a piedi. E a casa ci sono arrivata.»

«Il tuo spirito ha lasciato il tuo corpo, e tu stai osservando la tua vita dall'esterno. È per questo che puoi vedermi. Ti trovi tra la vita e la morte» le spiegò sua madre.

«La morte?» Judith era confusa. «E le mie cose? La mia borsa? Il mio telefono? Li ho portati a casa io, vero?»

«Li ha portati Emma.»
«Devo parlarle! Spiegarle come sono andate le cose.»
«Non ti sentirà» disse sua madre. «Non può sentirti.»
«Perché non me ne hai parlato quando ti ho vista?» le chiese Judith.
«Nulla è certo finché non accade. Nemmeno la morte.»
«Ma mi possono vedere?»
«No, nessuno ti può vedere.»
«Ma all'ospedale, ieri sera...»
«Ieri sera, quando sei arrivata in ospedale, hai capito che non saresti riuscita a rientrare nel tuo corpo. Ma eri ancora viva, il tuo cuore batteva. Batte anche adesso.»
Judith si portò una mano al petto. Non sentiva nulla. «Un *bip*. Sento solo un *bip*.»
«È il monitor cardiaco.»
Rimase in silenzio. «Stamattina avevo tanto freddo.»
«È normale, quando la morte si avvicina.»
«Cosa succederà ora?»
«Succederà quello che succede di solito ai corpi.»
«E a me cosa succederà?»
«È per questo che sono qui.»
Le tese la mano, come soleva fare quando lei era piccola. La sua mano era calda e rassicurante.
Insieme lasciarono la città, allontanandosi dalle strade e attraversando l'aperta campagna. Si muovevano velocemente. O forse era tutto il resto a muoversi lentamente?

Ben presto arrivarono in prossimità di un'altura brulla che sovrastava la città come una sentinella. Procedevano fianco a fianco, mano nella mano, risalendo la stradina sterrata, come avevano fatto tante volte.
Arrivata alla curva, Judith sapeva cosa avrebbe visto: il piccolo cottage in pietra che sorgeva sul ciglio di un dirupo a strapiombo sul fiume, nel punto in cui il suo letto si restringe e le sue acque scorrono impetuose sopra i sassi neri

e lucidi. Chi l'aveva costruito lì? In un luogo così impervio? Era come se un giorno un uccello avesse lasciato cadere i semi di un cottage, semi che poi avevano attecchito, permettendogli di crescere.

Guardando oltre il cancello, Judith vide tutto. L'erba era tagliata, ma non troppo corta. I cespugli di rose erano potati con cura a formare una siepe lungo i bordi del sentiero. C'era una cisterna per l'acqua accanto alla porta d'ingresso e una tazza di latta appesa a una catena. Nel piccolo giardino, su ciascun lato del vialetto che conduceva alla porta d'ingresso, si ergevano due meli. Le tegole in ardesia erano verdi di muschio.

«Viviamo ancora qui?» chiese Judith. Guardò dentro attraverso la finestra. Un fuoco ardeva in cucina. Tibbles, il suo gatto, era seduto sul tavolo.

«Fino a quando non saremo pronte ad andare» rispose sua madre.

«Non abbiamo dovuto venderlo?»

«Ciò che abbiamo venduto era come una stampa in edizione limitata. Chiunque può comprarne una, ma non significa che possiede l'originale. Questa sarà sempre la nostra casa.»

«Fin quando non saremo pronte ad andare» ripeté Judith.

«Sì» ribadì sua madre. «Fino ad allora.»

Judith posò la mano sul basso cancello di legno. Sembrava inamovibile. Sua madre disse: «Quando passi dall'altra parte, non puoi più tornare indietro».

Lei annuì. «Non voglio tornare indietro.»

Sentiva cantare gli uccelli come fanno di primo mattino, anche se la luce del giorno era tenue e velata. Si rese conto che quel *bip* ininterrotto era cessato.

Spinse il cancello, che subito si aprì. Lo varcarono insieme.

Judith si voltò, solo per un istante, senza sapere bene perché. Il cancello era ormai lontano, a un miglio o più di distanza, e si rimpiccioliva, come un molo quando la nave è già in mare aperto. Ma verso dove stavano salpando?

Il cielo era immenso, un'infinita distesa di rotoli di stoffa nera cuciti insieme dalle stelle. Quel fragore doveva essere l'impeto dell'acqua del fiume dietro la casa.

O era il tempo stesso che sentiva dissolversi, mentre tornava incessantemente alla sua origine?

No, era un'idea troppo grandiosa. La morte era più banale di quanto avesse immaginato. O forse era la vita a essere più banale? Una città transitoria, concessa in uso. Un parco con statue. Una fontana con leoni.

La riva notturna del fiume

La mia storia ha inizio in una notte d'autunno a Londra. Il Tamigi. Il molo di Westminster. Nell'attesa di una barca.

Sulle rive orientali del Tamigi c'è il più antico pub affacciato sul fiume ancora in attività a Londra: The Prospect of Whitby, dal nome di una carboniera che trasportava carbone da Newcastle a Londra e si ancorava presso quel molo. Nel viaggio di ritorno, quando la città di Whitby si profilava all'orizzonte, sulla selvaggia e rocciosa costa inglese, i marinai avevano la certezza di non essere più così lontani da casa. Casa è al tempo stesso dentro e fuori di noi: un'immagine che custodiamo nella nostra mente. C'è chi dice che quando moriamo torniamo a casa. Ma che strana casa è quella: non ci andiamo mai e, quando infine ci andiamo, non torniamo più indietro.

Non sono un tipo molto socievole. Preferisco passare la serata con il mio gatto piuttosto che andare a una festa.

Ma a quella festa devo andarci per forza. La nostra azienda è stata acquistata da un magnate americano, e a quelli di noi che non hanno perso il lavoro è stata promessa un'esperienza di team building con i nuovi colleghi. Una prospettiva divertente quanto il pranzo di Natale con i suoceri.

Ma un lavoro mi serve, perciò, prima di salire a bordo,

mi metto in coda per il controllo del documento di identità sfoderando un sorriso falso.

Ci hanno raggruppati in coppie, come animali guidati dentro un'Arca di Noè con il wi-fi. Le coppie sono state formate a caso, l'unico criterio è che non dobbiamo conoscere la persona a cui siamo stati abbinati. Uno speed dating per disperati. Non sono portata per le conversazioni spicciole. Prima ancora di attraversare la passerella, il collega affascinante e ambizioso del reparto vendite ha già capito che non sono il tipo su cui vale la pena puntare. Siamo tra gli ultimi a salire, e mentre aspettiamo uno dei marinai arriva dalla banchina e ci supera di corsa, dandomi una pacca sulla schiena. Sento la pressione della sua mano piatta tra le scapole. Non fa male, ma la vivo come un'intrusione. Mi volto, e per un attimo penso di filarmela. Ma è troppo tardi, ci troviamo davanti alla corda rossa ed è ora di salire a bordo.

Il mio partner si scusa subito, dicendo che deve andare a parlare con il suo capo. Meglio così: ha blaterato di sé per diciotto minuti, senza nemmeno chiedermi il nome, anzi, è stato lui a dirmelo, leggendolo sul badge. «Tu sei Linda!» Lo ha detto come se fosse una scoperta di cui dovevo essere informata.

Vivo da sola. Preferisco così.

Prendo un drink al bar e salgo su un gradino, un po' sopra la mischia; da lì posso osservare indisturbata i miei nuovi colleghi. È un sollievo lasciare che gli spezzoni di conversazione e le battute imbarazzanti fluiscano sotto le mie orecchie come acqua che scorre lontana. Alle feste mi capita di sentirmi sommersa: mi avventuro in acque troppo profonde e non so nuotare. Resterò lì, aggrappata alla ringhiera. Al sicuro.

Ho la sensazione che qualcuno mi osservi. Non essere sciocca. Non interessi a nessuno. Le americane sono vestite come top model, con tacchi vertiginosi. Era solo una folla indistinta. Occhi ovunque, a soppesare la concorrenza. Scruto ansiosamente la sala. Conosco qualcuno. Va tutto bene. Un bel respiro. Non devo bere cocktail, ma non posso stare qui senza un drink in mano e nessuno con cui parlare. E di parlare con qualcuno non mi va.

Un altro respiro profondo, ma l'aria si ferma prima di arrivare ai polmoni. Sto avendo un attacco di panico? Barcollo, le superfici s'inclinano, c'è un odore di acqua salata. Una nave in mare. È buio.

In quel buio, che solo io posso vedere, noto una figura stagliarsi dalla folla. È un giovane. Resta immobile e mi fissa intensamente come fissano gli animali. È pallido e magro. I lunghi capelli scuri sfiorano le spalle di una giacca da marinaio dai bottoni d'ottone. Deve essere un membro dell'equipaggio. Sono sicura che sia stato lui a darmi quella pacca sulla schiena mentre saltava a bordo.

Non sorride. Mi fissa. Fa un cenno, indicando la prua della barca.

Senza sapere perché, lo seguo.

Passo attraverso la folla come se fossi invisibile, senza nessuno che si fermi a parlare con me. Raggiungo una scala di metallo – dieci gradini in tutto, li ho contati – che conduce dal ponte inferiore coperto al ponte superiore scoperto. Appoggiate al parapetto, lassù, ci sono alcune persone che ridono, si divertono, guardano il fiume scorrere.

Cosa mi prende? Cos'è questa paura fredda che mi assale? Voglio andarmene, ma non posso scendere dalla barca.

Pioggia. Gocce scure. Notte scura. Sto tremando. Devo tornare indietro, nella sala illuminata e piena di calore.

La luce e il calore sono alle mie spalle. Più oltre ci sono solo il buio e il freddo.

La sagoma dell'uomo si staglia davanti a me, di spalle. Sto per tornare sui miei passi, quando lui, senza voltarsi, mi dice: «Mi chiamo Jonathan. Mi avevano detto che saresti stata qui».

«Siamo tutti qui» dico io. «È una festa.»

Si volta verso di me. Mi guarda, o forse mi buca con lo sguardo, così almeno mi sembra. C'è un lampo di malevolenza nei suoi occhi azzurro acqua. Noto che è bagnato fradicio. Come se fosse caduto in mare.

«Chi c'è qui? Non c'è nessuno» dice.

Mi volto, con il respiro bloccato in petto.

Niente stelle. Niente suoni. Nessun movimento. La barca è vuota e beccheggia nell'oscurità.

«Svelta!» esclama. «C'è poco tempo.»

«Chi sei?»

Nessuna risposta. Fa un passo verso di me e mi afferra il braccio. Porta guanti di pelle nera, orrendamente gonfi. Mi rendo conto che sono intrisi d'acqua. Là dove mi stringe, un rivolo puzzolente e salato cola sul mio braccio, come se quell'uomo stesse strizzando il proprio stesso corpo.

Cerco di divincolarmi, ma lui è forte. Spingo con più vigore, ma lui non molla la presa, mi trascina con sé.

«Cosa stai facendo?»

«Sono venuto a prenderti.»

Un clangore improvviso sui gradini di metallo spezza il sortilegio.

Sento un rumore assordante, simile a uno sparo. Mi porto le mani alle orecchie. Poi, come per miracolo, vedo alcuni colleghi che conosco arrivare sul ponte superiore.

«Ehi, Linda! Spettacolari questi fuochi di artificio!»

La barca è di nuovo piena di gente, di nuovo piena di luci, e i colleghi si stringono attorno a me, felici e un po' brilli, mentre la barca passa sotto il Tower Bridge, illuminato come un castello giocattolo.

Un'amica dell'amministrazione si è avvicinata, con aria perplessa. «Cos'è successo alla tua giacca? È tutta bagnata!»

Come in trance, mi strizzo la manica gocciolante. Del pallido sconosciuto non c'è traccia.

Ho letto da qualche parte che, quando siamo spaventati,

le nostre orecchie percepiscono solo i rumori forti e lontani; non riusciamo a sentire le conversazioni vicine. Dev'essere per questo che non ho idea di cosa mi abbiano detto mentre la nostra barca navigava placidamente verso la sua destinazione, il pub The Prospect of Whitby.

Il locale si trova sulla riva del fiume, con una scalinata che scende fino all'acqua, dove approdano le barche. In passato aveva avuto altri nomi: The Pelican e, prima ancora, The Devil's Tavern.

Un tempo, in quel luogo, c'era un patibolo.

Ma quella sera il pub è tutto illuminato e ha i tavoli imbanditi, e ben presto mi ritrovo seduta a mangiare fish and chips con i miei colleghi. Ho già messo la giacca ad asciugare sul termosifone e deciso di non raccontare quello che è successo.

Ma cos'è successo? Ho incontrato un ubriaco. Uno squilibrato.

Una scocciatura. Ordinaria amministrazione.

Mi alzo per andare al bar a prendere un altro drink. Sono più calma e non sento più freddo. Mentre aspetto che mi servano, con altre persone davanti e dietro di me, sento la pressione di un corpo sulla schiena. Un corpo bagnato fradicio.

LASCIAMI STARE!

«Linda! Cosa succede?»

È la mia amica Lisa. Mi mette una mano sulla schiena e mi conduce via. Poi dice: «Ma cosa hai fatto? Hai la schiena bagnata. Quel cretino ti ha versato addosso il suo drink?».

«Mi sa di sì. Credo che andrò a casa.»

Vado a prendere la giacca sul termosifone. La manica è ancora bagnata, ma nel punto in cui ha cominciato ad asciugarsi c'è un alone di sale. Residui cristallini. Sale? Com'è possibile? Il Tamigi è un fiume d'acqua dolce. La giro. Non è un capo pregiato, ma una semplice giacca di finta pelle rossa, con un'imbottitura calda. Sul retro, tra le spalle, c'è l'impronta di una mano, simile a una bruciatura.

«È qui che mi ha toccato» dico a Lisa.

Lei mi guarda. «Chi ti ha toccata? Non è l'impronta di una mano, Linda. Non vedi? È un dettaglio della pelle.»

«Adesso sì, ma prima era diverso.»

Lisa pensa che io sia ubriaca, o peggio ancora. «Vieni fuori un momento a prendere un po' d'aria.»

Ci dirigiamo verso la porta sul retro. A un tratto, sento su di me lo sguardo dello sconosciuto.

«Chi è quello?» chiedo a Lisa. «Quello là, il giovane pallido con la giacca blu.»

E mi volto a guardarlo. Nel pub non c'è più nessuno, tranne noi due. È buio, e sui pannelli di legno graffiati e scoloriti si leggono i segni del tempo.

La pittura a calce si sfalda a chiazze dal soffitto. Un piccolo oblò si affaccia su un cortile umido. Un lungo tavolo occupa gran parte della stanza, con panche su ogni lato. Una candela arde in un supporto di latta. Sul tavolo c'è una corda arrotolata. Più che una corda, è un cappio.

La porta si apre. Si apre sul nulla. Un nulla nero, immenso e vuoto. Lisa mi scuote il braccio. «Non stai bene, Linda. Vieni fuori, su, andiamo.»

Fuori, sotto la luce del lampione, c'è un gruppo di fumatori. Tutto sembra tornato alla normalità.

«Chi è lui? È così pallido!»

Lisa scuote la testa. «E che ne so? Sono tutti pallidi al giorno d'oggi. Stanno sempre seduti davanti a uno schermo.»

«Puoi andare a prendermi la borsa?» le chiedo. «La cartella di tela marrone. Non mi va di rientrare.»

Lisa spalanca la porta a battente e torna nel pub rumoroso e sfavillante di luci.

Voglio andarmene. Penso: a che ora hanno detto che parte la barca?

«La barca parte ora.»

Sento la voce, una voce che quella sera ho già sentito.

Il cortile sul retro del The Prospect of Whitby è deserto.

Mi giro e mi rigiro su me stessa, come una figurina su un carillon. Non c'è nessuno.

«Non c'è nessuno qui.» La voce di Jonathan.

Sto impazzendo? Chi risponde ai miei pensieri?

Non so perché non rientro subito nel pub. Ho già la mano sulla porta. E invece, presa dal panico, cerco di scappare.

C'è un vialetto accanto al pub che conduce al Tamigi.

Lo imbocco, da sola, nella semioscurità.

Fa più freddo quella sera. Nebbia sul fiume. Nebbia che aleggia sulla superficie dell'acqua. Vedo la nostra barca, il suo lieve dondolio. Provo un enorme sollievo. Posso salire a bordo e sedermi ad aspettare gli altri. Nessuno sentirà la mia mancanza.

All'improvviso, così vicina che un brivido m'increspa la pelle, sento la sua voce che mi sussurra nell'orecchio: «È vero. Nessuno sentirà la tua mancanza».

L'uomo pallido, che ha detto di chiamarsi Jonathan, è alle mie spalle. Le sue braccia mi stringono in una morsa. Mi divincolo, ma lui è più alto e più forte. Quando si spinge contro di me e sento tutto il suo peso, capisco che quello non è il peso di un essere umano. Niente muscoli, né forza fisica. Com'è possibile?

All'improvviso, inorridita, capisco: è gonfio d'acqua.

Mi strattona, mi spinge, mi prende a calci, trascinandomi su una barca deserta. «Non è la nostra barca!»

Ma lui sta già slegando la cima dell'ancora e si allontana dal molo con l'aiuto di un remo. Mentre è impegnato in questa manovra, io mi rialzo dal ponte su cui sono caduta guardandomi attorno, cercando disperatamente una via di fuga.

La barca è buia, impregnata di catrame, senza cabina, sporca, malridotta: sembra il relitto di un'altra epoca. C'è qualcuno, al timone, che fa girare un grande argano a ruota. Quando i miei occhi si abituano all'oscurità intravedo delle figure ai remi, disposte in doppia fila, intente a vogare meccanicamente.

Indossano perlopiù abiti che non appartengono al mio tempo: panciotti, stivali pesanti, scialli, giacche strappate sopra camicie senza colletto, berretti appoggiati sulle ginocchia.

«Chi siete?»

Nessuno mi risponde. In testa alla fila dei rematori silenziosi c'è una ragazza. Porta dei jeans a zampa di elefante, una fascia per capelli, collane di perline e un cappotto di montone, lurido ma riconoscibile.

«Cosa sta succedendo qui?» le chiedo.

«Siamo intrappolati.»

«Intrappolati? In che senso? Da cosa?»

«Questa barca è un peschereccio. Noi siamo il pescato.»

«Dove stiamo andando?»

«Dove andiamo sempre.»

«Non capisco.»

«Alla riva notturna del fiume.»

Ormai la barca si trova al centro del Tamigi e si dirige a est, lontana dalle luci di Londra e verso un'oscurità senza fine.

«Da quanto tempo sei su questa barca?» le chiedo.

«Dal mio compleanno. Il 3 giugno del 1972.»

«1972?»

«Sì. In che anno siamo adesso?»

Non le rispondo. Guardo gli altri rematori, più vecchi e più strani. Mi avvicino a una delle donne, avvolta in uno scialle. «Cosa ci fai su questa barca?»

Non risponde. Sono una persona mite, eppure mi chino su di lei e le scuoto la spalla. Si ostina a non rispondermi, non alza nemmeno la testa. La scuoto di nuovo. «RISPONDIMI!»

La sua forma – non il suo corpo, non potrei definirlo in questo modo – si accartoccia sotto la mia mano. Cade in avanti, ridotta a un ammasso di indumenti marci.

Faccio un passo indietro per allontanarmi dal mucchietto ai miei piedi, e di nuovo sento la presa fredda e umida del giovane pallido.

«Prenderai il suo posto» dice. «Siediti! Rema!»

Lo colpisco con talmente tanto impeto che cado di faccia sul ponte.

Il mio pugno non ha trovato alcuna resistenza. Eppure, lui si china e mi rimette in piedi a forza. Può esistere un essere che l'attimo prima è così ben piazzato, saturo d'acqua, e l'attimo dopo evanescente come l'aria?

«Dove ci stai portando?»

Sorride, con quel suo sorriso inespressivo. «Non c'è una meta né un arrivo. Non c'è fine al nostro viaggio.»

Lo spingo via e, senza quasi rendermene conto, mi scaglio contro la forma impassibile che stava al timone. Il mio scopo è far virare la barca e tornare verso la riva, ma, per quanto mi sforzi di allontanarlo, lui si rimette sempre al suo posto.

«Sei vivo o morto? Fa' vedere la faccia!»

Nascosto da un ampio cappuccio, lui continua a guardare dritto davanti a sé. Il giovane pallido mi scaccia con una spinta. «Torna al tuo posto! Rema!»

«Perché non mi parla? Perché non mi mostra il suo volto?»

Jonathan fissa i suoi occhi nei miei. «E se non avesse un volto da mostrare?»

Gli si avvicina e tira indietro il cappuccio. Là sotto non c'è nulla. Ma il marinaio senza testa continua imperterrito a governare la barca. Jonathan gli rimette il cappuccio, e quello riprende i contorni della testa di un uomo.

Attonita, impietrita, torno barcollando al mio posto e comincio a remare. Ben presto le mie mani diventano scivolose e doloranti. Sento che mi sto dissolvendo, che ciò che pensavo di essere si sta dissolvendo. Sento che mi sto trasformando nella mia controparte liquida. Sto annegando. Sto scomparendo. La mia mente è molle, spugnosa. Non riesco a pensare. Non riesco a essere.

Questa è dunque la morte.

Questo è il sonno da cui non c'è risveglio. Ma devo restare sveglia. Non devo lasciarmi andare. Devo ricordare il mio nome. Di' il tuo nome. Ripetilo. Ancora e ancora.

Alzo lo sguardo. La luna ha trafitto le nuvole. La luna. Il fiume, tutte cose reali del mondo reale. E quella nave della morte è ancora nel mondo reale, anche se presto entreremo nel cono d'ombra da cui non c'è ritorno. Dunque la barca ha un permesso temporaneo per attraversare il tempo e prendere a bordo quelli come me. Svolto il suo compito, dovrà tornare nei mari sconfinati dell'eternità oscura.

Jonathan è a prua, accanto al marinaio immobile. Attorno a me, accanto a me, c'è solo il ritmico su e giù dei remi. La concavità dello scafo m'impedisce di vedere oltre il parapetto, ma il mio corpo avverte quello che i miei occhi non possono vedere. Il freddo. Il silenzio mortale, la luna che comincia a sbiadire. Stiamo attraversando il confine.

Ora o mai più.

Appoggio il remo nello scalmo. Mi alzo in piedi. Con mio grande orrore, vedo l'acqua colare come sangue dalle mie gambe. Un'acqua scura. Ho continuato a remare mentre mi dissolvevo. Senza fare rumore, lascio la mia postazione, sporgendomi oltre la fiancata. Spicco un salto.

Un urlo rabbioso e selvaggio. Jonathan è al parapetto con in mano un uncino da barca. L'uncino si impiglia nella mia camicia. Mi sta ripescando. Sento che mi trascina fuori dall'acqua. Allora scalcio con tutta la forza che ho in corpo, contorcendomi nel tentativo di allontanarmi.

E se mi si strappa la camicia? Mi giro di lato, avvertendo scorrere l'uncino sulle costole e il tessuto lacerarsi. Non dimenticherò mai il suo sguardo d'odio.

Sono libera.

L'acqua è profonda e fredda. Nuoto senza guardarmi alle spalle, nel timore di ciò che potrei vedere: la barca che torna a prendermi. Silenziosa e fatale.

Non so quanto tempo sia passato. Nuoto nel buio. Poi, sopra di me, vedo la luna, e quel globo lontano mi è sembra una presenza amica. Non so come, ma sono approdata alla riva fangosa del fiume, mezza svestita e tremante. Il livello dell'acqua è sceso. Non so chi mi abbia soccorso, ma quella notte sono stata salvata.

La versione ufficiale è che sono caduta fuoribordo, ubriaca, e che le acque del Tamigi mi hanno trascinata via.

Sono fortunata a essere viva.

Ho fatto delle ricerche sul sito di The Prospect of Whitby, trovando molte storie inquietanti sul suo conto, ma nessuna che possa spiegare la mia. Quanta violenza, quanta paura, quale fine malvagio avevano spinto Jonathan a rovinare gli altri come era stato rovinato lui?

Ho poi scoperto che, nel 1938, un uomo di nome Jonathan Strong, giudicato colpevole di contrabbando, era stato condannato all'impiccagione. Il suo cadavere fu gettato nel Tamigi.

Ancora oggi mi capita di svegliarmi pensando che il mio corpo sia fradicio d'acqua. Ancora oggi mi addormento senza sapere bene dove comincio e dove finisco.

Credevo che il mondo fosse una distesa di terraferma dai confini definiti. Credevo che la vita e la morte fossero due stati separati.

Ora so che tutto è liquido, poroso, tutt'altro che solido.

Faccio il possibile per stare lontana dal Tamigi. Perché lì, da qualche parte, nel buio e nella pioggia, immoto sotto un cielo illune, c'è Jonathan.

JW4: Il futuro dei fantasmi

C'è una tesi, a mio avviso affascinante, che spiegherebbe il proliferare di racconti di fantasmi e di apparizioni nel diciannovesimo secolo: riguarda l'avvelenamento da monossido di carbonio causato dalle lampade a gas.

All'epoca, era il gas illuminante ad alimentare i lampioni delle strade e le lampade delle case. Essendo ricavato dal riscaldamento del carbone fossile, il gas illuminante generava emissioni di metano e di monossido di carbonio, fuligginose e nocive per la salute. All'esterno, le fiammelle tremolanti dei lampioni pompavano monossido di carbonio nell'aria, un'aria che spesso restava intrappolata nelle strade strette e nei cortili angusti di città e cittadine industriali. All'interno, le finestre, tenute chiuse per via del freddo, impedivano il ricambio dell'aria nelle stanze dove si restava alzati fino a tardi, alla luce delle lampade.

Un avvelenamento lieve da monossido di carbonio provoca sintomi come soffocamento, vertigini, paranoia, sensazioni angosciose e allucinazioni. E non erano forse le strade buie e in penombra della Londra vittoriana e gli interni soffocanti e opprimenti del New England scenari ideali per le allucinazioni?

Di fantasmi ce n'erano in abbondanza, ma erano reali?

"Reale" e "realtà" sono termini ambigui, che non possiamo più considerare tridimensionali, né ancorati ai fatti tangibili. Lo sono mai stati? Viviamo in un mondo materiale, ma non è questa la nostra unica realtà. Sogniamo a occhi aperti, immaginiamo. Tutto ciò che è mai esistito ha avuto origine da un'idea concepita da qualcuno.

Il mondo immateriale è straordinario e profondo.

Non è necessario essere credenti, e nemmeno artisti, creativi o scienziati, per comprendere che il mondo, e quel che contiene, va ben oltre un'esperienza 3D. Per comprendere questa verità, basta connettersi. Sempre più spesso trascorriamo le nostre giornate davanti agli schermi dei nostri dispositivi, comunicando con persone che non incontreremo mai. I giovani che sono cresciuti online ritengono che la dimensione digitale sia più importante per loro che non la vita nel mondo "reale". In Cina ci sono sempre più persone che si definiscono "bidimensionali", perché la loro vita lavorativa, sociale e amorosa, lo shopping e la ricerca di informazioni non presuppongono più un'interazione fisica con il prossimo. E quando i metaversi ci proporranno una realtà alternativa, questo fenomeno diventerà sempre più evidente e più paradossale.

Lasciate che vi faccia una domanda: se stringeste amicizia con qualcuno che non avete mai incontrato, come fareste ad accorgervi della sua morte? E se la comunicazione fra di voi continuasse senza interruzioni? Se continuaste a incontravi nel metaverso come avete sempre fatto?

Ci sono già delle app che possono creare versioni digitali del vostro caro defunto, abbastanza realistiche da inviarvi messaggi e e-mail, e perfino telefonarvi. E se entrambi vi connetterete al metaverso sottoforma di avatar, non c'è ragione per cui l'avatar "morto" non possa continuare a sopravvivere. Questo sorprendente sviluppo mi ha offerto lo spunto per le storie raccolte nella sezione intitolata DISPOSITIVI. La tecnologia è davvero vicina a cambiare il nostro rapporto con la morte. In teoria, nessuno dovrà più morire.

In teoria, tutti possiamo essere resuscitati. Possiamo diventare i fantasmi di noi stessi.

Gli esseri umani hanno il terrore della morte. Riusciranno i progressi tecnologici a permetterci di evitarne le conseguenze psicologiche? O ci mostreranno soltanto un nuovo modo di impazzire? Ciò che intendo dire è: ci distaccheremo mai dal mondo dei sensi per rifugiarci nel metaverso?

E nel caso accadesse, avrebbe davvero tutta questa importanza? Se, come credo, l'*Homo sapiens* si trova in un periodo di transizione, allora la biologia non sarà più la questione centrale. Stiamo già facendo tutto il possibile per sfuggire alla nostra condizione biologica: la maggior parte delle persone non usa quasi più il corpo che ha in dotazione, e sono in molti coloro a considerare il proprio solo una fonte di delusione e disgusto, di cui sarebbero ben felici di liberarsi.

Forse ci stiamo avvicinando inesorabilmente a quella vita e a quel mondo immateriale che i religiosi ci hanno sempre descritto come la verità ultima. Questa volta, però, non dovremo morire per arrivarci: ci basterà entrare nel metaverso.

Sono state scritte molte storie dell'orrore su certi spiriti maligni che si spacciano per coloro che hanno da poco lasciato questo mondo. E se gli spiriti, buoni o cattivi che siano, trovassero un modo per infiltrarsi nel metaverso? È una provocazione, ovviamente, ma come potremmo sapere se un essere nell'universo virtuale ha o non ha un io corporeo?

Perché mai i fantasmi non dovrebbero hackerare il metaverso? Quale luogo più accogliente e familiare, per loro, dal momento che esiste ma, al tempo stesso, non occupa uno spazio fisico? I fantasmi esistono (forse), ma non hanno un'entità corporea. La realtà tangibile è sempre più fuori moda.

Quando il confine netto tra il "mondo reale" e gli altri mondi verrà abbattuto – ed è questo l'obiettivo del metaverso –, essere vivi avrà sempre meno importanza. E quando il corpo fisico diventerà opzionale, che fine faranno i fantasmi?

Un fantasma è lo spirito di un morto. Un avatar è un gemello virtuale di un essere vivente. Nessuno dei due è "reale".

Un metaverso infestato. Perché no?

In un certo senso, quello che gli attribuiva Platone, il mondo materiale è la copia cartacea del mondo delle idee. È di effetto. Ma è pur sempre una copia.

In altre parole, viviamo nel Paese dei balocchi e confondiamo la sostanza con l'ombra. La sostanza non è ciò che possiamo toccare e sentire (e sappiamo che in realtà non tocchiamo né sentiamo nulla), quella è solo un'illusione. Forse, la sostanza non è affatto tangibile.

Shakespeare lo espresse così: "Qual è la tua sostanza, di che mai sei fatto / per essere scortato da tante ombre estranee?" (Sonetto 53).

Non intendo addentrarmi nel neoplatonismo shakesperiano, anche se è il tema che questi versi evocano; voglio portarvi a ragionare sul fatto che la potenza di calcolo e l'intelligenza artificiale hanno indotto milioni di noi a chiederci cos'è reale, nel senso che abbiamo sempre attribuito al termine. E questo slittamento nella percezione della realtà avverrà sempre più rapidamente e in modo più paradossale man mano che ci inoltriamo nel metaverso: un mondo virtuale con gemelli virtuali nel nostro mondo. O viceversa, se preferite.

"Qual è la tua sostanza, di che mai sei fatto?"

Una domanda che potrebbe essere rivolta a un essere umano. O a un transumano. O a un post-umano. O a un avatar. O a un fantasma.

Ringraziamenti

Un ringraziamento a tutti coloro che hanno lavorato a questo libro. Ai miei editor, Michael Shavit della Penguin Random House UK ed Elisabeth Schmitz della Grove Press NYC, e a tanti altri: ai grafici, agli impaginatori, ai correttori di bozze e alla straordinaria squadra di revisori del testo guidata da Rowena Skelton-Wallace. Grazie anche a te, Laura Evans, per aver saputo gestire le infinite modifiche al manoscritto.

Grazie alla mia agente, Caroline Michel, e ai suoi colleghi della Peter Fraser and Dunlop: diffondere un libro nel mondo richiede grande impegno.

Infine, grazie alla piattaforma Substack, che mi ha dato la possibilità di cominciare ad approfondire alcuni dei temi affrontati in queste storie quand'ero la loro *writer in residence*, nel novembre del 2021.

Indice

7 *Introduzione*

DISPOSITIVI

25 App-arizioni
45 La casa avita
63 Il fantasma nella macchina
82 JW1: Strani incontri

LUOGHI

93 La stanza degli ospiti
110 La pelliccia
128 Gli stivali
150 La porta
167 JW2: Inspiegabile

PERSONE

175 Una storia di fantasmi senza fantasma
190 Il paese inesplorato
203 Canterville e Cock
225 JW3: Tutti i fantasmi che non possiamo vedere

VISITAZIONI
233 Aria rarefatta
251 Fontana con leoni
266 La riva notturna del fiume
277 JW4: Il futuro dei fantasmi

281 *Ringraziamenti*

PEFC
PEFC/18-32-03

Certificato PEFC
Questo prodotto è realizzato con materia prima da foreste gestite in maniera sostenibile e da fonti controllate
www.pefc.it

Mondadori Libri S.p.A.

Questo volume è stato stampato
su carta HOLMEN
con fibra vergine proveniente da foreste sostenibili holmen.com/paper
presso ELCOGRAF S.p.A.
Stabilimento - Cles (TN)

Stampato in Italia - Printed in Italy